吉光片羽

《红楼梦》中的珠玉之美

许丽虹
梁慧　著

GUANGXI NORMAL UNIVERSITY PRESS
广西师范大学出版社

·桂林·

图书在版编目（CIP）数据

吉光片羽：《红楼梦》中的珠玉之美 / 许丽虹，梁慧著. —桂林：广西师范大学出版社，2019.6

（雅活书系）

ISBN 978-7-5598-1731-0

Ⅰ．①吉… Ⅱ．①许… ②梁… Ⅲ．①散文集－中国－当代 Ⅳ．①I267

中国版本图书馆 CIP 数据核字（2019）第 068279 号

广西师范大学出版社出版发行

（广西桂林市五里店路 9 号　邮政编码：541004）

网址：http://www.bbtpress.com

出版人：张艺兵

全国新华书店经销

广西广大印务有限责任公司印刷

（桂林市临桂区秧塘工业园西城大道北侧广西师范大学出版社集团有限公司创意产业园内　邮政编码：541199）

开本：787 mm ×1 092 mm　1/32

印张：12.75　　　　字数：247 千字

2019 年 6 月第 1 版　　　2019 年 6 月第 1 次印刷

印数：0 001~8 000 册　　定价：80.00 元

如发现印装质量问题，影响阅读，请与出版社发行部门联系调换。

序

陈 继 昌

　　许丽虹、梁慧合作出版的第一本书是《古珠之美》。从一开始她们决定发表之时，就是抱持一份谦逊诚实的求教好学之心。

　　原以为陈述古珠所及的美学是个小领域，仅是借助于过往的探研累积做个初次尝试，将多年热爱古珠的所感所悟，做了一段真情告白。她们对同好的评论非常重视，虚心求教，以期继续帮助自己增识。没想到，《古珠之美》出版后社会反响很好，短短两个月就开始加印了。

　　回馈来的信息，有的说是将这本书当作历史实物注解来读，有的说是当作文明兴衰探案集来读，有的说是当作打捞历史沉淀之美学点滴来读……此类回响，连绵不绝。很多人说，书中说到的有关古气候对人类的颠覆性影响，中华文明与世界文明的互动，统治者对全社会审美的影响，以及促成统治者本身审美品位的环境因素等等，令人视野大开，遍体舒畅。

　　受到鼓励，两位作者决定总结再写。这次从哪儿入手呢？一会儿说从年代入手，一个一个朝代写下来；又感叹，每个朝代那么多珠子要说，一本书如何穷尽？一会儿说从地域入手，欧洲、亚洲、非洲、美洲一块一块写下来；但也不行，有时碰到某一地的珠子，比如梁慧喜欢的巴克特里亚，她三天三夜也说不完啊！一本书哪概括得了？最终，她俩的讨论达成了一致的意向，不如干脆从古典名著《红楼梦》这本书入手。

　　因为，《红楼梦》在我国可谓家喻户晓。它已远远超出一本书的概念，而成为点点滴滴的文化因子，进入了我们的血液。如今，你要介绍一个强势女人，无须多费口舌，一说"王熙凤"，大家都明白了。去相亲，最管用的问语是：女方林黛玉型还是薛宝钗型？

　　有人会说，你们傻啊！《红楼梦》早已不是简单的一部小说，研究《红楼梦》早就成了一门学问，叫"红学"。红学，纵向可划分为旧红学、新红学、当代红学三个时期；横向可划分为评论派、考证派、索隐派、创作派四大学派。各派又细化为若干分支，主要包括题咏、评点、鉴赏、百科、批评、曹学、版本学、本事学、脂学、探佚学等等。二百多年来，有多少人是将"红学"作为终生职业的，各类著作汗牛充栋，你们还敢凑这个热闹？

　　是的。经典已经成为学问，经典已经融入生活，但我们想再推进一步。

珠玉，也许是《红楼梦》中最细枝末节的地方。但正因为微小，容易被大多数研究者所忽视，也容易被普通读者囫囵吞枣一知半解略过。两位作者说，她们读《红楼梦》，读到某个点会猛然脑洞大开。如贾母的蜡油冻佛手，根据脂砚斋批语推测，此物伏贾家之祸。一个不起眼的小小古董怎会给一个百年家族带来灭顶之灾？待作者弄清它的来路后，便有了新的启发。读到某个场景，会醍醐灌顶。如贾宝玉佩戴的通灵宝玉，一般认为就是和田玉。但两位作者凭着她们多年来接触古珠的经验，判断出通灵宝玉的材质，并意外挖掘出书中暗藏的有关真正作者的线索。读到某件东西，她们也会感叹沧海桑田。林黛玉的玻璃绣球灯，在当时的价值，岂止是今日几克拉钻石可比？

其实，珠玉虽微小，但在整部书里往往起到画龙点睛的作用。正因为对这些珠玉缺乏了解，有些读者，甚至有些红学家在解读时，对它们或不敏感，或不关注，或简单粗暴对待，甚至出现错误。元妃赏赐下来的端午节节礼，多少人为它们吵得不可开交，普遍认为是贾元春赞同"金玉良缘"的铁证，家庭内部势力争斗由此升级。但其实，从礼单分配到具体实物，人们的理解统统走了岔路。

　　两位作者想在这本书里，揭示这些珠玉的美感点、文化点。拥有它们，真正的乐趣到底是什么？为何一个家族富裕起来，都要走向"金玉满堂"的世界？当贾家败落，他们失去这些，被剥夺的到底是什么？

　　通行本《红楼梦》共有一百二十回，前八十回作者为曹雪芹，后四十回续者或为高鹗。因前后文风有较大区别，本书主要讨论的是前八十回。为了方便读者，特节选相关原文附录其后。两位作者引用的《红楼梦》版本为人民文学出版社 2008 年 7 月第 3 版。书中引用的图片，或来自各大博物馆（院）官方网站，或为作者自己拍摄。其中，我太太王虹也助了一臂之力。

　　为何要取"吉光片羽：《红楼梦》中的珠玉之美"这个书名？两位作者解释道：书中珠玉，只有了解它们的来路——怎么发源、怎么演变、怎么改头换面，途中遇到些什么人、产生些什么故事，只有知道这些，才能明白它们出现在《红楼梦》中的意义。当你明白珠玉的身世后，再去读《红楼梦》的句子，你感受到的能量是迥然不同的，你享受到的美也是不一样的。甚至，你对《红楼梦》这部书，对"满纸荒唐言，一把辛酸泪"，会有更深的理解与敬佩。

　　而最重要的是，这里面有文化种子。通过作者与读者的交流互动，我们将传统文化延续下去……

　　今年春天，当两位作者问我这个题材可不可以时，我积极鼓励她俩放开手脚去写。如今，深秋里，书已收尾，满满的成果捧来我面前。像《古珠之美》一样，她俩要我作序。

　　一篇篇看下来，为她俩的认真、钻研、细腻所感动。也体会到写这本书时，她俩那种文思喷薄而来、笔跟不上节奏的焦急。还有，可以想象在某些片段，她俩写着写着就摸出一颗珠子或一枚玉，说"我们这个可以和书里的媲美吧"。

　　就以当代红学研究家刘心武先生常引用的一句诗来概括此书吧：苔花如米小，也学牡丹开。

2017 年冬于台北思素堂

【目录】

辑三　手饰

辑四　腰饰

辑五　杂项

辑\一

头 ※ 饰

头上戴着金丝八宝攒珠髻，绾着朝阳五凤挂珠钗，项上戴着赤金盘螭璎珞圈，裙边系着豆绿宫绦双衡比目玫瑰珮，身上穿着缕金百蝶穿花大红洋缎窄褃袄，外罩五彩刻丝石青银鼠褂，下着翡翠撒花洋绉裙。

王熙凤的金丝八宝攒珠髻

王熙凤在《红楼梦》中的第一次出场，非常经典。所谓"人未到，声先至"，与林黛玉的谨小慎微形成强烈对比。

《红楼梦》第三回，黛玉初进贾府，与贾母抱头痛哭后，刚刚见过众人，"只听后院中有人笑声，说：'我来迟了，不曾迎接远客！'黛玉纳罕道：'这些人个个皆敛声屏气，恭肃严整如此，这来者系谁，这样放诞无礼？'"

心里这样想着，就见一群媳妇丫鬟围拥着一个人，从后房门进来。这个人打扮与众姑娘不同，彩绣辉煌，恍若神妃仙子。

怎么个"彩绣辉煌"？这个王熙凤，头上戴着金丝八宝攒珠髻，绾着朝阳五凤挂珠钗，项上戴着赤金盘螭璎珞圈，裙边系着豆绿宫绦双衡比目玫瑰珮，身上穿着缕金百蝶穿花大红洋缎窄裉袄，外罩五彩刻丝石青银鼠褂，下着翡翠撒花洋绉裙。

　　头上，脖子上，身上，全部描述到位。

　　回头问你：她头上到底戴了什么？

　　啊？赶紧倒回去看：头上戴着金丝八宝攒珠髻，绾着朝阳五凤挂珠钗。

　　好复杂，只觉她头上彩绣辉煌一片，看不清。

　　如果我说，王熙凤一出场头上仅戴了一罩一钗。你信吗？

　　这个头罩，就是"金丝八宝攒珠髻"。我们来拆分一下：金丝髻，金丝八宝髻，金丝八宝攒珠髻。即（金丝＋八宝＋攒珠）髻。

　　金丝髻。髻，即头髻，将头发盘在头顶或脑后，束成发结。发髻是历朝历代妇女的爱美"自留地"。先秦至明代，"堕马髻""飞云髻""鸳鸯髻""惊鹄髻""栖凤髻"等发式此起彼伏，数不胜数。这当中最离奇的是先秦的"高鬟望仙髻"——头发要盘得很高，最高的有九层。

　　哪有这么多头发？爱美女子想出来的办法是：以假发髻为壳，套于真发之上，这种假发髻后来得名曰"鬏髻"。

　　究其道理，与女人涂口红同一理。女人嘴唇红润，说明血气旺身体好，涂口红的本意是身体健康的表白。而女人头发又密又长，说明肾功能好，不但自己身体好，还容易生养孩子，生出来的孩子先天条件也好。所以说，任何流行都是有其背后动机的。

　　这个假发壳呢，后来越来越讲究。到了明朝后期，社会较富裕，大富大贵人家，开始以金银丝编"鬏髻"。

　　明代有四大细金工艺，其中之一即"花丝工艺"，即将金、银、铜等抽成细丝，要经历堆、垒、编、织、掐、填、攒、焊等八种手法，才能成为一件完整的作品。而每种工艺细分起来又是千变万化的。

　　制作金丝髻，工艺更为繁复。制胎造型、花丝成型、烧焊、咬酸（酸洗）等程序后，尚且只是半成品。再经烧蓝、提亮，才出来成品。

　　可想而知，金丝髻不是一般女人能够拥有的。

　　王熙凤的髻，在金丝髻基础上更进一步，是金丝八宝攒珠髻。

　　八宝，不是一般意义上的八种宝石（或半宝石）材质，而是我国常见的一种传统纹饰，源于佛教八宝。图形依次为：轮、螺、伞、盖、花、瓶、鱼、盘。也就是说，王熙凤的金丝髻上编织有图案，图案花纹为八宝。

　　攒珠，就是在金丝八宝髻上，再镶嵌上珠子。在清代因为清王朝的龙兴之地——东北的白山黑水间——产珍珠，所以清代流行珍珠，而曹雪芹为清代人，王熙凤的金丝八宝攒珠髻上，镶嵌的应该就是珍珠。

　　第二十八回，薛蟠弄了张药方，配药时需要珍珠，来

（清）铜胎画珐琅八宝双喜字背把镜　图片来自故宫博物院官方网站

找王熙凤。薛家"珍珠如土金如铁"，要珍珠为何还要来找王熙凤？因为此珍珠一定要是女人头上戴过的。王熙凤没办法，把两枝珠花儿现拆了给他。

这么一个金丝八宝攒珠髻，单独套在头上，是要掉下来的，必须用个发钗卡住。这个发钗，就是"朝阳五凤挂珠钗"。

发卡有两种。单条的叫"簪"。越剧有个名曲叫《碧玉簪》。双条的叫"钗"。白居易《长恨歌》中，"钗留一股合一扇"，说的就是将双股的钗分开，杨贵妃自己留一股，送给唐明皇一股。

朝阳五凤挂珠钗，指钗头部位饰有五只朝阳之凤。五个凤头，凤嘴各衔着一串垂下来的珠子，一走动，五挂珠子轻轻晃动，与步摇的效果一致。

请参看掉了珠子的金凤簪：

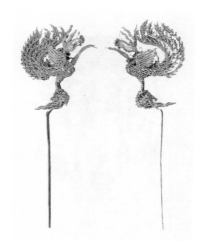

（明永乐）金凤簪
图片来自江西博物馆官方
网站

　　由此可见，王熙凤首次出场并非盛装，头上仅一罩一钗，只是日常打扮而已。见一个远道而来的无依无靠的小表妹，用不着盛装，是吧？但这两件头饰均非等闲之物，其材质之珍贵、做工之奇巧、设计之华丽，无不体现贾家的富贵堂皇，与宫里的也相差无几。

　　我们再来看王熙凤的一身妆扮。黄金色为主的头饰，配大红衣服，再衬以翡翠绿裙子，外面罩一件石青银鼠子。颜色的主调是金色、红色、绿色、亮银色，完全是外

（清）点翠多宝发簪
余芝晓女士藏

（清）点翠嵌珠宝五凤钿
图片来自故宫博物院官方
网站

放的、闪烁的，给人很浓烈耀眼的感觉。

王熙凤作为贾家的管家，她的行头也即是贾家的门面。王熙凤一出场，贾家门面就撑住了。

第三回　贾雨村夤缘复旧职　林黛玉抛父进京都
（节选）

一语未了，只听后院中有人笑声，说："我来迟了，不曾迎接远客！"黛玉纳罕道："这些人个个皆敛声屏气，恭肃严整如此，这来者系谁，这样放诞无礼？"心下想时，只见一群媳妇丫鬟围拥着一个人从后房门进来。这个人打扮与众姑娘不同：彩绣辉煌，恍若神妃仙子。头上戴着金丝八宝攒珠髻，绾着朝阳五凤挂珠钗；项上戴着赤金盘螭璎珞圈；裙边系着豆绿官绦双衡比目玫瑰珮；身上穿着缕金百蝶穿花大红洋缎窄裉袄，外罩五彩刻丝石青银鼠褂；下着翡翠撒花洋绉裙。一双丹凤三角眼，两弯柳叶吊梢眉，身量苗条，体格风骚。粉面含春威不露，丹唇未启笑先闻。黛玉连忙起身接见。贾母笑道："你不认得他，他是我们这里有名的一个泼皮破落户儿，南省俗谓作'辣子'，你只叫他'凤辣子'就是了。"

黛玉正不知以何称呼，只见众姊妹都忙告诉他道："这是琏嫂子。"黛玉虽不识，也曾听见母亲说过，大舅贾赦之子贾琏，娶的就是二舅母王氏之内侄女，自幼假充男儿教养的，学名王熙凤。黛玉忙陪笑见礼，以"嫂"呼之。

这熙凤携着黛玉的手，上下细细打谅了一回，仍送至贾母身边坐下，因笑道："天下真有这样标致的人物，我今儿才算见了！况且这通身的气派，竟不像老祖宗的外孙女儿，竟是个嫡亲的孙女，怨不得老祖宗天天口头心头一时不忘。只可怜我这妹妹这样命苦，怎么姑妈偏就去世了！"说着，便用帕拭泪。贾母笑道："我才好了，你倒来招我。你妹妹远路才来，身子又弱，也才劝住了，快再休提前话。"这熙凤听了，忙转悲为喜道："正是呢！我一见了妹妹，一心都在他身上了，又是喜欢，又是伤心，竟忘记了老祖宗。该打，该打！"又忙携黛玉之手，问："妹妹几岁了？可也上过学？现吃什么药？在这里不要想家，想要什么吃的、什么玩的，只管告诉我；丫头老婆们不好了，也只管告诉我。"一面又问婆子们："林姑娘的行李东西可搬进来了？带了几个人来？你们赶早打扫两间下房，让他们去歇歇。"

宝玉的辫子

宝玉的发式为何引起广泛争论？发式真的能在人际交往中节省成本吗？

那时，贾宝玉 13 岁。

《红楼梦》第二十一回，史湘云来贾府做客，住在林黛玉的潇湘馆。宝玉爱凑热闹，早晚都来潇湘馆报到，惹得他的丫头袭人都不高兴了。

这天宝玉一起床就过来了，和她们一起洗漱后，央求史湘云替他梳头。

"湘云只得扶过他的头来，一一梳篦。在家不戴冠，并不总角，只将四围短发编成小辫，往顶心发上归了总，编一根大辫，红绦结住。自发顶至辫梢，一路四颗珍珠，下面有金坠脚。湘云一面编着，一面说道：'这珠子只三颗了，这一颗不是的。我记得是一样的，怎么少了一颗？'（哎？这个细节袭人肯定早发现了吧？袭人原名就

海水珍珠　作者自藏

叫珍珠。）宝玉道：'丢了一颗。'湘云道：'必定是外头去掉下来，不防被人拣了去，倒便宜他。'"

好想有个女儿，替她编这样一根辫子，自发顶至辫梢，一路四颗珍珠，下面压个金坠脚。

不过，宝玉这个发型到底是什么样子，历来争论不休。有的说，既然是短发编成的小辫，就没法攒至顶中。有的说，不用把辫子编到头再总编成大辫，而是至顶中散开再束成一辫。

关于这个"金坠脚"，争论也很多。有的同意 1987 年版电视剧《红楼梦》的处理，即大辫子松挽上去，坠脚在每条小辫下坠着。有的不同意，说坠脚的意思是"垂着的事物、使……落下的事物"，这里就是"使辫子落下的事物"，所以不可能是电视中演的那个位置。的确应该是在大辫末端，参看清代的"冬朝冠"，宝玉的辫子也许就是这个形制的变种。末端红色的就是"坠脚"。

　　大家一致的意见也有：这个辫子梳一下得多长时间？！

　　说起头饰，通常想到的就是簪、钗、冠等等。但像宝玉这样将发饰编进头发里的，少见。正因为这种发型离我们已远，我们才惊讶好奇。

（清）冬朝冠　图片来自故宫博物院官方网站

　　然而真的少见吗？

　　我们在《古珠之美》中，谈到西藏阿里的东嘎壁画窟时，有一幅《土地女神出行图》。那位骑马女神，身披红色长袍，头戴白帽，帽后红幡飘扬。白帽下，长长的黑发披散，黑色长发上缀满宝石……

　　而关于古珠中的镶蚀红玉髓，也有个传说。说是西藏本教有一位水灵（类似于我们说的巫婆），来自西方古国，

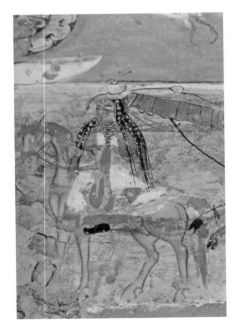

土地女神出行图
摘自《西藏阿里东
嘎壁画窟》

她的发髻编成八束，均以红玉髓和天珠来装饰。

所以，将宝石、半宝石编进发辫，古已有之。即使现在，泛喜马拉雅地区的人，还是喜欢将彩条编进辫子，一头五彩缤纷。而汉族，不知从哪个朝代起，已将辫子与头饰分离。头饰只是卡进或插进头发，一般不编进头发。

要梳宝玉这样的发型，必备的条件是：有钱，有闲，仆人众多，有上流社会的审美，还有，就是有显示独特与威仪的需要……

对了，发饰的重要性之一，在于其能很好地标示身份。瞄一眼，便知你是什么社会阶层、什么身份的人。

我国古代有不少这些标识指南。比如：

《礼记·内则》说："女子……十有五年而笄 。"看到少女头上有笄，表示成年了，如果对她有意思，可以请媒婆上门去提亲了。

《后汉书·舆服志》记载了太皇太后、皇太后入庙时所佩戴的首饰："簪以玳瑁为擿，长一尺，端为华胜，上为凤皇爵，以翡翠为毛羽，下有白珠，垂黄金镊。左右一横簪之，以安帼结。诸簪珥皆同制，其擿有等级焉。"等级怎么区分？看簪子的头部。古代还规定罪犯不许戴簪，就是贵为后妃，如有过失，也要退簪。

《红楼梦》第五十三回，写贾府过年，皇宫里有赏赐下来，阖家要对皇帝的恩惠千恩万谢。"次日五鼓，贾母等又按品大妆，摆全副执事进宫朝贺，兼祝元春千秋。"看，是按照品级梳妆打扮起来的。

所以，头饰不仅仅是为了美观，更重要的是，它将主人的身份、社会阶层摆在明面上，大家一看就明白，明白你的权利与责任，这样可以很好地节省人际交往成本，有利于高效维护社会秩序。

话说回来，宝玉的头发自发顶至辫梢，一路四颗珍珠，湘云替他梳头时，发现"这珠子只三颗了，这一颗不是的"。少了的那颗珍珠，是丢了？给人了？还是薛蟠拿去配药了？书里一直没交代。

第二十一回　贤袭人娇嗔箴宝玉　俏平儿软语救贾琏
（节选）

黛玉起来叫醒湘云，二人都穿了衣服。宝玉复又进来，坐在镜台旁边，只见紫鹃、雪雁进来服侍梳洗。湘云洗了面，翠缕便拿残水要泼，宝玉道："站着，我趁势洗了就完了，省得又过去费事。"说着便走过来，弯腰洗了两把。

紫鹃递过香皂去，宝玉道："这盆里的就不少，不用搓了。"
再洗了两把，便要手巾。翠缕道："还是这个毛病儿，多
早晚才改。"

宝玉也不理，忙忙的要过青盐擦了牙，嗽了口，完
毕，见湘云已梳完了头，便走过来笑道："好妹妹，替我
梳上头罢。"湘云道："这可不能了。"宝玉笑道："好妹妹，
你先时怎么替我梳了呢？"湘云道："如今我忘了，怎么
梳呢？"宝玉道："横竖我不出门，又不带冠子勒子，不
过打几根散辫子就完了。"说着，又千妹妹万妹妹的央告。
湘云只得扶过他的头来，一一梳篦。在家不戴冠，并不总角，
只将四围短发编成小辫，往顶心发上归了总，编一根大辫，
红绦结住。自发顶至辫梢，一路四颗珍珠，下面有金坠脚。
湘云一面编着，一面说道："这珠子只三颗了，这一颗不
是的。我记得是一样的，怎么少了一颗？"宝玉道："丢
了一颗。"湘云道："必定是外头去掉下来，不防被人拣了
去，倒便宜他。"

黛玉一旁盥手，冷笑道："也不知是真丢了，也不知
是给了人镶什么戴去了！"宝玉不答，因镜台两边俱是妆
奁等物，顺手拿起来赏玩，不觉又顺手拈了胭脂，意欲要
往口边送，因又怕史湘云说。正犹豫间，湘云果在身后看
见，一手掠着辫子，便伸手来"拍"的一下，从手中将胭
脂打落，说道："这不长进的毛病儿，多早晚才改过！"

真真国的祖母绿

　　我们一个朋友，天文地理无所不知，思维能力超强，大家叫她"大仙"。

　　大仙说："大凡绿色的东东，都很难'伺候'。你佩戴着吧，一不小心就显得乡里乡气，土。"可不，你想想，翡翠、绿松石、孔雀石、绿琉璃，如果单独佩戴，大部分人都会出错，拉低气质。

　　说到绿色，脑子首先反应的是翡翠。但其实，如今一霸华人天下的翡翠，在历史上并不出名。史书上对翡翠的记载很少，千百年里，翡翠在珠宝界没名气没地位，默默无闻许多个世纪，直到慈禧太后喜欢它，它才摇身一变成为首饰中的宠儿。

　　但有另一样绿色宝石，大仙说了，唯有这种绿，浓郁泼亮，绿到人心里清透，将黄种人的皮肤衬白，提升气质。

　　何也？祖母绿！

祖母绿的绿，绿中带点蓝，不经意中又有点黄，是自然界让眼睛最舒服的一种天然颜色。无论阴天还是晴天，无论在人工光源还是自然光源下，它总是发出清澈浓艳的光芒，让人赏心悦目，百看不厌。

神秘的祖母绿。

一念叨这个名儿，哎，不对劲了。祖母绿？难道是适合老奶奶戴的绿色珠宝吗？

错错错。

我国对祖母绿的记载，最早见于元末明初陶宗仪的《辍耕录》。《辍耕录》是一本有关元朝史事的札记。作者陶宗仪，亦非一般人物，其母出自赵孟頫家族。

祖母绿项链　何岚女士藏

问儿子："王羲之与谢灵运什么关系？"他反问："有关系吗？"有啊。王羲之生了七子一女，唯一的女儿名孟姜。孟姜嫁给了当时的大族刘家，生一子一女。孟姜之女刘氏又嫁给了谢玄（谢安之侄）之子，生有一子，这就是著名山水诗人谢灵运。所以谢灵运是王羲之的重外孙。

所以说嘛，天下名人是一家。

《辍耕录》在卷七的"回回石头"条目中说："回回石头，种类不一，其价亦不一。"其中绿石头有三种，分别是：助把避深（上等暗深绿色）、助木剌（中等明绿色）、撒卜泥（下等带石，浅绿色）。

"助木剌"为波斯语 zumurud 的音译。也有人根据发音翻译成"助木鲁""子母绿""芝麻绿"等。直到近代才统称其为"祖母绿"。

所以"祖母绿"只是译音，和祖母没有任何关系。有人说它老气，说是专供上年纪女性佩戴的，那真是望文生义了。

祖母绿是国际珠宝界公认的四大名贵宝石之一。其余三者为钻石、红宝石、蓝宝石。

祖母绿又是绿色宝石之王。

在我国，关注祖母绿的人还不多。人们普遍认为祖母绿是西方宝石，跟我们关系不大。你看，陶宗仪的《辍耕录》不是也说它是"回回石头"吗！西域的。

祖母绿素面戒指　作者自藏

　　但其实不是哦,《红楼梦》就记载了这种宝石。也就是说,曹雪芹是知道祖母绿的。

　　《红楼梦》第五十二回,薛宝琴与众姐妹论诗文。她说:"我八岁时节,跟我父亲到西海沿子上买洋货,谁知有个真真国的女孩子,才十五岁,那脸面就和那西洋画上的美人一样,也披着黄头发,打着联垂,满头带的都是珊瑚、猫儿眼、祖母绿这些宝石;身上穿着金丝织的锁子甲洋锦袄袖;带着倭刀,也是镶金嵌宝的,实在画儿上的也没他好看。有人说他通中国的诗书,会讲五经,能作诗填词,因此我父亲央烦了一位通事官,烦他写了一张字,就写的是他作的诗。"

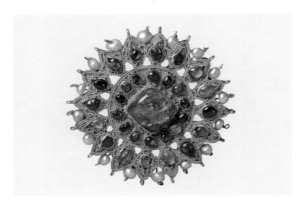

（清）金嵌珠宝圆花　图片来自故宫博物院官方网站
中心为一大块祖母绿，外围嵌两圈小颗的祖母绿与红宝石，
最外嵌一圈珍珠

　　一个真真国的少女，会写中国古体诗。这女孩要是生
活在现代，就要来中国上电视参加"古诗词"擂台赛了。
这女孩怎么个样子呢？宝钗、黛玉他们没见过外国女孩
子，所以薛宝琴要描述一番：她头上"披着黄头发，打着
联垂，满头带的都是珊瑚、猫儿眼、祖母绿这些宝石"。

　　你要说了，真真国女孩，那不还是外国吗？曹雪芹有
没有写中国人佩戴祖母绿？

　　那好，干脆来个猛的吧。曹雪芹写《红楼梦》之前几
百年，明代，上层社会即大肆流行祖母绿。

　　梁庄王是明代第四任皇帝明仁宗第九子，卒于 1441 年。其陪葬品中，有 5000 多件金银珠宝玉器。其中镶嵌的珠宝有 18 种，700 多粒。主要有红宝石、蓝宝石、祖母绿、金绿宝石猫眼、东陵石、珍珠、水晶和绿松石等。从宝石品质和内含物特征看，四大名宝石的产地当时都不在国内。

　　一百七十多年后，到了明末，上流社会对各类宝石包括祖母绿的喜爱变本加厉。万历帝的定陵，出土首饰多达 240 余件。首饰上现存镶嵌各类宝石 587 颗。除红宝石、蓝宝石外，祖母绿的使用非常之多。万历帝的一条腰带上，镶嵌有 20 块优质祖母绿，并由 91 颗红宝石和大量珍珠围拱。

　　明代小说《杜十娘怒沉百宝箱》，怎么描述那个百宝箱的？

　　百宝箱共分四层：

　　第一层："翠羽明珰，瑶簪宝珥，充牣于中，约值数百金"。有人粗略比较过，明中期的百金，约略相当于现在的 50 多万人民币。数百金，也就是几百万人民币。

　　第二层："乃玉箫金管"。玉箫金管，说的是用金、玉等名贵材质做成的乐器，这与杜十娘的职业有关。杜十娘作为一个名妓，乐器自然样样在行。收藏的乐器，也自然是名贵的。

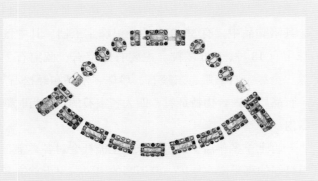

（明）梁庄王金镶宝石带　图片来自湖北省博物馆官方网站
全带共镶蓝宝石、祖母绿、金绿、金绿宝石猫眼、石英猫眼、
绿松石、绿柱石、东陵石等宝石98颗

（明）梁庄王金镶宝石绦环　图片来自湖北省博物馆官方网站
共存镶宝石14颗，其中祖母绿宝石4颗

第三层："尽古玉紫金玩器，约值数千金"。尽是一些什么呢？古玉等珍贵古董，价值约数千金，几千万人民币。

第四层：最后一箱了，箱中还有一个匣子，可见其宝贵程度。打开匣子，里面有什么？"夜明之珠，约有盈把。其他祖母绿、猫儿眼，诸般异宝，目所未睹，莫能定其价之多少。"这价值，无法估算了。

前三层全部扔江里了，最后，十娘抱持宝匣，向江心一跳。众人急呼捞救。但见云暗江心，波涛滚滚，杳无踪影。

可惜啊……

明万历年间谢肇淛的笔记《五杂俎》中记道："今世之所宝者，有猫儿眼、祖母绿……鹘石、蜡子等类。"明朝时好的祖母绿折价四百换，即一两重的祖母绿可以折换四百两黄金，可见其珍贵。如此贵重的祖母绿，全部是外国进口的。所以，如果你说晚明外贸不发达，我是不会相信的。

到了清代，祖母绿仍是上流社会追捧的宝物。嘉庆皇帝查抄贪官和珅的家产时，在大量的珠宝中就发现有多块祖母绿宝石。曹雪芹家想必也收藏祖母绿，要说曹雪芹没见过祖母绿，那是不太可能的。

第五十二回　俏平儿情掩虾须镯　勇晴雯病补雀金裘
（节选）

　　宝琴笑道："这一说，可知是姐姐不是真心起社了，这分明难人。若论起来，也强扭的出来，不过颠来倒去弄些《易经》上的话生填，究竟有何趣味。我八岁时节，跟我父亲到西海沿子上买洋货，谁知有个真真国的女孩子，才十五岁，那脸面就和那西洋画上的美人一样，也披着黄头发，打着联垂，满头带的都是珊瑚、猫儿眼、祖母绿这些宝石；身上穿着金丝织的锁子甲洋锦袄袖；带着倭刀，也是镶金嵌宝的，实在画儿上的也没他好看。有人说他通中国的诗书，会讲五经，能作诗填词，因此我父亲央烦了一位通事官，烦他写了一张字，就写的是他作的诗。"众人都称奇道异。宝玉忙笑道："好妹妹，你拿出来我瞧瞧。"宝琴笑道："在南京收着呢，此时那里去取来？"

　　宝玉听了，大失所望，便说："没福得见这世面。"黛玉笑拉宝琴道："你别哄我们。我知道你这一来，你的这些东西未必放在家里，自然都是要带了来的，这会子又扯谎说没带来。他们虽信，我是不信的。"宝琴便红了脸，低头微笑不语。宝钗笑道："偏这个颦儿惯说这些白话，把你就伶俐的。"黛玉道："若带了来，就给我们见识见识也罢了。"宝钗笑道："箱子笼子一大堆还没理清，知道在那个里头呢！等过日收拾清了，找出来大家再看就是了。"又向宝琴道："你若记得，何不念念我们听听。"宝琴方答道："记得是首五言律，外国的女子也就难为他了。"宝钗道："你且别念，等把云儿叫了来，也叫他听听。"说着，便叫小螺来吩咐道："你到我那里去，就说我们这里有一个外国美人来了，作的好诗，请你这'诗疯子'来瞧去，再把我们'诗呆子'也带来。"小螺笑着去了。

半日，只听湘云笑问："那一个外国美人来了？"一头说，一头果和香菱来了。众人笑道："人未见形，先已闻声。"宝琴等忙让坐，遂把方才的话重叙了一遍。湘云笑道："快念来听听。"宝琴因念道：

昨夜朱楼梦，今宵水国吟。

岛云蒸大海，岚气接丛林。

月本无今古，情缘自浅深。

汉南春历历，焉得不关心。

头
饰

芳官的耳坠

一个小丫头为何总摆小姐脾气？芳官不会做事却爱惹事，宝玉为何偏偏宠爱她？芳官的耳坠"硬红镶金大坠子"到底是啥？

宝玉的怡红院中有个小精灵，名叫芳官。

芳官是唱戏的女一号。戏子怎的进了贾府宝地即贾宝玉的怡红院？

原来，当初为了元春省亲，贾府特意去江南买来十二个戏子。省亲结束后，这些戏子也就留在了贾府，以供不时之需。现在呢，宫里有个老太妃去世了，按照规定，凡有爵位的家庭，一年内不得筵宴音乐。因此，各官宦之家，凡是养着戏班子的，一律解散。

杭州人读到这段很有感慨的。大戏剧家洪升，就是因为在康熙二十八年佟皇后丧期，招戏班在家中演出《长生殿》而被弹劾"大不敬"下狱，革去国子监监生之名，彻底失去了当官的机会。贾家遣散这十二个戏子时，是去是留让她们自己选择。自愿留下的当中，贾母挑了文官自使，将正旦芳官指与宝玉，将小旦蕊官送了宝钗，将小生藕官指与了黛玉，将大花面葵官送了湘云，将小花面豆官送了宝琴，将老外艾官送了探春，尤氏便讨了老旦茄官去。

芳官由女一号变成了怡红院的使唤丫头。

但是，这个丫头可不一般，爱玩爱闹，恣意任性。一会儿将宝玉的自鸣钟拆坏了，一会儿挑肥拣瘦连鸭子都嫌起油腻来，一会儿和自己的干妈开骂，一会儿还跟赵姨娘厮打起来。

而且，芳官不会针线，不会端茶倒水，不会察言观色侍候人。她眼里没活儿，总要人家吩咐了才去做事。这样一个不称职的丫头，是凭什么赢得宝玉宠爱的？

凭着明星范儿！

范儿之一：天真烂漫，风情万种。芳官被买进来，虽然身份也是奴才，但她不需要像晴雯、袭人她们那样，从小就学着做女工、学习如何周到体贴服侍主人。芳官训练的是舞蹈、唱腔、背台词、表演。在台下是奴才，在台上，她可是小姐、公主、仙女。女一号为了保养手足的轻灵和身段的优美，平时断断不会去干粗活儿。她穿惯了漂亮的行头，吃惯了为保养皮肤和嗓子而特定的小灶。因而，芳官的气质，明显区别于其他丫头。

范儿之二：言辞优美，出口成章。芳官虽然没读过书，但戏文背了很多。况且，她唱的是昆曲。昆曲唱词的优美是首屈一指的。对众多戏中女子心情与命运的理解，也使她肚里有货，视野比其他丫头要宽泛得多。所以宝玉喜欢跟她聊天玩耍。女一号天生喜欢大场面，人越多演兴越浓，这使得芳官在丫鬟群里特别会咋呼，有一种伶牙俐齿的爽朗。她和宝玉的对话，也不太像丫头对主人，倒更像哥儿姐们儿，这也使宝玉觉得新鲜。

范儿之三：领衔时尚，引领潮流。《红楼梦》第六十三回"寿怡红群芳开夜宴"，写大伙儿给宝玉过生日。了不得，大美女们都来了，群芳争艳。这种情景下，作者给芳官来了个大特写。

作者写道，晴雯将查夜的林之孝家的等众人送走后，关了门，要开始庆贺生日了。

麝月摆上酒果。袭人道："不用高桌，咱们把那张花梨圆炕桌子放在炕上坐，又宽绰，又便宜。"说着，大家就抬了来。麝月和四儿去搬果子，用两个大茶盘分了四五次方搬运了来。两个老婆子蹲在外面火盆上筛酒。

你看，大伙儿都在忙，芳官在干吗呢？

宝玉"倚着一个各色玫瑰芍药花瓣装的玉色夹纱新枕头，和芳官两个先划拳。当时芳官满口嚷热，只穿着一件玉色红青酡绒三色缎子斗的水田小夹袄，束着一条柳绿汗

巾，底下水红撒花夹裤，也散着裤腿。头上眉额编着一圈
小辫，总归至顶心，结一根鹅卵粗细的总辫，拖在脑后。
右耳眼内只塞着米粒大小的一个小玉塞子，左耳上单带着
一个白果大小的硬红镶金大坠子，越显的面如满月犹白，
眼如秋水还清。引的众人笑说：'他两个倒像是双生的弟兄
两个。'"

看见没？芳官的打扮真是风情万种，竟然可以与宝玉
一比高下。其他不说，看她戴的耳环：右耳眼内塞着米粒
大小的一个小玉塞子，左耳上戴着一个白果大小的硬红镶
金大坠子。

和田白玉、老红玛瑙、碧玉三色耳环　作者自藏

太过分了，现代人也难追这份时尚。

按说在宝玉房里，什么金、玉、宝石、琉璃没有？只怕又多又大，每天换式样也戴不完。偏巧芳官就要与众不同，她玩雅巧，玩不对称之美。

一只耳朵在耳眼内塞一颗米粒大小的小玉塞子，注意哦，不是塞在耳朵眼里，而是塞在耳垂上的洞眼里。现在也一样，打了耳洞如果不挂耳饰，洞眼会慢慢长回去，所以要用个东西塞住。

这个尚好理解。另一只耳朵呢，一个白果大小的硬红镶金大坠子？白果大小无须说明，白果就是我们吃的银杏果。硬红镶金大坠子是啥？

硬红，很少能在书上看到。查得《二刻拍案惊奇》卷三十七，写道："程宰在市上看见大商将宝石二颗来卖，名为硬红，色若桃花，大似拇指，索价百金。程宰夜间与美人说起，口中啧啧称为罕见。"

由此看来，硬红应该是指红宝石。而色若桃花，基本是红宝石中的中下等材质。

这倒使我想起有一次，梁慧刚从泰国回来，拿出一长串老金子，金珠子花样各异，下面有一颗镶金的红宝石坠子，约有两颗白果大小，色泽真的类似桃花。

当时我嫌弃道："这红宝石不通透，质地不够好。"梁慧认真地看着我，说："姐姐，这么大一颗红宝石，质地

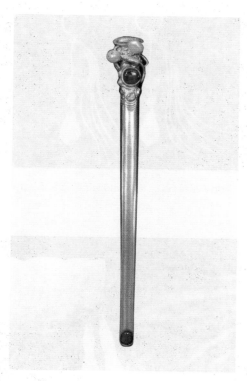

（清）金镶珠宝松鼠簪 图片来自故宫博物院官方网站

金簪两端各嵌饰红宝石 1 粒

高古红玛瑙、绿松石、一级和田白玉玉兰花耳环　作者自藏

和田玉、95 于田料、扬州工玉兰花耳环　作者自藏

通透的，你知道要多少钱吗？"

　　以那颗红宝石镶金坠子往芳官耳边一比画，终于知道为何能衬得芳官"面如满月犹白，眼如秋水还清"。

　　芳官毕竟曾经是明星。在任何时代，明星总是时尚的风向标。

❀

第六十三回　寿怡红群芳开夜宴　死金丹独艳理亲丧
（节选）

　　这里晴雯等忙命关了门，进来笑说："这位奶奶那里吃了一杯来了，唠三叨四的，又排场了我们一顿去了。"麝月笑道："他也不是好意的，少不得也要常提着些儿。也堤防着怕走了大褶儿的意思。"说着，一面摆上酒果。

　　袭人道："不用高桌，咱们把那张花梨圆炕桌子放在炕上坐，又宽绰，又便宜。"说着，大家果然抬来。麝月和四儿那边去搬果子，用两个大茶盘做四五次方搬运了来。两个老婆子蹲在外面火盆上筛酒。宝玉说："天热，咱们都脱了大衣裳才好。"众人笑道："你要脱你脱，我们还要轮流安席呢。"宝玉笑道："这一安就安到五更天了。知道我最怕这些俗套子，在外人跟前不得已的，这会子还恹我就不好了。"众人听了，都说："依你。"于是先不上坐，且忙着卸妆宽衣。

一时将正装卸去，头上只随便挽着纂儿，身上皆是长裙短袄。宝玉只穿着大红棉纱小袄子，下面绿绫弹墨裌裤，散着裤脚，倚着一个各色玫瑰芍药花瓣装的玉色夹纱新枕头，和芳官两个先划拳。当时芳官满口嚷热，只穿着一件玉色红青酡绒三色缎子斗的水田小夹袄，束着一条柳绿汗巾，底下水红撒花夹裤，也散着裤腿。头上眉额编着一圈小辫，总归至顶心，结一根鹅卵粗细的总辫，拖在脑后。右耳眼内只塞着米粒大小的一个小玉塞子，左耳上单带着一个白果大小的硬红镶金大坠子，越显的面如满月犹白，眼如秋水还清。引的众人笑说："他两个倒像是双生的弟兄两个。"

龄官的金簪子

《红楼梦》第三十回，有段场景极美，让人看过很难忘怀。

端午节前一天，贾宝玉从母亲处回来。大观园内"赤日当空，树阴合地，满耳蝉声，静无人语"。

刚到蔷薇花架，只听到哽咽之声。正当五月，蔷薇花花叶茂盛。宝玉悄悄隔着篱笆洞儿一看，只见一个女孩子蹲在花下，手里拿着根簪子一面在地下抠土，一面悄悄地流泪。

宝玉起先还以为有人学黛玉葬花，嫌她东施效颦。但细看之下发现，她虽然用金簪划地，却并不是掘土埋花，竟是向土上画字。宝玉的眼睛随着簪子起落，一直一画一点一勾地看了去，数一数，十八笔。自己又在手心里用指头照着写，猜是个什么字。写成一想，原来就是个蔷薇花的"蔷"字。

有人读得细，宝玉跟着龄官一笔一画，他也跟着宝玉一笔一画，怎么画都觉不对啊，简化字"蔷"是14笔，而繁体字"薔"为16笔，怎么会是18笔呢？过去，回字有四种写法。孔乙己早说过了嘛！繁体字的"薔"，草字头断开，下面应为"回"，正好18笔。

回到书上，那蔷薇架里面的龄官，面对开得正盛的灼灼蔷薇，触景生情，画了几十个"蔷"，已是痴了一般，以至被雨淋湿了都恍然不觉，哪里知道隔着篱笆悄悄看的宝玉竟也呆呆地看痴了……

龄官对贾蔷的爱，已浓烈到了无法排解的程度。

回头一想，龄官那枚金簪子，在地上画了一个又一个"蔷"字，恐怕已磨掉一大截了吧。可惜啊。

簪子，头部尖细，尾部有一个圆疙瘩，用于固定头发式样。尖细处便于插入发髻，尾部的小疙瘩使其不易滑脱。

金簪银簪，式样非常多。繁复到一定程度便成了步摇。龄官拿的金簪子，想必是简单款式，不然很难拿捏的。这倒使我想起一个故事：《女红余志》中记载，魏文帝的宫人陈巧笑挽髻时，不用别的首饰，只用一支圆顶金簪插在发髻中。要知道魏晋时女子头上的装饰非常多，而这一个魏文帝看了很觉清新，赞赏说："玄云黯霭兮金星出。"意思是浓墨乌云里露出了闪耀的金星。后来这种精致简洁的簪常被叫作金顶簪。

《红楼梦》中写头饰无数。宝玉一出场，头饰就令人惊艳："头上戴着束发嵌宝紫金冠，齐眉勒着二龙抢珠金抹额"，转身出现，又是"头上周围一转的短发，都结成小辫，红丝结束，共攒至顶中胎发，总编一根大辫，黑亮如漆，从顶至梢，一串四颗大珠，用金八宝坠角。"

龄官的金簪子如此简单，在书中却有浓墨重彩的效果。

我们这一代女性，生活较为粗糙简单。虽有浓密青丝发，却从未用过簪子。过去，无论富贵贫穷，女性头上必有簪子或发钗。

头上的簪或钗，向来是女性表达情感的有效武器。《长恨歌》里，杨玉环带给唐明皇的信物是"钗留一股合一扇"，金钗留下一股，钿盒留下一半。但教心似金钿坚，天上人间会相见。民间女子呢，也用荆钗，当然，此荆非

（明）梅花形金簪　图片来自湖北博物馆官方网站

彼金。此为"负荆请罪"的荆，就是用根荆条随便往头发里一插。以致后来，"荆钗"成了男人称自己妻子的谦辞。

　　恐怕有人要问了，你怎么尽说钗啊，簪呢？有啊，小时候看过一部越剧叫《碧玉簪》。说的是明朝吏部尚书李廷甫将女儿秀英许配给翰林王裕之子玉林。秀英的表兄顾文友因求婚不成，便买通孙媒婆拿走秀英碧玉簪一支，连同伪造的情书，在秀英成婚之日，暗置于新房之中。单纯书生王玉林果然中计，疑秀英不贞，秀英备受冷落和凌辱。李廷甫闻女被虐，赶往王府责问，王玉林方出示

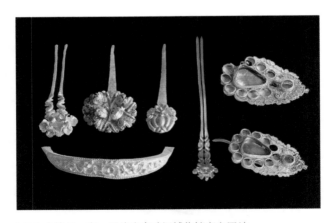

（元）金饰品一套　图片来自武汉博物馆官方网站
共七件，其中双龙莲花形金钗2件，镂空镶绿松石金鬓式2件，鸳鸯戏莲金簪1件，宝相花金簪1件，双龙戏珠金栉背1件。

情书、玉簪，遂使真相大白，然而李秀英已被折磨成疾。王玉林悔恨不已，上京赴考中魁，请来凤冠霞帔向李秀英认错赔礼。

要不是簪子这么贴身的信物，新郎断不会上当的。那是荒芜年月里，我第一次知道女人还有叫"簪"的这种东西。

看过《红楼梦》才知，《碧玉簪》中那翰林夫人说的竟都是刘姥姥的话。

到了清代，满族女子喜戴头饰，不缠足，有"金头天足"之称。因此，簪子作为最基础的头饰，发展到无以复加的地步。

从清代后妃遗留下来的簪饰来看，簪分两种类型。一类是实用簪，多用于固定发髻和发型。另一类为装饰簪。装饰簪的材质珍贵，各种玉、宝石，图案精美且有很好的寓意。发髻梳好后，将簪戴在明显的位置上。

据记载，乾隆十六年（1751 年），乾隆皇帝为其母举办六十大寿时，在恭进的寿礼中，仅各种簪子的名称就让人瞠目结舌，如事事如意簪、梅英采胜簪、景福长绵簪、日永琴书簪、日月升恒万寿簪、仁风普扇簪、万年吉庆簪、方壶集瑞边花(鬓花)、瑶池清供边花、西池献寿簪、万年嵩祝簪、天保磬宜簪、卿云拥福簪、绿雪含芳簪等等。

清代后妃戴簪还有个有趣的地方——讲究季节性。冬

（清）各式簪子 王虹摄自台北故宫博物院

春两季戴金簪，到立夏这天换下金簪戴玉簪。直到立冬又换上金簪。晚清在慈禧身边当过女翻译的裕德龄女士回忆：1903年农历四月二十四日是立夏，"这一天每个人都得换下金簪，戴上玉簪"。就在这一天，慈禧赐给裕德龄母亲、妹妹和她本人每人一只玉簪，"太后拣了一只很美丽的给我母亲，说这只簪曾有三个皇后戴过。又拣了两只很美丽的给我们姊妹俩各一只，说这两只是一对，一只是东太后常戴的，一只是她自己年轻时戴的"。

龄官在端午节前画"蔷"字，用的是金簪，倒正好符合这一传统。不知赫赫巍巍的贾府，这些方面是否也跟着他们家贵妃贾元春的节奏走。

龄官这份浓烈情感，后来结局如何？

读前面那些章回，如果留意到龄官这个人物的，心里会隐隐有不好的预感。为何？第十八回元春省亲时，贾蔷曾命龄官作《游园》《惊梦》二出，龄官认为此二出戏不是她的本分戏，执意不作，定要作《相约》《相骂》二出。贾蔷扭她不过，只得依她作了。可见龄官性格之孤傲。贾蔷被这种性格的人爱上，真不见得是好事。

后面第三十六回，宝玉闲逛到梨香院，想听龄官唱戏，龄官懒得理他。一会儿贾蔷来了，她才像活过来。贾蔷花重金买了鸟儿来讨她欢心，谁知她一味与贾蔷怄气，借小鸟悲叹自己的孤苦伶仃，痛恨自己的戏子身份，搞得贾蔷只能拆笼放鸟。放了却又不是，龄官又尖酸刻薄地不休不罢。

如此折腾的性子，不但苦了她喜欢的人，于她自己也是极度折磨。不是谁都玩得起轰轰烈烈的爱情的。此后，整部书中再也没提到过龄官。第五十八回，宫里老太妃去世，贾家遣散戏班子时，十二人中自愿留下做丫头的名单中，没有龄官。龄官或死或走？她早已"咳血"，前者可能性更大。

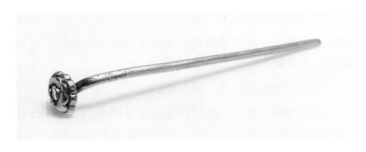

（明清）如意金簪　余芝晓女士藏

回头一想，用金簪子在地上划"蔷"，这金簪子的损耗，正呼应了她心血的损耗。写法厉害啊，为作者鼓掌！

第三十回　宝钗借扇机带双敲　龄官划蔷痴及局外
（节选）

且说那宝玉见王夫人醒来，自己没趣，忙进大观园来。只见赤日当空，树阴合地，满耳蝉声，静无人语。刚到了蔷薇花架，只听有人哽噎之声。宝玉心中疑惑，便站住细听，果然架下那边有人。如今五月之际，那蔷薇正是花叶茂盛之时，宝玉便悄悄的隔着篱笆洞儿一看，只见一个女孩子蹲在花下，手里拿着根绾头的簪子在地下抠土，一面悄悄的流泪。

宝玉心中想道："难道这也是个痴丫头，又像颦儿来葬花不成？"因又自叹道："若真也葬花，可谓'东施效颦'，不但不为新特，且更可厌了。"想毕，便要叫那女子，说："你不用跟着那林姑娘学了。"话未出口，幸而再看时，这女孩子面生，不是个侍儿，倒像是那十二个学戏的女孩子之内的，却辨不出他是生旦净丑那一个角色来。宝玉忙把舌头一伸，将口掩住，自己想道："幸而不曾造次。上两次皆因造次了，颦儿也生气，宝儿也多心，如今再得罪了他们，越发没意思了。"

一面想，一面又恨认不得这个是谁。再留神细看，只见这女孩子眉蹙春山，眼颦秋水，面薄腰纤，袅袅婷婷，大有林黛玉之态。宝玉早又不忍弃他而去，只管痴看。只见他虽然用金簪划地，并不是掘土埋花，竟是向土上画字。宝玉用眼随着簪子的起落，一直一画一点一勾的看了去，数一数，十八笔。自己又在手心里用指头按着他方才下笔的规矩写了，猜是个什么字。写成一想，原来就是个蔷薇花的"蔷"字。

宝玉想道："必定是他也要作诗填词。这会子见了这花，因有所感，或者偶成了两句，一时兴至恐忘，在地下画着推敲，也未可知。且看他底下再写什么。"一面想，一面又看，只见那女孩子还在那里画呢，画来画去，还是个"蔷"字。再看，还是个"蔷"字。里面的原是早已痴了，画完一个又画一个，已经画了有几千个"蔷"。外面的不觉也看痴了，两个眼睛珠儿只管随着簪子动，心里却想："这女孩子一定有什么话说不出来的大心事，才这样个形景。外面既是这个形景，心里不知怎么熬煎。看他的模样儿这般单薄，心里那里还搁的住熬煎。可恨我不能替你分些过来。"

伏中阴晴不定，片云可以致雨，忽一阵凉风过了，唰唰的落下一阵雨来。宝玉看着那女子头上滴下水来，纱衣裳登时湿了。宝玉想道："这时下雨。他这个身子，如何禁得骤雨一激！"因此禁不住便说道："不用写了。你看下大雨，身上都湿了。"那女孩子听说倒唬了一跳，抬头一看，只见花外一个人叫他不要写了，下大雨了。一则宝玉脸面俊秀；二则花叶繁茂，上下俱被枝叶隐住，刚露着半边脸，那女孩子只当是个丫头，再不想是宝玉，因笑道："多谢姐姐提醒了我。难道姐姐在外头有什么遮雨的？"一句提醒了宝玉，"嗳哟"了一声，才觉得浑身冰凉。低头一看，自己身上也都湿了。说声"不好"，只得一气跑回怡红院去了，心里却还记挂着那女孩子没处避雨。

王熙凤的"攒珠勒子"

很多人评价，王熙凤最端庄、最有女人味的一幕，出现在第六回。

《红楼梦》第六回，刘姥姥第一次进荣国府。经过一道道关卡，终于来到王熙凤的房间。看见王熙凤了吗？不，还要来一层铺垫："只见门外錾铜钩上悬着大红撒花软帘，南窗下是炕，炕上大红毡条，靠东边板壁立着一个锁子锦靠背与一个引枕，铺着金心绿闪缎大坐褥，旁边有雕漆痰盒。"

终于，凤姐出场了。这次出场，不像林黛玉初进贾府那次——人未到声先到，珠光宝气彩绣辉煌。刘姥姥看见："那凤姐儿家常带着秋板貂鼠昭君套，围着攒珠勒子，穿着桃红撒花袄，石青刻丝灰鼠披风，大红洋绉银鼠皮裙，粉光脂艳，端端正正坐在那里，手内拿着小铜火箸儿拨手炉内的灰。"

　　如此安静的王熙凤，在整部《红楼梦》中都是难得的。

　　安静的王熙凤，必须用安静的妆扮来衬托。就说头饰吧，林黛玉进贾府时见到的王熙凤，"头上戴着金丝八宝攒珠髻，绾着朝阳五凤挂珠钗"。整个头布满金丝，金丝上五只金凤凰口里衔珠，随着步子晃人眼。多么显赫夺目！而刘姥姥见到的王熙凤，头上只戴着一个昭君套，围了个攒珠勒子，一副家常模样。

　　但攒珠勒子是啥？

　　那得先说"昭君套"。顾名思义，昭君套肯定与王昭君有关。王昭君闻名之举是"出塞"，昭君套应该与出塞有关。

　　确实，昭君和亲，一路向北。出了塞，就是寒风凛冽的北地。为避风寒，戴上了早就准备好的一种动物皮毛帽套。这种极具特色的帽套，随着"昭君出塞图"的广为传播，被叫作了"昭君套"。

　　其实，昭君套的出现远早于王昭君，它原是北方妇女用来御寒的。因古时多个朝代流行高髻，头发往上梳，结成髻。如果头发不够多不够长，梳成的髻不够高，里面还要衬木头、假发等，所以，这种帽子不能有顶。昭君套实际上就是一个动物皮毛做的帽圈，或叫帽套。

　　昭君套流传到内地后，因气候不同，原来动物皮毛做的帽套，渐渐变薄。从皮毛到皮，再到绒布、麻、锦缎、纱罗，还演化成网格，甚至有的就一根线，名称也变成了"抹额"，或叫"额带、头箍、发箍、眉勒、脑包"等等。

《红楼梦》中出现过"抹额"这个词吗？有。第三回写宝玉装束：头上戴着束发嵌宝紫金冠，齐眉勒着二龙抢珠金抹额。

不但妇人戴抹额，我们在古装剧中经常看到那些侠客或武士，额头上也绑一条带子。这其实也是北方壮汉装束的一种遗留，以示此人有着胡人的勇猛无畏。

满人入关之前，明代就十分流行抹额。明末社会富裕，抹额也较为考究，一般在抹额中间部位都会饰以刺绣或珠玉，有的甚至整条抹额都有刺绣或珠玉。

（清）青绒银镀金嵌珠石头箍
图片来自故宫博物院官方网站

多年里，我们收藏有多件小品珠玉，背后都有细小孔洞，一看就是从织物上拆下来的。用金子镶嵌一下可成为雅巧可爱的小挂坠、戒指、胸针等等。原来我们认为这些小品珠玉都是"帽正"，即缀在帽子前端，戴上后以它对准鼻尖，以正衣冠。现在看来，我们的收藏品中，有帽正，但大部分可能是从抹额上拆下来的。

在北方的冬天，昭君套一直盛行。就在明代，"昭君套"有了一个更可爱的名称，叫"卧兔儿"。形象吧？动物皮毛做的帽套，就像一只毛茸茸的兔子，静静卧在头上。用海獭皮做的就称"海獭卧兔儿"，用貂鼠皮做的就称"貂鼠卧兔儿"。

清军入关后，当然继承了"抹额"装束。北方民族嘛，习性相呼应。上至皇宫嫔妃，下至渔婆村妇，都时兴戴抹额。清人所绘雍正妃子画像，清楚地展现了妃子抹额的精美程度。妃子们所戴的黑抹额，叫"乌兜"。冬季用乌绒、乌绫制作，夏季则用乌纱。

动物皮毛的"昭君套"，在大冬天仍是少不了的。但是，此时的满人，所处环境到底不一样了。"昭君套"从单纯的御寒功能，变成了"御寒＋装饰"，且以装饰为主。毕竟不需要策马扬鞭打仗迁徙，而是像王熙凤一样，只需坐在富贵乡里动动脑筋。

这种变化，就出现了"攒珠勒子"。这里的"勒

（清）皮镶银嵌珊瑚饰头箍　摄自台北故宫博物院

（明清）抹额上的玉花　作者自藏

左：（清）雍正 雍亲王题
书堂深居图屏·桐荫品茶轴
右：（清）雍正 雍亲王题
书堂深居图屏·烘炉观雪轴
图片均来自故宫博物院官方
网站

子"，其实就是很细的抹额，起点缀装饰作用的。试想，
额头上戴一条由珠子串起来或珠子缝在细带上的抹额，
何其灵动雅致！

第六回　贾宝玉初试云雨情　刘姥姥一进荣国府
（节选）

　　刘姥姥屏声侧耳默候。只听远远有人笑声，约有

一二十妇人，衣裙窸窣，渐入堂屋，往那边屋内去了。又见两三个妇人，都捧着大漆捧盒，进这边来等候。听得那边说了声"摆饭"，渐渐的人才散出，只有伺候端菜的几个人。半日鸦雀不闻之后，忽见二人抬了一张炕桌来，放在这边炕上，桌上碗盘森列，仍是满满的鱼肉在内，不过略动了几样。板儿一见了，便吵着要肉吃，刘姥姥一巴掌打了他去。忽见周瑞家的笑嘻嘻走过来，招手儿叫他。刘姥姥会意，于是带了板儿下炕，至堂屋中，周瑞家的又和他唧咕了一会，方过这边屋里来。

只见门外鏊铜钩上悬着大红撒花软帘，南窗下是炕，炕上大红毡条，靠东边板壁立着一个锁子锦靠背与一个引枕，铺着金心绿闪缎大坐褥，旁边有雕漆痰盒。那凤姐儿家常带着秋板貂鼠昭君套，围着攒珠勒子，穿着桃红撒花袄，石青刻丝灰鼠披风，大红洋绉银鼠皮裙，粉光脂艳，端端正正坐在那里，手内拿着小铜火箸儿拨手炉内的灰。平儿站在炕沿边，捧着小小的一个填漆茶盘，盘内一个小盖钟。凤姐也不接茶，也不抬头，只管拨手炉内的灰，慢慢的问道："怎么还不请进来？"一面说，一面抬身要茶时，只见周瑞家的已带了两个人在地下站着呢。这才忙欲起身犹未起身时，满面春风的问好，又嗔着周瑞家的怎么不早说。刘姥姥在地下已是拜了数拜，问姑奶奶安。凤姐忙说："周姐姐，快搀起来，别拜罢，请坐。我年轻，不大认得，可也不知是什么辈数，不敢称呼。"周瑞家的忙回道："这就是我才回的那姥姥了。"凤姐点头。刘姥姥已在炕沿上坐了。板儿便躲在背后，百般的哄他出来作揖，他死也不肯。

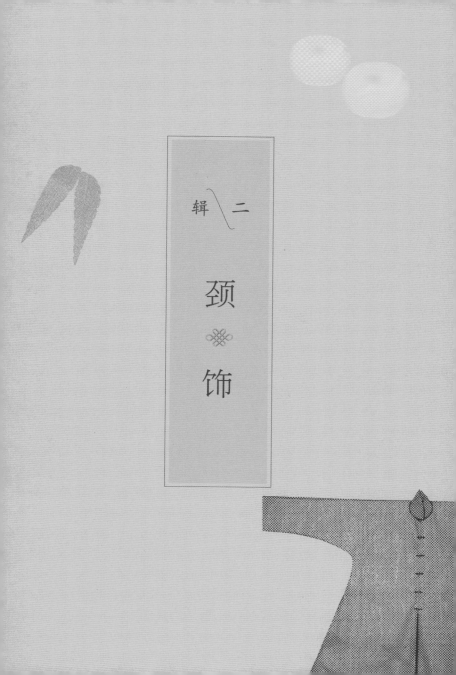

辑\二

颈 ❖ 饰

宝玉头上戴着累丝嵌宝紫金冠，额上勒着二龙抢珠金抹额，身上穿着秋香色立蟒白狐腋箭袖，系着五色蝴蝶鸾绦，项上挂着长命锁、记名符，另外有一块落草时衔下来的宝玉。

贾宝玉的通灵宝玉

《红楼梦》皇皇巨著，从何起头？

翻开第一页，作者自己也问道："列位看官：你道此书从何而来？"

"原来女娲氏炼石补天之时，于大荒山无稽崖炼成高经十二丈、方经二十四丈顽石三万六千五百零一块。娲皇氏只用了三万六千五百块，只单单剩了一块未用，便弃在此山青埂峰下。"

谁知此石自经锻炼之后，灵性已通，要一僧一道带他经历红尘。那僧便念咒书符，大展幻术，将一块大石变成一块鲜明莹洁的美玉，又缩成扇坠大小可佩可拿。

然后，贾宝玉口衔该玉降生。

理一理贾宝玉与这块玉的关系吧。贾宝玉原来是天界赤瑕官的神瑛侍者，有一天凡心偶炽，想乘凡界太平盛世去游历一番，就在警幻仙子案前报了名。

而西方灵河岸上三生石畔，有绛珠草一株，因有神瑛侍者日日甘露灌溉，得久延岁月，后修成个女体。只因尚未报答灌溉之恩，五内便郁结着一段缠绵不尽之意。听说神瑛侍者要下凡，也去警幻仙子案前报了名。

茫茫大士闻知这一对风流冤家尚未投胎入世，趁此机会，就将此石头夹带于中，一起来到人间。

所以，贾宝玉是神瑛侍者，林黛玉是那株绛珠草。而贾宝玉出生时所衔之"玉"，便是女娲补天剩下的那块石头。

前面说的那些，归于神话世界，没啥不可理解的。但是，这块石头破神话而出，落到现实实处的这个关键点，即贾宝玉衔着这块玉出生，这就有点突兀了。因为，现实世界中没有人是衔玉而生的。

这是《红楼梦》里最神秘的一个情节。《红楼梦》又名《石头记》，可以理解为整部书是写在石头上的，书是石头书，而不是神瑛侍者写的书。而且，这块石头（贾宝玉佩戴的通灵宝玉）几乎是贯穿整部小说的主线，作者不停地用这个神秘物件来刺激读者。

对这块神秘之玉，众说纷纭。有的认为是贾政、王夫人夫妻俩故意制造出来的"奇迹"，意欲提高他俩在贾府中的地位；有的说是"三象征"，象征贾宝玉悲哀的前生和来历，象征高贵公子的优越性，象征宝玉与黛玉不相称的爱情；有的说贾宝玉的肉身由神瑛侍者化成，而"所衔之玉"象征他的欲望；等等。

我们觉得，"衔玉而生"是表示一种身份的"与生俱来"。作者到底要表达一种什么身份？那就要先来看看这块玉到底是什么。

我们这里要说的，是作者描写这块"通灵宝玉"时，有可能的参照物。即，通灵宝玉的材质究竟为何？

女娲补天剩下的顽石，经僧人"念咒书符，大展幻术"，已经变成"一块鲜明莹洁的美玉，且又缩成扇坠大小"。但具体这块通灵宝玉长什么样子，要在第八回，借薛宝钗的眼睛来看到。

第八回，宝玉去看略有小恙的宝钗。宝钗道："成日家说你的这玉，究竟未曾细细的赏鉴，我今儿倒要瞧瞧。"说着便挪近前来。宝玉亦凑了上去，从项上摘了下来，递在宝钗手内。宝钗托于掌上，只见大如雀卵，灿若明霞，莹润如酥，五色花纹缠护。

清代的玉，一般指的就是新疆和田玉。翡翠要到清末由慈禧太后手里才真正兴盛起来。新疆和田玉，"大如雀卵"倒是常见，籽料嘛。"灿若明霞"，勉强可以说是形容籽料的皮色。为何说勉强，因为在《红楼梦》成书的年代，籽料是不兴留皮的。那时认为将皮子剥去，留下里面的肉才是真真好东西。贾宝玉这样的富贵公子，不太可能戴块留皮的籽料。

"莹润如酥"？似乎不对劲。形容和田玉，大多不用"莹润"而用"温润"，不用"如酥"而用"如脂"。你细想一下，感觉是不一样的。

最后，问题来了，"五色花纹缠护"？新疆和田玉，再怎么着也不可能五色花纹缠护吧？

如果贾宝玉的通灵宝玉不是新疆和田玉，那么有可能是哪种玉？

多年里我们一直被这个问题折磨着。

直到有一天，看到一篇三国时期的美文，读着读着不由得站了起来。

来看美男子曹丕的名句："禀金德之灵施，含白虎之华章。扇朔方之玄气，喜南离之焱阳。歆中区之黄采，曜东夏之纯苍。苞五色之明丽，配皎日之流光。"

他在歌颂一件宝物，这件宝物有金玉的灵性，兽皮般美丽的花纹。蕴含北地的黑色元气、南地的红色火焰、中土的黄色华彩、东方的苍翠之色。五色明丽，像太阳照耀般流光溢彩。

与"灿若明霞，莹润如酥，五色花纹缠护"像吗？简直如出一辙。

曹丕歌颂的这件宝物，是他跟随父亲曹操北征乌桓时得到的一件玛瑙勒子。他在《玛瑙勒赋》之序中说道：

"玛瑙，玉属也。出自西域，文理交错，有似马脑，故其方人因以名之。或以系颈，或以饰勒。余有斯勒，美而赋之。"

玛瑙勒子，即玛瑙做的一根管子。曹丕给出了明确的信息：

1. 玛瑙，玉属也。玛瑙是玉的一种。汉代以前，并无"玛瑙"一词，当时就称它为"琼玉"或"赤玉"。《诗经》中说到那么多琼、玖、瑶、琚、瑰，根据出土的同时期佩饰考察，很多材质即为玛瑙，但并未出现"玛瑙"一词。一直要到东汉末年，佛教传入我国后，琼玉或赤玉才改称为"玛瑙"。

2. 玛瑙制作技艺来自西域。从出土记录来看，玛瑙饰品的大量制作，起源于距今 4000 多年前的两河流域和印度河流域。文明传播，玛瑙及其制作工艺西周时就广泛传入我国，以至于现在拥有"西周玛瑙"仍是古珠爱好者的顶级梦想。而"珍珠玛瑙"也作为宝物的代名词流传下来。

3. 玛瑙纹理交错，"有似马脑"。在古珠爱好者中，约定俗成，将有缠丝纹路的称为玛瑙，无缠丝纹路的则称为玉髓。

4. "或以系颈，或以饰勒"。这根玛瑙勒子怎么用呢？或者系挂在颈部，或者装饰在抹额上。抹额，在本书

《王熙凤的"攒珠勒子"》一文中已有介绍。

玛瑙品种千千万，曹丕得到的玛瑙勒子，到底是玛瑙里面的哪一种呢？

三国时期的乌桓，约在今天的辽东一带。曹丕的玛瑙勒子，材质很可能是如今古珠爱好者们口中的"战国红玛瑙"。

"战国红玛瑙"这个称谓，既不是玛瑙分类的科学名称，也不是战国时期流传下来的红玛瑙，而是一俗语。该俗语特指产于辽宁朝阳的一种缟状纹玛瑙。它以红黄缟为主，偶尔间杂黑缟、白缟等，缟纹幻化无常，水线穿梭其中，颜色艳丽，光华内敛。

战国红玛瑙在先秦时期即被称为赤玉，历史上价格一直居高不下。因为：

一是它符合传统审美。黄为尊，红为贵，色多而不杂谓之君臣分明；二是产量较少，大料尤为难得，"大如雀卵"已属不易；三是战国后突然消失于历史长河之中，难见踪影。

因此，此种材质显得格外神秘。1949 年后考古发掘的许多战国墓中出现这种材质的玉礼器，世人不识，冠以"战国红玛瑙"一名。

战国末期到曹丕跟随曹操北征乌桓，时间跨度少说也有四百多年。在此四百多年里，出此玛瑙的产地一直处

（战国）玛瑙环　摄自杭州博物馆

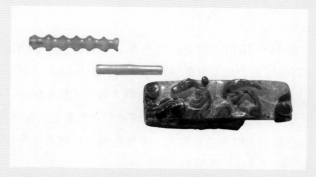

（西汉）玛瑙剑璏　王虹摄自台北故宫博物院

于北方，少数民族处于战乱频仍的状态。我们在《古珠之美》中说过，战乱年代不可能制作出美轮美奂的珠子。此宝物淹没四百多年，突然现身，难怪曹丕惊艳，大张旗鼓地歌颂。

而到了清代，时间跨度几乎是两千年上下，"战国红玛瑙"更是稀罕了。《红楼梦》作者或许是在古董商"冷子兴"们那里看到过这种宝物，惊叹于大自然的鬼斧神工。

但其实在明代，这种神秘宝物也现身过，不过只能在皇亲贵胄间才能一睹芳容。2001 年湖北省文物考古研究所对梁庄王墓进行了发掘。梁庄王是明朝第四位皇帝朱高炽的儿子。此次考古成果颇丰，其中，有一组王妃使用的玉佩，用黄色丝线穿缀着 32 片玉树叶、16 件串饰以及 1 件玉珩。

那 16 件串饰，均为圆雕瓜果、动物。10 件是玉的，6 件是玛瑙的。最下方的俩玛瑙，资料上标注为"彩玉鸳鸯"，相关说明为"工匠还利用玛瑙多彩的天然本色作'俏色'处理，逼真地表现出石榴的成熟和鸳鸯羽毛的斑斓"。

让我们来细看这对鸳鸯：不难发现，其材质正是红缟玛瑙。即"战国红玛瑙"。

对通灵宝玉的"五色花纹"，作者在第三十五回又一次作了强调。宝玉请宝钗的丫头莺儿给通灵宝玉打络子，宝钗说："若用杂色断然使不得，大红又犯了色，黄的又

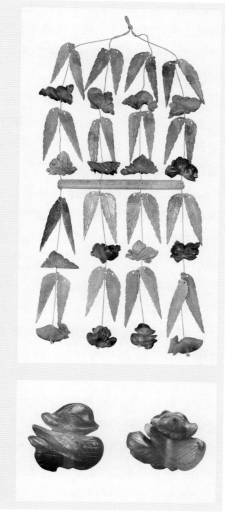

（明）玉叶组佩　图片来
自湖北省博物馆官方网站

不起眼，黑的又过暗。"说明通灵宝玉的主色调为大红色、黄色，所以大红线犯色，黄线不起眼。次色调呢，略略间杂着其他颜色，整体看色调不很明亮，因此配黑线"又过暗"。

到底该怎么配呢？宝钗说："等我想个法儿：把那金线拿来，配着黑珠儿线，一根一根的拈上，打成络子，这才好看。"让我们想象一下：黑线与金线打成络子，配上战国红玛瑙，确实和谐耐看。

由此看来，通灵宝玉的材质，一一都对应到了"战国红玛瑙"。所以，通灵宝玉应该是一块珍贵的缟状纹玛瑙。颜色以红、黄为主，灿若明霞，莹润如酥，五色花纹缠护。

最重要的还没讲到，啥？

对于《红楼梦》的真正作者到底是谁，历来争论不休。

现在的通行本《红楼梦》共有 120 回，前 80 回作者为曹雪芹，后 40 回作者为高鹗，但怀疑曹雪芹是否为真正作者的大有人在。有些红学家专门研究这个话题，研究成果亦颇丰。有说作者是明代文学家冒辟疆，有说作者是清代戏剧家洪升，等等。

作者当时写作《红楼梦》，为避文字狱或其他原因，对书中内容真事隐（甄士隐）、假语存（贾雨村），哪会将自己真实姓名明明白白说出来。但是，根据《红楼梦》的写作技法，总有线索潜伏下来的。

　　贾宝玉"衔玉降生"的玉，完全可以是新疆和田羊脂玉。《红楼梦》描写的时期基本为康熙、雍正、乾隆三朝，这三朝社会富裕，玉器流行。尤其到了乾隆时期，由于乾隆帝酷爱玉器，大量的好玉在市场上流通。为何作者要写一块大众不熟悉的玉？我们觉得，关键点正出在《玛瑙勒赋》上。该文谁写的？曹丕！

　　曹丕是魏朝的开国皇帝，曹姓中的称帝之人。曹丕姓啥？当然是曹！

　　《红楼梦》又名《石头记》，是以石头，即通灵宝玉的口吻写成的一本书。所以，作者应该是以此玉来标明自己的真正身份。这本书不是别人写的，正是姓曹的人写的。

　　当然是曹雪芹。

　　话说到这里，干脆再天马行空一下。《红楼梦》中，作者一直将林黛玉与薛宝钗设定为同一人。第五回，作者预先对金陵十二钗正册、副册、又副册等的命运作了预判。连丫头都每人一首判词，更不用说主子们了。唯独，对女一号、女二号的林黛玉和薛宝钗，合用一首判词。脂砚斋的评语，则更是明白无误点出："钗、玉名虽两个，人却一身，此幻笔也。"

　　对此"钗黛合一"，到底该怎么理解，真真难煞读者也，也难煞了众多红学研究者。

缟玛瑙古珠　作者自藏

会不会曹雪芹在写作时，有个意念中的"原型"？

谁？甄宓！

甄宓嫁给了曹丕，而曹丕的弟弟曹植暗恋甄宓到不可抑制的地步。相传《洛神赋》就是曹植因思念甄宓而作。

或许，甄宓在真性情的曹植面前，是真性情的"林妹妹"，而在玩政治的曹丕面前，是端庄温柔的"宝姐姐"。

第一回　甄士隐梦幻识通灵　贾雨村风尘怀闺秀
（节选）

原来女娲氏炼石补天之时，于大荒山无稽崖炼成高经十二丈、方经二十四丈顽石三万六千五百零一块。娲皇氏只用了三万六千五百块，只单单剩了一块未用，便弃在此山青埂峰下。谁知此石自经煅炼之后，灵性已通，因见众石俱得补天，独自己无材不堪入选，遂自怨自叹，日夜悲号惭愧。

一日，正当嗟悼之际，俄见一僧一道远远而来，生得骨格不凡，丰神迥异，说说笑笑来至峰下，坐于石边高谈快论。先是说些云山雾海神仙玄幻之事，后便说到红尘中荣华富贵。此石听了，不觉打动凡心，也想要到人间去享一享这荣华富贵；但自恨粗蠢，不得已，便口吐人言，向那僧道说道："大师，弟子蠢物，不能见礼了。适闻二位谈那人世间荣耀繁华，心切慕之。弟子质虽粗蠢，性却稍通；况见二师仙形道体，定非凡品，必有补天济世之材，利物济人之德。如蒙发一点慈心，携带弟子得入红尘，在那富贵场中、温柔乡里受享几年，自当永佩洪恩，万劫不忘也。"二仙师听毕，齐憨笑道："善哉，善哉！那红尘中有却有些乐事，但不能永远依恃；况又有'美中不足，好事多魔'八个字紧相连属，瞬息间则又乐极悲生，人非物换，究竟是到头一梦，万境归空，倒不如不去的好。"

这石凡心已炽，那里听得进这话去，乃复苦求再四。二仙知不可强制，乃叹道："此亦静极思动，无中生有之数也。既如此，我们便携你去受享受享，只是到不得意时，切莫后悔。"石道："自然，自然。"那僧又道："若说你性灵，却又如此质蠢，并更无奇贵之处。如此也只好踮脚而已。也罢，我如今大施佛法助你助，待劫终之日，复还本质，以了此案。你道好否？"石头听了，感谢不尽。那僧便念咒书符，大展幻术，将一块大石登时变成一块鲜明莹洁的美玉，且又缩成扇坠大小的可佩可拿。那僧托于掌上，笑道："形体倒也是个宝物了！还只没有实在的好处，须得再镌上数字，使人一见便知是奇物方妙。然后携你到那昌明隆盛之邦，诗礼簪缨之族，花柳繁华地，温柔富贵乡去安身乐业。"石头听了，喜不能禁，乃问："不知赐了弟子那几件奇处，又不知携了弟子到何地方？望乞明示，使弟子不惑。"那僧笑道："你且莫问，日后自然明白的。"说着，便袖了这石，同那道人飘然而去，竟不知投奔何方何舍。

后来，又不知过了几世几劫，因有个空空道人访道求仙，忽从这大荒山无稽崖青埂峰下经过，忽见一大块石上字迹分明，编述历历。空空道人乃从头一看，原来就是无材补天，幻形入世，蒙茫茫大士、渺渺真人携入红尘，历尽离合悲欢炎凉世态的一段故事。后面又有一首偈云：

无材可去补苍天，枉入红尘若许年。

此系身前身后事，倩谁记去作奇传？

诗后便是此石坠落之乡，投胎之处，亲自经历的一段陈迹故事。其中家庭闺阁琐事，以及闲情诗词倒还全备，或可适趣解闷；然朝代年纪、地舆邦国却反失落无考。

颈
饰

薛宝钗的金锁

关于薛宝钗,《红楼梦》里有一段描述,以前一直读不懂。

第四十回,刘姥姥二进荣国府。贾母带着刘姥姥游大观园时,去了黛玉的潇湘馆,去了探春的秋爽斋,走到宝钗的蘅芜苑时,她老人家吓了一跳:"及进了房屋,雪洞一般,一色玩器全无,……床上只吊着青纱帐幔,衾褥也十分朴素。"

贾母这个角色,在《红楼梦》中一向是笑呵呵的。这回,不对了,不但不笑,还声色俱厉。只见她摇头说:"使不得。虽然他省事,倘或来一个亲戚,看着不像;二则年轻的姑娘们,房里这样素净,也忌讳。我们这老婆子,越发该住马圈去了。"

我们读不懂的是这句:年轻姑娘房里这样素净,也忌讳?

宝钗出身皇商之家，大富大贵，还能这样朴素，不正是她的美好品格吗？贾母为何说忌讳？到底忌讳啥？

随着年纪大起来，有点明白了。一个姑娘，以后是人妻、人母、祖母。如果一户人家乃至一个家族要兴旺，女主人必得要有"发性"（吴语：使什么什么兴旺的意思），发家，发利，发子孙。

有"发性"的女人，肯定是对生活充满热情。映射到生活细节上，就是会布置自己的房间。内心有兴趣，房间内就会出现各种赏玩之物。

而宝钗的房间"雪洞一般，一色玩器全无"。深层面解读，这个姑娘心冷。一个心冷的女主人，任由她怎样能干，带给家庭的总是肃杀冷清之气。贾母看见这个，倒抽一口冷气，脱口而出：使不得。忌讳。

有人要反对了：宝钗还戴金项圈呢！哪里一味朴素？

对，今天我们就来说说宝钗的金项圈。

《红楼梦》第八回，写宝玉去看望身体不适的宝钗。宝钗说："成日家说你的这玉，究竟未曾细细的赏鉴，我今儿倒要瞧瞧。"说着便挪近前来。宝玉亦凑了上去，从项上摘了下来，递在宝钗手内……宝钗看毕，又重新翻过正面来细看，口内念道："莫失莫忘，仙寿恒昌。"念了两遍，乃回头向莺儿笑道："你不去倒茶，也在这里发呆作什么？"莺儿嘻嘻笑道："我听这两句话，倒像和姑娘的项圈上的两句话是一对儿。"

　　这一下宝玉好奇，忙笑道："原来姐姐那项圈上也有八个字，我也赏鉴赏鉴。"

　　宝钗被缠不过，因说道："也是个人给了两句吉利话儿，所以錾上了，叫天天带着；不然，沉甸甸的有什么趣儿。"一面说，一面解了排扣，从里面大红袄上，将那珠宝晶莹、黄金灿烂的璎珞掏将出来。

　　这个动作描写很性感呢，给出的信息量也很多。

　　有人撰文说："（宝玉的）通灵玉以何种形式挂在颈上？……《红楼梦》第三回写得清楚：'项上金螭璎珞，又有一根五色丝绦系着一块美玉。'随后又道是：'再看已换了冠带……仍就带着项圈、宝玉、寄名锁、护身符等物。'这部小说习惯把璎珞与项圈混称，如第八回莺儿提到'姑娘的项圈'，随后却写'宝钗被缠不过……从里面大红袄上，将那珠宝晶莹、黄金灿烂的璎珞掏将出来。宝玉忙托了锁看时……'因此，第三回写宝玉的项饰，'金螭璎珞'与后面提到的'项圈'实为同一饰物的不同叫法。"

　　这部小说习惯把璎珞与项圈混称吗？它们是同一饰物的不同叫法吗？哈哈，如果你玩过古珠，一眼就能发现"璎珞"与"项圈"的不同。

　　纵观《红楼梦》对宝钗所佩金锁项饰的描述，该金锁项饰应该由三部分组成：

1. 项圈

是项圈，不是项链。项圈的圆弧形基本固定，而项链没有固定形状。说它上端是金项圈，后面第三十五回有印证。宝玉挨打，宝钗怀疑与她哥哥薛蟠有关，便责备薛蟠。薛蟠被冤枉，辩驳时口不择言，说宝钗看上了宝玉等等，把宝钗弄哭了。当哥哥的于心不忍，又变着法子讨好宝钗。说："妹妹的项圈我瞧瞧，只怕该炸一炸去了。"宝钗道："黄澄澄的又炸他作什么？"

宝钗的金项圈是足金的。足金佩戴时间长了，表面会形成一层氧化膜，颜色稍稍变暗。古代的金器脏了不是用布擦，而是拿去金店炸一炸，经过淬火工艺使金器重现光泽。

而金项圈，佩戴在衣服外面很是耀眼，这与宝钗的个性不符。但癞头和尚叫天天戴着，宝钗又不敢不戴，所以戴在外衣里面的大红袄上。即外衣跟内衣之间。

2. 璎珞

你看，作者形容是"珠宝晶莹黄金灿烂的璎珞"。所以，中间部分是一条由宝石、半宝石、黄金珠（或黄金托）串起来的珠链。

项圈是硬的，黄澄澄一种色彩。而璎珞是活动随型的，各种宝石、半宝石色彩璀璨。

3. 金锁

璎珞中间，垂挂下来一枚金锁。

在故宫博物院所藏《玉粹轩通景画》中，就有一个女孩佩戴着这个形制的项饰。只不过她的璎珞部分是珍珠。

从宝钗的丫头莺儿口中得知，癞头和尚送给宝钗八个字，即"不离不弃，芳龄永继"，说必须錾在金器上，随身佩戴。于是薛家就给宝钗打了个金锁，錾刻上这八个字。

《红楼梦》第八回，宝玉要看宝钗的金锁，宝钗"解了排扣，从里面大红袄上将那珠宝晶莹黄金灿烂的璎珞掏将出来。宝玉忙托了锁看时，果然一面有四个篆字，两面八字，共成两句吉谶"。

可见，宝钗掏出来的，是中、下两部分，金项圈并没有露出来。

那么，回到本篇开头，宝钗戴金锁与她"雪洞一般"的房间矛盾吗？

不矛盾的。很多电影、电视剧中，黛玉穿着打扮很素雅，而宝钗穿金戴银很艳丽，这其实与原著不符。原著是反过来的。黛玉穿得漂亮，反而是宝钗很素净。

不信？随便举一例。第四十九回，因下了雪，李纨想在次日请大家作诗，众姐妹齐聚稻香村商议此事。大家均是冬装打扮。

"黛玉换上掐金挖云红香羊皮小靴，罩了一件大红羽纱面白狐狸里的鹤氅，束一条青金闪绿双环四合如意绦，头上罩了雪帽。"黛玉穿了啥？脚上是羊皮靴子，红色的

（清）玉粹轩通景画

图片来自故宫博物院官方网站

《玉粹轩通景画》局部

皮子，上面挖出云朵状，云朵里填了金线。是一双红色羊皮上面嵌有金线云朵的小靴子。衣服呢？大红羽纱长披风，靓丽吧！羽纱是一种织品，加有生羊毛，所以坚硬而防水。大红色的面子，白狐皮的里子，红与白的对应十分鲜明。腰带呢？青金色、绿色丝线交织成的，结扣是四合如意。黛玉一身大红色，腰间点缀一点青绿色，非常俏丽。

宝钗穿啥了？只一句话："穿一件莲青斗纹锦上添花洋线番羓丝的鹤氅。""莲青"是一种青中带点紫的颜色，这个颜色不显眼，比大红要暗淡许多。"斗纹"指花样交织。"洋线番羓丝"是舶来的丝线与毛线的混合织物。

没法与黛玉相比吧。

宝玉与宝钗互看项饰这一回，宝玉来时，掀起门帘看到的宝钗：穿着一色半新不旧的，看去不见奢华，惟觉淡雅。在下人周瑞家的眼中，薛宝钗也是家常打扮，头上只挽着鬓儿。宝钗母亲薛姨妈也说："他从来不爱这些花儿粉儿的。"

因此，宝钗戴金锁，确实是有心机的。

四大家族中，贾家与史家，是官场上的，王家与薛家，则侧重于生意场上，当然后来也涉足官场。宝钗的父亲被称为紫薇舍人。"紫薇舍人"领内务府帑银，是户部挂名的皇商，而不是爵位。

皇商的特点是有雄厚的经济实力而缺少政治地位。薛

（清）大红水波纹羽纱单雨衣　图片来自故宫博物院官方网站

莲青色

家生意做得好，但再会做生意，也得"朝中有人"，不然，朝不保夕。

《红楼梦》第四回写道："当日有他父亲在日，酷爱此女，令其读书识字，较之乃兄竟高过十倍。"薛家儿子薛蟠是个草包，薛父将薛宝钗看成是振兴门庭的希望。

宝钗第一次出场，不是来贾家做客，而是参加皇宫选秀的。宝钗一心想通过选秀进入皇宫，挣得政治地位。因为对薛家来说，追求政治权势，高于一切。

选秀的失败，对宝钗打击很大。宝玉来看身体不适的宝钗，可能暗示宝钗因选秀失败而病了一场。

高枝是攀不上了。此时薛蟠打死人的人命案子，因为贾家的缘故，轻易摆平。宝钗退而求其次，以贾府为安身立命之所。

这金锁，就是"金玉良缘"的由头，是宝钗不能流露又必须流露的希冀、愿望、心事。

黛玉冰雪聪明，早看明白了。她骂宝玉迟钝："蠢才！蠢才！你有玉，人家就有金来配你！"

黛玉乱说吗？并没乱说。第二十九回，贾母众人去清虚观打醮，张道士请宝玉摘下胸前挂着的玉，托出去给那些远来的道友并徒子徒孙们见识见识。回来时，托盘里有好些回礼。贾母因看见有个赤金点翠的麒麟，便伸手拿了起来，笑道："这件东西好像我看见谁家的孩子也带着这

清代玉锁　作者自藏

么一个的。"宝钗笑道："史大妹妹有一个，比这个小些。"
贾母道："原来是云儿有这个。"宝玉道："他这么往我们
家去住着，我也没看见。"探春笑道："宝姐姐有心，不管
什么他都记得。"林黛玉冷笑道："他在别的上还有限，惟
有这些人带的东西上越发留心。"宝钗听说，便回头装没
听见。

　　薛宝钗，一个十四五岁的小姑娘，理性到近乎心冷，
心机重重，这固然有她的苦衷，但毕竟太世故，失去了真
性情。这也是很多人不喜欢她的原因。

第八回　比通灵金莺微露意　探宝钗黛玉半含酸
（节选）

闲言少述，且说宝玉来至梨香院中，先入薛姨妈室中来，正见薛姨妈打点针黹与丫鬟们呢。宝玉忙请了安，薛姨妈忙一把拉了他，抱入怀内，笑说："这们冷天，我的儿，难为你想着来，快上炕来坐着罢。"命人倒滚滚的茶来。宝玉因问："哥哥不在家？"薛姨妈叹道："他是没笼头的马，天天忙不了，那里肯在家一日。"宝玉道："姐姐可大安了？"薛姨妈道："可是呢，你前儿又想着打发人来瞧他。他在里间不是，你去瞧他，里间比这里暖和，那里坐着，我收拾收拾就进去和你说话儿。"

宝玉听说，忙下了炕来至里间门前，只见吊着半旧的红绸软帘。宝玉掀帘一迈步进去，先就看见薛宝钗坐在炕上作针线，头上挽着漆黑油光的鬖儿，蜜合色棉袄，玫瑰紫二色金银鼠比肩褂，葱黄绫棉裙，一色半新不旧，看去不觉奢华。唇不点而红，眉不画而翠，脸若银盆，眼如水杏。罕言寡语，人谓藏愚；安分随时，自云守拙。宝玉一面看，一面问："姐姐可大愈了？"宝钗抬头只见宝玉进来，连忙起身含笑答说："已经大好了，倒多谢记挂着。"说着，让他在炕沿上坐了，即命莺儿斟茶来。一面又问老太太姨娘安，别的姐妹们都好。一面看宝玉头上戴着累丝嵌宝紫金冠，额上勒着二龙抢珠金抹额，身上穿着秋香色立蟒白狐腋箭袖，系着五色蝴蝶鸾绦，项上挂着长命锁、记名符，另外有一块落草时衔下来的宝玉。

宝钗因笑说道："成日家说你的这玉，究竟未曾细细的赏鉴，我今儿倒要瞧瞧。"说着便挪近前来。宝玉亦凑了上去，从项上摘了下来，递在宝钗手内。宝钗托于掌上，只见大如雀卵，灿若明霞，莹润如酥，五色花纹缠护。这就是大荒山中青埂峰下的那块顽石的幻相。后人曾有诗嘲云：

女娲炼石已荒唐，又向荒唐演大荒。

失去幽灵真境界，幻来亲就臭皮囊。

好知运败金无彩，堪叹时乖玉不光。

白骨如山忘姓氏，无非公子与红妆。

那顽石亦曾记下他这幻相并癞僧所镌的篆文，今亦按图画于后。但其真体最小，方能从胎中小儿口内衔下。今若按其体画，恐字迹过于微细，使观者大废眼光，亦非畅事。故今只按其形式，无非略展些规矩，使观者便于灯下醉中可阅。今注明此故，方无胎中之儿口有多大，怎得衔此狼犺蠢大之物等语之谤。

……

宝钗看毕，又从新翻过正面来细看，口内念道："莫失莫忘，仙寿恒昌。"念了两遍，乃回头向莺儿笑道："你不去倒茶，也在这里发呆作什么？"莺儿嘻嘻笑道："我听这两句话，倒像和姑娘的项圈上的两句话是一对儿。"宝玉听了，忙笑道："原来姐姐那项圈上也有八个字，我也赏鉴赏鉴。"宝钗道："你别听他的话，没有什么字。"宝玉笑央："好姐姐，你怎么瞧我的了呢。"宝钗被缠不过，因说道："也是个人给了两句吉利话儿，所以錾上了，叫天天带着；不然，沉甸甸的有什么趣儿。"一面说，一面解了排扣，从里面大红袄上将那珠宝晶莹黄金灿烂的璎珞掏将出来。宝玉忙托了锁看时，果然一面有四个篆字，两面八字，共成两句吉谶。亦曾按式画下形相：

注云：不离不弃

注云：芳龄永继

宝玉看了，也念了两遍，又念自己的两遍，因笑问："姐姐这八个字倒真与我的是一对。"莺儿笑道："是个癞头和尚送的，他说必须錾在金器上——"宝钗不待说完，便嗔他不去倒茶，一面又问宝玉从那里来。

湘云的金麒麟

《红楼梦》里的"金玉良缘",人所共知。金是薛宝钗的金锁,玉是贾宝玉的宝玉,良缘是指宝玉与宝钗的婚姻。但后来,有研究者发现,《红楼梦》中的"金",不止宝钗的"金锁",还有一金,即史湘云的金麒麟。金麒麟对宝玉的婚姻有特殊含义吗?史湘云为何佩戴这个饰品?

且第三十一回回目为"撕扇子作千金一笑 因麒麟伏白首双星"。有人据此推测,贾宝玉最后是跟史湘云结为夫妻。红学大师周汝昌就是"宝湘说"的代表性人物。

究竟"金玉良缘"的"金"是指谁,大家洋洋洒洒的论文能叠成屋子高。我们这里就不去推测了,我们感兴趣的是,作者为何让史湘云戴个金麒麟,麒麟在传统文化中有何含义?

是吧?女孩子家,戴个金锁、金葫芦、金镶玉啥的,选择很多。而麒麟,一般代指男孩。为何史湘云要戴个男孩子的项饰？

麒麟，我们并不陌生。《三国演义》中的姜维，号"麒麟儿"。《水浒》中梁山好汉卢俊义，绰号"河北玉麒麟"。就连曾热播一时的电视剧《琅琊榜》也有，男一号梅长苏，人称"麒麟才子"。

这些称号因何而来？

我国传统文化中，麒麟是排名靠前的瑞兽。其形象集狮头、鹿角、虎眼、麋身、龙鳞、牛尾于一体。而在现实中，并不存在这种动物。就像盘踞于中国人脑海中的龙，现实中并不存在一样。

一种现实中没有的动物，在文化含义中却活灵活现：

1. 麒麟性善。儒家赋予它很多优秀品质。如：其性温善，含仁怀义，不覆生虫，不折生草，头上有角，角上有肉，设武备而不用。就是说，拥有武器却从不使用。

2. 麒麟象征才俊之士。据说孔子是遇麟而生。《诗经》中，则以"麟之趾"来赞美周文王和他的家族。汉代，汉武帝在未央宫建造了一座麒麟阁，把功臣的画像挂在阁上，以此来表示嘉奖和向天下昭示其爱才之心。唐代武则天时，以麒麟作纹饰绣于袍服，名曰"麒麟袍"，专门赏赐给三品以上的武将穿用。清代时，皇帝穿龙袍，一品武官则穿"麒麟袍"。你看，麒麟地位一级级上升。

3. 麒麟长寿。神话传说中，麒麟能活两千年。

（明成化）青花麒麟纹盘　图片来自故宫博物院官方网站

　　但其实民间喜欢麒麟，最主要的原因是"麒麟送子"。在我国的传统观念里，最厉害的说法是"不孝有三，无后为大"。最大的不孝就是不能生儿育女、传宗接代。所以老百姓普遍希望早生贵子，子孙满堂，认为多子便多福。

　　既然孔子这样的圣贤之人是麒麟带来的，那么，人们相信麒麟既可以送子，又可以佑子。所以，"麒麟送子"的主题，或见于图画，或见于祝语，或见于诗文，或见于佩饰，表现形式多样而活泼。意在祈求、祝愿早生贵子，子孙贤德。

　　常见的"麒麟送子"图案，有童子抱笙、童子持莲、童子骑麟、童子佩戴长命锁等等。如果是版画，往往配有吉语"天上麒麟儿，地下状元郎"。

　　而最直接表现"麒麟佑子"的，是将一枚麒麟挂件佩戴在身上。长辈或亲友，在孩子生日或逢年过节时，送一只麒麟给未成年的儿童佩戴。如果是婴幼儿，则送"麒麟锁"。统统都有祈福和安佑的用意，祝愿孩儿长大了文治武功有出息。

　　麒麟的质地有金、银、铜、玉、水晶、玛瑙、绿松石等等。

　　看到这里，你要说了，说来说去，麒麟代表的都是男性。而史湘云，《红楼梦》中纯正女儿一个，为何要佩戴

（清）"麒麟送子"图绣片　摄自浙江省博物馆

一个金麒麟?

因为作者内心非常怜爱这个史湘云。何以见得?就从这个金麒麟上可见一斑。

起码有这几层意思吧:

1. 保佑史湘云平安长大。史湘云的父母去世很早。"襁褓之间父母违",还在婴儿时父母就双双去世了。如果是因病而逝,那么希望史湘云能身体强健;如果是因意外而亡,则希望这样的厄运不要降临到史湘云身上。

2. 史湘云才华横溢又心地纯良。很多人读《红楼梦》,最喜欢的女性不是林黛玉,也不是薛宝钗,而是史湘云。因为史大姑娘心大,气度大,同情心大。心直口快,不拘小节,吃得起苦,对环境不畏不惧。

3. 强调史湘云的男孩性格。史湘云开朗豪爽,爱淘气,爱穿男装,大说大笑,风流倜傥。一经金麒麟点题,让她一下子从众多红楼少女中脱颖而出。作者似乎在暗处指指点点:这个是不一样的。

关于史湘云爱穿男装,书里有多处写到。比如,第三十一回,宝钗对王夫人说:"姨娘不知道,他穿衣裳还更爱穿别人的衣裳。可记得旧年三四月里,他在这里住着,把宝兄弟的袍子穿上,靴子也穿上,额子也勒上,猛一瞧倒像是宝兄弟,就是多两个坠子。他站在那椅子后边,哄的老太太只是叫'宝玉,你过来,仔细那上头挂的灯穗子招下灰来迷了眼。'他只是笑，也不过去。后来大家撑不住笑了，老太太才笑了，说'倒扮上男人好看了'。"

第四十九回，下雪天，大家齐聚稻香村商议赏雪作诗之事。众姊妹都在那边，都是一色大红猩猩毡与羽毛缎斗篷。一时史湘云来了：

穿着贾母与他的一件貂鼠脑袋面子大毛黑灰鼠里子里外发烧大褂子，头上带着一顶挖云鹅黄片金里大红猩猩毡昭君套，又围着大貂鼠风领。黛玉先笑道："你们瞧瞧，孙行者来了。他一般的也拿着雪褂子，故意装出个小骚达子来。"

湘云呢，听了也不生气，反而更进一步，一边脱外衣一边说："你们瞧瞧我里头打扮的。"只见她里头穿着一件半新的靠色三镶领袖秋香色盘金五色绣龙窄裉小袖掩衿银鼠短袄，里面短短的一件水红妆缎狐肷褶子，腰里紧紧束着一条蝴蝶结子长穗五色宫绦，脚下也穿着麂皮小靴，越显得蜂腰猿臂、鹤势螂形。众人都笑道：她爱穿男装，原来她穿男装比穿女装更俏丽。

而更让读者津津乐道的还是第六十二回那场"憨湘云醉眠芍药裀"：

（清）费丹旭十二金钗图册（湘云醉卧芍药丛）
图片来自故宫博物院官方网站

（清）麒麟纹桃形银盒子　作者自藏

那天宝玉生日，大家热闹喝酒，呼三喝四，喊七叫八。满厅中红飞翠舞，玉动珠摇，玩了一回，大家方起席散了一散，倏然不见了湘云……等找到时，"果见湘云卧于山石僻处一个石凳子上，业经香梦沉酣，四面芍药花飞了一身，满头脸衣襟上皆是红香散乱，手中的扇子在地下，也半被落花埋了，一群蜂蝶闹穰穰的围着他，又用鲛帕包了一包芍药花瓣枕着"。

这个场景，在整部《红楼梦》中是排得上前五名的经典场景，几百年来为多少人所喜欢赞叹。一个"憨"字，写出作者多少欢喜之情。试想，爱穿男装的、醉卧芍药裀的少女，佩戴什么最合适？

当然是金麒麟！

❀

第六十二回　憨湘云醉眠芍药裀　呆香菱情解石榴裙
（节选）

湘云等不得，早和宝玉"三""五"乱叫，划起拳来。那边尤氏和鸳鸯隔着席也"七""八"乱叫划起来。平儿袭人也作了一对划拳，叮叮当当只听得腕上的镯子响。一时湘云赢了宝玉，袭人赢了平儿，尤氏赢了鸳鸯，三个人限酒底酒面，湘云便说："酒面要一句古文，一句旧诗，一句骨牌名，一句曲牌名，还要一句时宪书上的话，共总凑成一句话。酒底要关人事的果菜名。"众人听了，都笑说："惟有他的令也比人唠叨，倒也有意思。"便催宝玉快说。宝玉笑道："谁说过这个，也等想一想儿。"黛玉便道："你多喝一钟，我替你说。"宝玉真个喝了酒，听黛玉说道：

　　　　落霞与孤鹜齐飞，风急江天过雁哀，却是一只折足雁，叫的人九回肠，这是鸿雁来宾。

　　说的大家笑了，说："这一串子倒有些意思。"黛玉又拈了一个榛穰，说酒底道：

　　　　榛子非关隔院砧，何来万户捣衣声。

　　令完，鸳鸯、袭人等皆说的是一句俗话，都带一个"寿"字的，不能多赘。

　　大家轮流乱划了一阵，这上面湘云又和宝琴对了手，李纨和岫烟对了点子。李纨便覆了一个"瓢"字，岫烟便射了一个"绿"字，二人会意，各饮一口。湘云的拳却输了，请酒面酒底。宝琴笑道："请君入瓮。"大家笑起来，说："这个典用的当。"湘云便说道：

　　　　奔腾而砰湃，江间波浪兼天涌，须要铁锁缆孤舟，既遇着一江风，不宜出行。

　　说的众人都笑了，说："好个诌断了肠子的。怪道他出这个令，故意惹人笑。"又听他说酒底。湘云吃了酒，拣了一块鸭肉呷口，忽见碗内有半个鸭头，遂拣了出来吃脑子。众人催他，"别只顾吃，到底快说了。"湘云便用箸子举着说道：

　　这鸭头不是那丫头，头上那讨桂花油。

　　众人越发笑起来，引的晴雯、小螺、莺儿等一干人都走过来说："云姑娘会开心儿，拿着我们取笑儿，快罚一杯才罢。怎见得我们就该擦桂花油的？倒得每人给一瓶子桂花油擦擦。"黛玉笑道："他倒有心给你们一瓶子油，又怕挂误着打盗窃的官司。"众人不理论，宝玉却明白，忙低了头。彩云有心病，不觉的红了脸。宝钗忙暗暗的瞅了黛玉一眼。黛玉自悔失言，原是趣宝玉的，就忘了趣着彩云。自悔不及，忙一顿行令划拳岔开了。

　　底下宝玉可巧和宝钗对了点子。宝钗覆了一个"宝"字，宝玉想了一想，便知是宝钗作戏指自己所佩通灵玉而言，便笑道："姐姐拿我作雅谑，我却射着了。说出来姐姐别恼，就是姐姐的讳'钗'字就是了。"众人道："怎么解？"宝玉道："他说'宝'，底下自然是'玉'了。我射'钗'字，旧诗曾有'敲断玉钗红烛冷'，岂不射着了。"湘云说道："这用时事却使不得，两个人都该罚。"香菱忙道："不止时事，这也有出处。"湘云道："'宝玉'二字并无出处，不过是春联上或有之，诗书纪载并无，算不得。"香菱道："前日我读岑嘉州五言律，现有一句说'此乡多宝玉'，怎么你倒忘了？后来又读李义山七言绝句，又有一句'宝钗无日不生尘'，我还笑说他两个名字都原来在唐诗上呢。"众人笑说："这可问住了，快罚一杯。"湘云无语，只得饮了。

　　大家又该对点的对点，划拳的划拳。这些人因贾母王夫人不在家，没了管束，便任意取乐，呼三喝四，喊七叫八。满厅中红飞翠舞，玉动珠摇，真是十分热闹。顽了一回，大家方起席散了一散，倏然不见了湘云，只当他外头自便就来，谁知越等越没了影响，使人各处去找，那里找得着。

　　……

　　正说着，只见一个小丫头笑嘻嘻的走来："姑娘们快瞧云姑娘去，吃醉了图凉快，在山子后头一块青板石凳上睡着了。"众人听说，都笑道："快别吵嚷。"说着，都走来看时，果见湘云卧于山石僻处一个石凳子上，业经香梦沉酣，四面芍药花飞了一身，满头脸衣襟上皆是红香散乱，手中的扇子在地下，也半被落花埋了，一群蜂蝶闹穰穰的围着他，又用鲛帕包了一包芍药花瓣枕着。众人看了，又是爱，又是笑，忙上来推唤挽扶。湘云口内犹作睡语说酒令，唧唧嘟嘟说：

　　　　泉香而酒洌，玉碗盛来琥珀光，直饮到梅梢月上，醉扶归，却为宜会亲友。

众人笑推他，说道："快醒醒儿吃饭去，这潮凳上还睡出病来呢。"湘云慢启秋波，见了众人，低头看了一看自己，方知是醉了。原是来纳凉避静的，不觉的因多罚了两杯酒，娇媚不胜，便睡着了，心中反觉自愧。连忙起身扎挣着同人来至红香圃中，用过水，又吃了两盏酽茶。探春忙命将醒酒石拿来给他衔在口内，一时又命他喝了一些酸汤，方才觉得好了些。

辑\三

手

饰

此刻忽见宝玉笑问道："宝姐姐，我瞧瞧你的红麝串子？"可巧宝钗左腕上笼着一串，见宝玉问他，少不得褪了下来。宝钗生的肌肤丰泽，容易褪不下来。宝玉在旁看着雪白一段酥臂，不觉动了羡慕之心，暗暗想道："这个膀子要长在林妹妹身上，或者还得摸一摸，偏生长在他身上。"

北静王的手串

《红楼梦》的男性中，有一位扑朔迷离，又极为尊贵的人物，那就是北静王。作者对这位北静王，偏爱有加。

《红楼梦》第十四回，北静王第一次出场。当时是贾家孙媳妇秦可卿去世，他来参加葬礼。北静王什么样子？这位不到 20 岁的皇家王爷，不仅长相俊美，性格也非常温和有礼，其出众的风度甚至盖过了宝玉。

贾宝玉曾说过："女儿是水作的骨肉，男人是泥作的骨肉。我见了女儿，我便清爽；见了男子，便觉浊臭逼人。"他父亲要他应酬官场人物，他十分讨厌；但对北静王，他内心十分向往。

两人一见面，性情十分相投，惺惺相惜。北静王邀请宝玉常去他的王府参加聚会，长长学问。临分别时，还将腕上一串念珠卸了下来，递给宝玉，说："今日初会，仓促竟无敬贺之物，此系前日圣上亲赐鹡苓香念珠一串，权为贺敬之礼。"

　　你看，北静王也是佩戴手串的。我们在《古珠之美》这本书中说到过，2600 多年前，周代芮国夫人的手串，就已倾倒天下女人心。手串，本就是历朝历代最为前卫的个人饰品。

　　清代王公贵族佩戴的手串，俗称"十八籽"。十八，意寓佛教"十八界"，即六根、六尘、六识。分别为：眼根、耳根、鼻根、舌根、身根、意根；色尘、声尘、香尘、味尘、触尘、法尘；眼识、耳识、鼻识、舌识、身识、意识。

　　十八籽手串与朝珠，从本源上讲是一样的，都是清代服饰中的佩件。手串是十八籽，朝珠是一百零八籽，手串是朝珠的俭省和缩略。所以十八籽一般也有佛头、佛头塔，背云、坠角，但它的佩戴比较随意，可以挂在衣襟上，戴在手腕上，亦可拿在手里随时把玩。

　　北静王送宝玉一串蕶苓香念珠，蕶苓，是香草。我们认为此蕶苓是取其音，实指"鹡鸰"。这有什么特别的吗？

　　鹡鸰，其实是一种小鸟。嘴细，翅膀和尾巴都很长。这种鸟有个特点，只要有一只离群，其他的都会回头鸣叫，前来救援。《诗经·小雅》里说："脊令在原，兄弟急难。"意思是一人有难，兄弟们立即前来救援。

　　鹡鸰的含义我们知道了，再看鹡鸰香念珠这个"香"

（宋）鹡鸰荷叶图　图片来自故宫博物院官方网站

字，总不是指鸟有香味吧。

　　要说这个香，得先说雍正皇帝。

　　雍正帝，工作狂啊。据史书记载，在他执政的 13 年里，每天亲自批阅奏折，要写近万字的批注。注意，那时的字都是用毛笔写的。这，还仅仅是众多公务中的一项。

这么大的工作量，难怪大家都说雍正皇帝是累死的。

工作之余，雍正的爱好是吸鼻烟、香道等等。翻译过来就是：累了，需要提神，再提神。

而鹡鸰香念珠的"香"，是指"念珠"香。珠子由各种香料、中药材配制而成，可以帮助醒脑开窍、养心安神。这正是工作狂雍正帝所需要的。

皇帝自己用着好，就命令再制作，用来赏赐给皇族兄弟们。取个什么名字呢？有人会想，既然是给皇族们，就用"兄弟"吧。于是想起《诗经》里的那句话："脊令在原，兄弟急难。"意思也差不多，那就叫"鹡鸰香念珠"吧。佩戴此珠，也就是提醒你们：我是珍惜兄弟之情的，以往种种均为不得已，你们呢也不要老与我作对。

所以，北静王将手上这串鹡鸰香念珠转赠宝玉，也有视宝玉为兄弟的好意。

宝玉喜滋滋拿了这串珠子回来，就一心想给黛玉看，可见黛玉在他心中的地位。北静王来的那会儿，黛玉刚好回苏州了，因为她父亲去世了。等到林黛玉奔丧回来，宝玉便将北静王所赠鹡鸰香念珠，很珍重地取出来转送给黛玉。谁知黛玉不领情，说了句："什么臭男人拿过的！我不要他。"扔回给宝玉。

关于这个细节，红学家们可发挥大发了。有的说曹雪芹借林黛玉之口，骂雍正臭男人；有的说北静王凭"鹡鸰香念珠"牵线黛玉，而黛玉不肯；有的说黛玉和雍正其实有什么什么关系等等。《红楼梦》本是小说，大家借题发挥罢了。

一个手串能引出如此多的推测，这手串还真是《红楼梦》中的一个重要细节。

那么，鹡鸰香念珠是不是真的存在呢？

可能你要失望了，这只是曹雪芹杜撰的一个手串名，就像他杜撰菜名"茄鲞"一样。曹雪芹是个很好玩的人。

但从功效上来看，明清时期确实有这类香珠串儿。

（明清）合香珠子　余芝晓女士藏

明清时期，达官显贵们常常不惜重金求购沉香，配以檀香、麝香、龙涎香、乳香、冰片、鹿血等名贵之物，按照古法制作成珠子、佛像牌等等，随身佩戴，用来驱邪除秽，保养身体。

这当中，又以晋商的香珠较为闻名。这群来自山西的商人，在明清 500 年间非常厉害。他们有一种合香珠子，配方包括沉香、麝香、中草药等等，戴在手腕上幽香阵阵，很好闻。

那时交通不便，晋商出门做生意，短则数月，长则数年。路途遥远，很难保证没有个头疼脑热，手上戴一串合香珠子，闻闻香气就能提神健脑，夏季还能防虫叮咬。万一有个急病大病，甚至可以砸碎珠子直接吞服，用来急救。

现在，这种珠子已经十分稀少了。这么多年里，品质好的我只见过一串。那个味道，细香氤氲，凉凉幽幽，确实很难忘。那还只是民间的合香珠子，至于北静王的鹡鸰香念珠，我们只能在读《红楼梦》时向往向往了。

第十五回　王凤姐弄权铁槛寺　秦鲸卿得趣馒头庵
（节选）

话说宝玉举目见北静王水溶头上戴着洁白簪缨银翅王帽，穿着江牙海水五爪坐龙白蟒袍，系着碧玉红鞓带，面如美玉，目似明星，真好秀丽人物。宝玉忙抢上来参见，水溶连忙从轿内伸出手来挽住。见宝玉戴着束发银冠，勒着双龙出海抹额，穿着白蟒箭袖，围着攒珠银带，面若春花，目如点漆。水溶笑道："名不虚传，果然如'宝'似'玉'。"因问："衔的那宝贝在那里？"宝玉见问，连忙从衣内取了递与过去。水溶细细的看了，又念了那上头的字，因问："果灵验否？"贾政忙道："虽如此说，只是未曾试过。"水溶一面极口称奇道异，一面理好彩绦，亲自与宝玉带上，又携手问宝玉几岁，读何书。宝玉一一的答应。

水溶见他语言清楚，谈吐有致，一面又向贾政笑道："令郎真乃龙驹凤雏，非小王在世翁前唐突，将来'雏凤清于老凤声'，未可量也。"贾政忙陪笑道："犬子岂敢谬承金奖。赖蕃郡徐祯，果如是言，亦荫生辈之幸矣。"水溶又道："只是一件，令郎如是资质，想老太夫人、夫人辈自然钟爱极矣；但吾辈后生，甚不宜钟溺，钟溺则未免荒失学业。昔小王曾蹈此辙，想令郎亦未必不如是也。若令郎在家难以用功，不妨常到寒第。小王虽不才，却多蒙海上众名士凡至都者，未有不另垂青目，是以寒第高人颇聚。令郎常去谈会谈会，则学问可以日进矣。"贾政忙躬身答应。

水溶又将腕上一串念珠卸了下来，递与宝玉道："今日初会，仓促竟无敬贺之物，此系前日圣上亲赐蕶苓香念珠一串，权为贺敬之礼。"宝玉连忙接了，回身奉与贾政。贾政与宝玉一齐谢过。于是贾赦，贾珍等一齐上来请回舆，水溶道："逝者已登仙界，非碌碌你我尘寰中之人也。小王虽上叨天恩，虚邀郡袭，岂可越仙轴而进也？"贾赦等见执意不从，只得告辞谢恩回来，命手下掩乐停音，滔滔然将殡过完，方让水溶回舆去了。不在话下。

元妃的端午节手串

　　端午节到了，如果你有个贵妃姐姐，你盼望收到什么礼物？身为贵妃，为何要赏赐妹妹们含有麝香的手串？麝香手串是否会导致女人不孕或流产？红麝香珠的"红"是怎么回事？红麝香珠果真是元妃赞同宝玉和宝钗"金玉良缘"的表示吗？

　　《红楼梦》第二十八回，写端午节快到了，皇宫里的贵妃，即宝玉的姐姐元春，赏赐下端午的节礼。

　　很多人认为这次的节礼非同一般。倒不是说特别贵重，而是作为贾家保护神的元春，在这份节礼中，暗示了她赞同宝玉与宝钗联姻的立场。所以，这份礼单被一再解读。

　　但作者真的是这个意图吗？

　　书中写道：袭人命小丫头子来，将昨日所赐之物取了出来，只见上等宫扇两柄，红麝香珠二串，凤尾罗二端，芙蓉簟一领。宝玉见了，喜不自胜，问"别人的也都是这个？"袭人道："老太太的多着一个香如意，一个玛瑙枕。太太、老爷、姨太太的只多着一个如意。你的同宝姑娘的一样。林姑娘同二姑娘、三姑娘、四姑娘只单有扇子同数珠儿，别人都没了。大奶奶、二奶奶他两个是每人两匹纱，两匹罗，两个香袋，两个锭子药。"

可见，宝玉、宝钗的礼物是一样的。分别是：1.上等宫扇两柄；2.红麝香珠二串；3.凤尾罗二端；4.芙蓉簟一领。

黛玉与迎春、探春、惜春的礼物是一样的，只单有扇子同数珠儿。

以前读《红楼梦》，大家都将注意力放在猜测元春的心思上。但随着这几年《甄嬛传》的热播，"麝香"成了出镜率最高的香料。甄嬛是用了含有麝香的"舒痕胶"小产的，华妃是闻了含有麝香的"欢宜香"而不孕的。这麝香对于女人来说，简直比砒霜还令人恐怖。

如此一来，再看这份礼单，不得了。皇宫里的贵妃，怎会赏赐"红麝香珠"给妹妹们？难道不想她们以后生孩子吗？

所以说，有必要来理一理这"红麝香珠"到底是什么。

2014年7月，央视《国宝档案》曾上过一期节目叫《红楼珍玩——红麝香珠》。专家认为"红麝香珠就是红色的玛瑙手串"，到底是不是呢？

这份节礼是为端午节而来。端午，每年农历五月初五。按照传统说法，五月是个毒月，五日是恶日。因为自这天起，天气炎热了，蛇虫八脚都出来了，疾病开始多起来。为了不忘记在这一天辟邪，古代就形成一个端午节，提醒人们在这一天，门上要挂艾叶菖蒲，身上要佩个香囊。

不信？等端午节你到各个菜场看看，卖菜摊位上都放着一叠叠的艾叶菖蒲把。5元一把、10元一把、15元一把，应有尽有。街上各大药店，则出售琳琅满目的端午香囊。

我们有个朋友，每年端午都会送香囊过来。这种香囊是医药公司所制，用料扎实，中药味浓重但很好闻。看其成分——丁香、白芷、檀香、苍术、佩兰、艾叶、冰片、藿香、樟脑、雄黄等等。

（清）明黄色缎地平金银彩绣五毒活计　图片来自故宫博物院官方网站

哎，这算绕回来了——端午香囊。

不但民间，皇宫里也过端午节的。

你看前面那份贵妃赐下的礼单："大奶奶、二奶奶他两个是每人两匹纱，两匹罗，两个香袋，两个锭子药。"

纱、罗都是很薄的丝绸，夏天做衣裤、蚊帐、罩子、手帕等等。香袋不用说，大家都知道。但这"锭子药"是啥？

在清代，端午节前，皇帝要嘱咐造办处制作一些防暑药，俗称"锭子药"。主要品种有：紫金锭、蟾酥锭、离宫锭、盐水锭等等，功用各有侧重。夏天将锭子药放在香袋里随身携带，不但身上气味好闻，提神醒脑，还能救一时之急。

锭子药不仅在宫中使用，也是端午节的一项赏赐品，文武官员都以能得到此项赏赐为荣。贵妃用它赏赐给家人，应是合情合理。

锭子药中有一类特别的，就是"避暑香珠"。

清宫医案中，留有雍正时"避暑香珠"的配方，共计18味药材。先用6味熬汁，要放40多碗水呢。再将另12味研磨成细末。两者搅匀和成泥状，再搓成珠子，打孔。该"香珠"盛暑时带在身上，能避暑，也能避山岚瘴气。

如此看来，元春赏赐给宝玉和妹妹们的"红麝香珠"，也应该是避暑香珠中的一种。"麝"，自然是配方中加了

翡翠多宝衣襟挂　作者自藏

茱萸色淡水珍珠多宝衣襟挂　作者自藏

"麝香"。麝香的功效主要是开窍醒神、活血通经，很适合夏天。对于未婚女性来说，身体里如果有瘀滞，沾点麝香有好处，但孕妇确实是要慎用的。

宝钗向来不喜欢佩戴首饰，红麝香珠一来，她却戴上了。因为这不是首饰，而是辟邪防暑之物。

至于"红"，很可能是外面包了一层朱砂。明代周嘉胄在《香乘》里说：他在交趾（现在的越南）看到当地人将香泥捏成小巴豆状，外用朱砂为衣包裹，内用小铜管来穿绳，做得非常精致。端午节赏赐的香珠外面包裹一层红衣，也有应景的意思。

杭州的风俗，端午节要吃"五黄"。但有些地方，端午节要吃"十二红"。红，代表太阳和正气，以红驱邪，是端午节的要义。汪曾祺和唐鲁孙都写过这个风俗。唐先生列出的"十二红"菜单，分别是：素炒红苋菜、老腌咸鸭蛋、油爆虾、三合油拍水萝卜、胡萝卜炒肉丁酱、红烧黄鱼、温朴拌白菜丝、金糕拌梨丝、红果酪、樱桃羹、蒜泥白肉（这个要蘸酱油吧？）、鸡血汤。

那么，为什么赏赐下来是每人两串呢？

1987 年版电视剧《红楼梦》里，宝玉去贾母那里请安，遇见宝钗。宝玉笑问道："宝姐姐，我瞧瞧你的红麝串子？"宝钗不得不褪了下来。但宝钗身体丰腴，褪了好一会儿才褪下来。

（清）红尖晶石手串
王虹摄自台北故宫博物院

　　电视剧里怎么表现两串的呢？宝钗解开一个搭扣，解下来却是一整条，是一条绕了双股。这个，其实是不符合原著的。

　　清代香珠，常见规制是每串十八粒，用彩色丝线串起来，间隔以各种珠宝，下面再续以丝穗。又称十八籽。

　　佩戴方法主要有两种。一是将香珠戴在手腕或握于手中把玩。二是佩戴在衣襟的右边，第二颗纽扣上。贵妃所赐二串，应该是手腕上一串，衣襟上一串。

　　再回到《红楼梦》，对这次的端午节礼，有人解读为宝玉、宝钗有"红麝香珠",而黛玉她们没有,由此推断元春赞成宝玉与宝钗"金玉良缘"。

不是这样的。宝玉、宝钗得到的礼物是上等宫扇两柄、红麝香珠二串、凤尾罗二端、芙蓉簟一领,而"林姑娘同二姑娘、三姑娘、四姑娘只单有扇子同数珠儿"。这"数珠儿"指的就是红麝香珠。"香珠",有多种叫法,如香串、数珠儿等。因此,这红麝香珠串不能代表元春指婚。

宝玉、宝钗单有,而林姑娘同二姑娘、三姑娘、四姑娘没有的,是后面两件,即凤尾罗二端、芙蓉簟一领。

老蜜蜡、碧玉珠多宝衣襟挂
作者自藏

第二十八回　蒋玉菡情赠茜香罗　薛宝钗羞笼红麝串
（节选）

宝玉并未理论，因问起昨日可有什么事情。袭人便回说："二奶奶打发人叫了红玉去了。他原要等你来的，我想什么要紧，我就作了主，打发他去了。"宝玉道："很是。我已知道了，不必等我罢了。"袭人又道："昨儿贵妃打发夏太监出来，送了一百二十两银子，叫在清虚观初一到初三打三天平安醮，唱戏献供，叫珍大爷领着众位爷们跪香拜佛呢。还有端午儿的节礼也赏了。"说着命小丫头子来，将昨日所赐之物取了出来，只见上等官扇两柄，红麝香珠二串，凤尾罗二端，芙蓉簟一领。宝玉见了，喜不自胜，问"别人的也都是这个？"袭人道："老太太的多着一个香如意，一个玛瑙枕。太太、老爷、姨太太的只多着一个如意。你的同宝姑娘的一样。林姑娘同二姑娘、三姑娘、四姑娘只单有扇子同数珠儿，别人都没了。大奶奶、二奶奶他两个是每人两匹纱，两匹罗，两个香袋，两个锭子药。"

宝玉听了，笑道："这是怎么个原故？怎么林姑娘的倒不同我的一样，倒是宝姐姐的同我一样！别是传错了罢？"袭人道："昨儿拿出来，都是一份一份的写着签子，怎么就错了！你的是在老太太屋里的，我去拿了来了。老太太说了，明儿叫你一个五更天进去谢恩呢。"宝玉道："自然要走一趟。"说着便叫紫绡来："拿了这个到林姑娘那里去，就说是昨儿我得的，爱什么留下什么。"紫绡答应了，拿了去，不一时回来说："林姑娘说了，昨儿也得了，二爷留着罢。"

宝玉听说，便命人收了。刚洗了脸出来，要往贾母那里请安去，只见林黛玉顶头来了。宝玉赶上去笑道："我的东西叫你拣，你怎么不拣？"林黛玉昨日所恼宝玉的心事早又丢开，又顾今日的事了，因说道："我没这么大福禁受，比不得宝姑娘，什么金什么玉的，我们不过是草木之人！"宝玉听他提出"金玉"二字来，不觉心动疑猜，便说道："除了别人说什么金什么玉，我心里要有这个想头，天诛地灭，万世不得人身！"林黛玉听他这话，便知他心里动了疑，忙又笑道："好没意思，白白的说什么誓？管你什么金什么玉的呢！"宝玉道："我心里的事也难对你说，日后自然明白。除了老太太、老爷、太太这三个人，第四个就是妹妹了。要有第五个人，我也说个誓。"林黛玉道："你也不用说誓，我很知道你心里有'妹妹'，但只是见了'姐姐'，就把'妹妹'忘了。"宝玉道："那是你多心，我再不的。"林黛玉道："昨儿宝丫头不替你圆谎，为什么问着我呢？那要是我，你又不知怎么样了。"

正说着，只见宝钗从那边来了，二人便走开了。宝钗分明看见，只装看不见，低着头过去了，到了王夫人那里，坐了一回，然后到了贾母这边，只见宝玉在这里呢。薛宝钗因往日母亲对王夫人等曾提过"金锁是个和尚给的，等日后有玉的方可结为婚姻"等语，所以总远着宝玉。昨儿见元春所赐的东西，独他与宝玉一样，心里越发没意思起来。幸亏宝玉被一个林黛玉缠绵住了，心心念念只记挂着林黛玉，并不理论这事。此刻忽见宝玉笑问道："宝姐姐，我瞧瞧你的红麝串子？"可巧宝钗左腕上笼着一串，见宝玉问他，少不得褪了下来。宝钗生的肌肤丰泽，容易褪不下来。宝玉在旁看着雪白一段酥臂，不觉动了羡慕之心，暗暗想道："这个膀子要长在林妹妹身上，或者还得摸一摸，偏生长在他身上。"正是恨没福得摸，忽然想起"金玉"一事来，再看看宝钗形容，只见脸若银盆，眼似水杏，唇不点而红，眉不画而翠，比林黛玉另具一种妩媚风流，不觉就呆了，宝钗褪了串子来递与他也忘了接。

宝钗见他怔了，自己倒不好意思的，丢下串子，回身才要走，只见林黛玉蹬着门槛子，嘴里咬着手帕子笑呢。宝钗道："你又禁不得风吹，怎么又站在那风口里？"林黛玉笑道："何曾不是在屋里的。只因听见天上一声叫唤，出来瞧了瞧，原来是个呆雁。"薛宝钗道："呆雁在那里呢？

我也瞧一瞧。"林黛玉道:"我才出来,他就'屃儿'一声飞了。"口里说着,将手里的帕子一甩,向宝玉脸上甩来。宝玉不防,正打在眼上,"嗳哟"了一声。要知端的,且听下回分解。

南安太妃的戒指

女人与女人之间送戒指有何含义？为何史湘云要同时送出多个戒指？皇帝送戒指给大臣寓意何在？

《红楼梦》第七十一回，贾母八十大寿。排场不得了，连续八天，日程排得满满当当：

七月二十八日请皇亲驸马王公诸公主郡主王妃国君太君夫人等。

二十九日便是阁下都府督镇及诰命等。

三十日便是诸官长及诰命并远近亲友及堂客。

八月初一日是贾赦的家宴。

初二日是贾政。

初三日是贾珍贾琏。

初四日是贾府中合族长幼大小共凑的家宴。

初五日是赖大林之孝等家下管事人等共凑一日。

真不容易啊，八十岁老太太，身体不强健一点怎经得起这个应酬劲。

第一天是最重要的，接待的都是皇亲国戚。"两府中俱悬灯结彩，屏开鸾凤，褥设芙蓉，笙箫鼓乐之音，通衢越巷。"贾母等皆是按品大妆迎接，要隆重打扮起来的。

就在这天的热闹中，作者埋下了一个重要的伏笔。

南安太妃，一个小国国母级的人物，要趁这次机会替儿子南安郡王物色一个王妃。

太妃，自然不会像村妇那样开门见山地说"把你家姑娘叫出来我看看"。太妃先问贾母的心头肉宝玉，贾母说宝玉替她跪经（庙里念"保安延寿经"）去了，太妃这才问起众小姐们。贾母知其用意，叫了哪几个出来呢？

贾母回头命凤姐儿去把史、薛、林带来，"再只叫你三妹妹陪着来罢"。叫了史湘云、薛宝钗、薛宝琴、林黛玉，后面一句尤为重要：另外，只叫三姑娘探春陪着来。

史湘云、薛宝钗、薛宝琴、林黛玉，都不是贾家的人，贾家迎春、探春、惜春三个中，只叫探春一个。说明在贾母心目中，只有探春才配做王妃。这件事还惹得邢夫人满肚子埋汰：南安太妃来了，贾母只令探春出来，对迎春竟似有如无。

南安太妃与史湘云最熟，因笑道："你在这里，听见我来了还不出来，还只等请去。我明儿和你叔叔算帐。"

然后一手拉着探春，一手拉着宝钗，问几岁了，又连声夸赞。再呢，又松了她两个，拉着黛玉、宝琴，也着实细看，极夸一回。又笑道："都是好的，不知叫我夸那一个的是。"嘴上这么说，其实心里已经相中探春了。

上层社会联姻之必要性、复杂性，不在我们的讨论范围，我们关心的物件马上要出现了。南安太妃在这里拉着手看姑娘时，她的随从早将备用礼物打点出五份来：金玉戒指各五个，腕香珠五串。

腕香珠我们前面多次提到，或者是沉香一类的珠子，或者是由沉香、麝香、檀香、龙涎香等名贵香料和中草药一起配制出来的避暑提神香珠，戴在手腕上。农历七月二十八日，暑气还未过；南安郡更是这些香料的主要产地。

但金玉戒指一人一个，这就有些不太明白了。南安太妃还交代说："你们姊妹们别笑话，留着赏丫头们罢。"戒指是随便赏丫头们的小玩意儿吗？送戒指难道不是意寓订婚或求婚？

其实，在这之前，戒指已经出现过多次。比如第三十一回，史湘云来贾府做客，手帕里包了四个绛纹石的戒指，分别送给袭人、鸳鸯、金钏、平儿四个大丫头。黛玉讥讽她说，以为是什么新奇玩意儿，原来跟前几天打发人送来的是一样的，前儿一起送来岂不省事？史湘云说，

斯里兰卡橙色蓝宝石戒指 作者自藏

土耳其手工黄金编织戒指 奥斯曼帝国工艺传承
作者自藏

古代各色金戒指 作者自藏

叫小子送来的，他们哪里记得住丫头们的名字。

绛纹石的戒指，就是镶嵌了绛纹石戒面的戒指。从书中描写的湘云的处境和条件看，这种绛纹石戒指应该不是什么贵重东西，可能也就是一种带有红色纹理的玛瑙石吧，要不然她也送不起。后面袭人向她道谢也说：一个戒指儿能值多少，可见你的真心。

真心倒是真心，只是这真心，明显不是男女婚约的真心。

有人指出，1987年版电视剧《红楼梦》中，林黛玉手上竟然戴着戒指，认为这是难以忍受的穿帮镜头。其实，《红楼梦》中的小姐、丫鬟们，平时就经常戴戒指啊。

《红楼梦》中的戒指，没有男女定情的含义，仅仅是女孩子们的小饰物、小玩意儿。与如今戴个手串、挂个包

（清）镶嵌宝石金戒指
王虹摄自台北故宫博物院

挂同一个意思。

其实，戒指在我国早已有之。距今 4000—5000 年的新石器时代晚期，大汶口 – 龙山文化时期的墓葬中已有骨戒指出土。在历年考古发掘中，发现的戒指材质有铜、银、金，有些还镶嵌绿松石、宝石等。有一些金戒指已被专家鉴定为西方传入的手工业制品。

在西方，戒指一开始也不是男女婚约的定情物。电影《指环王》将指环作为权力的一种形式。布兰奇·佩尼在《世界服装史》中说：在罗马帝国时期，金戒指"一变而为国家荣誉的象征，作为献给作战有功的官员的一种奖赏"。

戒指的含义，在我国也是不断变化的。我国《后汉书》记载的是奖赏功能，如"孙程等十九人立顺帝有功，各赐金钏指环"。到了魏晋南北朝，戒指似乎只强调其"环"的用意。如《后魏书》说元树从梁归魏后，将爱妹玉儿给他的金指环"寄以还梁，表必还之意"，因"环"与"还"同音。有人统计此时有关戒指的记载，90% 以上都与神鬼、死人有关，也是取生死投胎"循环"之意。且戒指并不戴在手指上，而结置于衣带上。

一直到清代，戒指的含义还不包括男女婚约。偶有以"指环"作为聘礼，但指环与聘礼中的玉佩、金银首饰同理，并无特殊含义。《红楼梦》中，贾琏与尤二姐的定情

（明）金镶宝石戒指　图片来自湖北省博物馆官方网站

各式新老戒指　作者自藏

物是汉玉九龙珮，柳湘莲与尤三姐的订婚信物是一把鸳鸯剑，并无专送戒指以示求婚的记叙。

　　戒指含义真正意义上的转变，要到民国。西方文化大量涌进，男女婚恋上模仿欧洲，自由恋爱成风，这才开始重视戒指的定情、订婚、婚嫁作用。至于西方究竟何时开始将戒指定义为订婚信物，说法太多，莫衷一是。在此不再展开。

❀

第七十一回　嫌隙人有心生嫌隙　鸳鸯女无意遇鸳鸯
（节选）

　　至二十八日，两府中俱悬灯结彩，屏开鸾凤，褥设芙蓉，笙箫鼓乐之音，通衢越巷。宁府中本日只有北静王、南安郡王、永昌驸马、乐善郡王并几个世交公侯应袭，荣府中南安王太妃、北静王妃并几位世交公侯诰命。贾母等俱是按品大妆迎接。大家厮见，先请入大观园内嘉荫堂，茶毕更衣后，方出至荣庆堂上拜寿入席。大家谦逊半日，方才入席。

上面两席是南、北王妃，下面依序，便是众公侯诰命。左边下手一席，陪客是锦乡侯诰命与临昌伯诰命；右边下手一席，方是贾母主位。邢夫人王夫人带领尤氏凤姐并族中几个媳妇，两溜雁翅站在贾母身后侍立。林之孝赖大家的带领众媳妇都在竹帘外面伺候上菜上酒，周瑞家的带领几个丫鬟在围屏后伺候呼唤。凡跟来的人，早又有人管待别处去了。

一时台上参了场，台下一色十二个未留发的小厮伺候。须臾，一小厮捧了戏单至阶下，先递与回事的媳妇。这媳妇接了，才递与林之孝家的，林之孝家的用一小茶盘托上，挨身入帘来递与尤氏的侍妾佩凤。佩凤接了才奉与尤氏。尤氏托着走至上席，南安太妃谦让了一回，点了一出吉庆戏文，然后又谦让了一回，北静王妃也点了一出。众人又让了一回，命随便拣好的唱罢了。少时，菜已四献，汤始一道，跟来各家的放了赏。大家便更衣复入园来，另献好茶。

南安太妃因问宝玉，贾母笑道："今日几处庙里念'保安延寿经'，他跪经去了。"又问众小姐们，贾母笑道："他们姊妹们病的病，弱的弱，见人腼腆，所以叫他们给我看屋子去了。有的是小戏子，传了一班在那边厅上陪着他姨娘家姊妹们也看戏呢。"南安太妃笑道："既这样，叫人请来。"贾母回头命凤姐儿去把史、薛、林带来，"再只叫你三妹妹陪着来罢。"

　　凤姐答应了，来至贾母这边，只见他姊妹们正吃果子看戏，宝玉也才从庙里跪经回来。凤姐儿说了话。宝钗姊妹与黛玉探春湘云五人来至园中，大家见了，不过请安问好让坐等事。众人中也有见过的，还有一两家不曾见过的，都齐声夸赞不绝。其中湘云最熟，南安太妃因笑道："你在这里，听见我来了还不出来，还只等请去。我明儿和你叔叔算帐。"因一手拉着探春，一手拉着宝钗，问几岁了，又连声夸赞。因又松了他两个，又拉着黛玉宝琴，也着实细看，极夸一回。又笑道："都是好的，不知叫我夸那一个的是。"早有人将备用礼物打点出五分来：金玉戒指各五个，腕香珠五串。南安太妃笑道："你们姊妹们别笑话，留着赏丫头们罢。"五人忙拜谢过。北静王妃也有五样礼物，馀者不必细说。

平儿的虾须镯

平儿，王熙凤的陪嫁丫头。

所谓陪嫁丫头，就是从小服侍小姐，与小姐一起长大，小姐嫁人时又随着小姐一起到了姑爷家。

你要说了，丫头嘛，毕竟不是正经主子。一个丫头的手镯，有啥好说的？

况且是"虾须镯"。一听名字，虾须，简直细到快没了。虾须在齐白石的画里，若有似无，灵动得很。但作为金手镯，未免太寒酸了。

为什么我们还要说？

先来看平儿这个人。一部《红楼梦》，三百多个人物，你认为哪个情商最高？有人答贾母，有人答薛宝钗，有人答王熙凤，有人答探春……但大多数人都认为应该是平儿。

一个丫头，作者究竟赋予她什么，使其成为读者眼中情商最高的女子？

　　王熙凤的丈夫贾琏，有个男仆叫兴儿。贾琏在外面包养尤二姐，派兴儿过去服侍。《红楼梦》第六十五回，兴儿对尤二姐说：平儿原是王熙凤自幼的丫头。王熙凤嫁到贾府时，一共陪过来四个丫头。如今嫁人的嫁人，死的死了，只剩下平儿这一个心腹，就让贾琏收在房里做妾。王熙凤的意思，一是显得她贤良大方，二是要拴住贾琏的心，别成日到外面去偷腥。那个平姑娘呢，是个正经人，不把妾的身份放在心上，也不会挑妻窝夫的，倒一味忠心赤胆服侍王熙凤。所以王熙凤才容下她。

　　在下人口中，平儿"虽然和奶奶一气，他倒背着奶奶常作些个好事。小的们凡有了不是，奶奶是容不过的，只求求他去就完了"。

　　贾宝玉对平儿既敬佩又爱怜。他感叹道："贾琏之俗，凤姐之威，他竟能周旋妥帖。"确实，王熙凤泼辣、狠毒、善妒，而贾琏花心、惧内、无能，平儿做王熙凤的丫头、贾琏的妾，时时刻刻在风口浪尖上，这几乎是不可能完成的任务，但平儿却完成得行云流水。

　　情商分与平儿最为接近的薛宝钗，怎么评价平儿？第五十六回，探春大刀阔斧进行改革，兴利除弊。除弊，当然就是除王熙凤的"弊"。作为王熙凤的心腹，平儿怎么表态的？首先，支持探春改革。其次，对每一项积弊，她都能说出一番早该如此但没有如此的理由来，替王熙凤开脱。引得宝钗走过来，摸着她的脸笑道："你张开嘴，我瞧瞧你的牙齿舌头是什么作的。从早起来到这会子，你说了这些话，一套一个样子，也不奉承三姑娘，也没见你说奶奶才短想不到……"

最能体现平儿细腻周到处事风格的，莫过于"俏平儿情掩虾须镯"。在第四十九回中，作者写大雪天里，宝玉、湘云、平儿等人烤鹿肉吃，平儿"褪去手上的镯子，三个围着火炉儿，便要先烧三块吃……吃毕，洗漱了一回。平儿带镯子时却少了一个，左右前后乱找了一番，踪迹全无"。

这只镯子，到第五十二回才出现。原来是宝玉怡红院里的小丫头坠儿偷的。平儿将怡红院较为稳重的大丫头麝月叫出来（当时袭人回家奔母丧了），说道："宝玉是偏在你们身上留心用意、争胜要强的，那一年有一个良儿偷玉，刚冷了一二年，间还有人提起来趁愿，这会子又跑出一个偷金子的来了。而且更偷到街坊家去了。偏是他这样，偏是他的人打嘴。所以我倒忙叮咛宋妈，千万别告诉宝玉，只当没有这事，别和一个人提起。第二件，老太太、太太听了也生气。三则袭人和你们也不好看。所以我回二奶奶，只说：'我往大奶奶那里去的，谁知镯子褪了口，丢在草根底下，雪深了没看见。今儿雪化尽了，黄澄澄的映着日头，还在那里呢，我就拣了起来。'二奶奶也就信了，所以我来告诉你们。你们以后防着他些，别使唤他到别处去。等袭人回来，你们商议着，变个法子打发出去就完了。"麝月道："这小娼妇也见过些东西，怎么这么眼皮子浅。"平儿道："究竟这镯子能多少重，原是二奶奶的，说这叫做'虾须镯'，倒是这颗珠子还罢了。晴雯那蹄子是块爆炭，要告诉了他，他是忍不住的。一时气了，或打或骂，依旧嚷出来不好，所以单告诉你，留心就是了。"说完便作辞而去。

你看，虾须镯原来是王熙凤的，是王熙凤赏给平儿的。王熙凤，出身金陵王家，王家从事国际贸易并负责一部分外交的工作。王熙凤曾说"那时我爷爷单管各国进贡朝贺的事，凡有的外国人来，都是我们家养活。粤、闽、滇、浙所有的洋船货物都是我们家的"，连接驾之事"我们王府也预备过一次"（第十六回）。这种人家出身的小姐，一般的手镯是看不上眼的吧。

那么，"虾须镯"究竟是一种什么样的手镯？

回过去看，"洗漱了一回。平儿带镯子时却少了一个……谁知镯子褪了口，丢在草根底下……雪化尽了，黄澄澄的映着日头，还在那里呢……究竟这镯子能多少重，原是二奶奶的，说这叫做'虾须镯'，倒是这颗珠子还罢了。"从中我们得到有关手镯的五个信息：是金镯子、有搭扣、分量轻、镯子上有颗珠子、戴时不只戴一只。

带着这五个特征，去清代芸芸众镯中找，很快锁定了目标。

这就是"金花丝二龙戏珠"手镯。

清代有一种极细的竹帘子，叫"虾米须帘"。虾须又细又长又有韧性，所以当时以"虾须"形容精美的细东西。

在黄金首饰加工工艺上，因黄金韧性强，延展性大，既能加工成金箔，其薄度可以达到一毫米的五十万分之一，也能拉成金丝，0.312克黄金可以拉成4千米长的一根黄金游丝。这些不可思议的数据，都是纯手工情况下做到的。

过去的金器行，拉金丝叫"拔丝作"。将黄金拉成细丝后，再编成各种精美绝伦的首饰。编成手镯就叫"虾须镯"，这种手镯价值之高，完全不在于黄金本身的重量，而在于其无与伦比的工艺。

王熙凤不仅有"金花丝二龙戏珠"手镯，前面我们已经说到，她的"金丝八宝攒珠髻"也是花丝工艺织成，上面还有花式。

那么，作为探寻"古珠之美"的人，自然要关心那颗珠子的。平儿说"倒是这颗珠子还罢了"，是颗什么珠子？

（清）花丝金盒　摄自台北故宫博物院

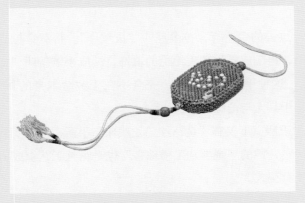

（清）金镶珠石累丝香囊　图片来自故宫博物院官方网站

（清）金镶四龙戏珠镯　图片来自故宫博物院官方网站

　　清代因皇家发源地在东北，因而极其看重东北松花江、乌拉宁古塔河中出产的珍珠，称其为"东珠"。清代礼服花翎顶戴，皇帝就戴东珠顶子。达官显贵家最讲究的自然也是大珍珠。清代手镯的流行式样为"双龙戏珠"。所以那珠，以珍珠为多。

　　珍珠怎么卖呢？珍珠是越大越珍贵，越圆越珍贵。同样品相的，则按重量来计价，所以越重越值钱。平儿说"究竟这链子能多少重……倒是这颗珠子还罢了"，说明这个虾须镯价值不菲。

　　这样分析下来，你还认为"虾须镯"不值得看吗？

第五十二回　俏平儿情掩虾须镯　勇晴雯病补雀金裘
（节选）

宝玉因记挂着晴雯袭人等事，便先回园里来。到房中，药香满屋，一人不见，只见晴雯独卧于炕上，脸面烧的飞红，又摸了一摸，只觉烫手。忙又向炉上将手烘暖，伸进被去摸了一摸身上，也是火烧。因说道："别人去了也罢，麝月秋纹也这样无情，各自去了？"晴雯道："秋纹是我撺了他去吃饭的，麝月是方才平儿来找他出去了。两人鬼鬼祟祟的，不知说什么。必是说我病了不出去。"宝玉道："平儿不是那样人。况且他并不知你病特来瞧你，想来一定是找麝月来说话，偶然见你病了，随口说特瞧你的病，这也是人情乖觉取和的常事。便不出去，有不是，与他何干？你们素日又好，断不肯为这无干的事伤和气。"晴雯道："这话也是，只是疑他为什么忽然又瞒起我来。"宝玉笑道："让我从后门出去，到那窗根下听听说些什么，来告诉你。"说着，果然从后门出去，至窗下潜听。

只闻麝月悄问道："你怎么就得了的？"平儿道："那日洗手时不见了，二奶奶就不许吵嚷，出了园子，即刻就传给园里各处的妈妈们小心查访。我们只疑惑邢姑娘的丫头，本来又穷，只怕小孩子家没见过，拿了起来也是有的。再不料定是你们这里的。幸而二奶奶没有在屋里，你们这里的宋妈妈去了，拿着这支镯子，说是小丫头子坠儿偷起来的，被他看见，来回二奶奶的。我赶忙接了镯子，想了一想：宝玉是偏在你们身上留心用意、争胜要强的，那一年有一个良儿偷玉，刚冷了一二年，间还有人提起来趁愿，这会子又跑出一个偷金子的来了。而且更偷到街坊家去了。偏是他这样，偏是他的人打嘴。所以我倒忙叮咛宋妈，千万别告诉宝玉，只当没有这事，别和一个人提起。第二件，老太太、太太听了也生气。三则袭人和你们也不好看。所以我回二奶奶，只说：'我往大奶奶那里去的，谁知镯子褪了口，丢在草根底下，雪深了没看见。今儿雪化尽了，黄澄澄的映着日头，还在那里呢，我就拣了起来。'二奶奶也就信了，所以我来告诉你们。你们以后防着他些，别使唤他到别处去。等袭人回来，你们商议着，变个法子打发出去就完了。"麝月道："这小娼妇也见过些东西，怎么这么眼皮子浅。"平儿道："究竟这镯子能多少重，原是二奶奶的，说这叫做'虾须镯'，倒是这颗珠子还罢了。晴雯那蹄子是块爆炭，要告诉了他，他是忍不住的。一时气了，或打或骂，依旧嚷出来不好，所以单告诉你，留心就是了。"说着便作辞而去。

　　宝玉听了，又喜又气又叹。喜的是平儿竟能体贴自己；气的是坠儿小窃；叹的是坠儿那样一个伶俐人，作出这丑事来。因而回至房中，把平儿之话一长一短告诉了晴雯。又说："他说你是个要强的，如今病着，听了这话越发要添病，等好了再告诉你。"晴雯听了，果然气的蛾眉倒蹙，凤眼圆睁，即时就叫坠儿。宝玉忙劝道："你这一喊出来，岂不辜负了平儿待你我之心了。不如领他这个情，过后打发他就完了。"晴雯道："虽如此说，只是这口气如何忍得！"宝玉道："这有什么气的？你只养病就是了。"

金钏与玉钏

有一天，唐文宗（唐朝第十四位皇帝）问大臣："古诗云：'轻衫衬跳脱'，跳脱是何物？"大臣丈二和尚——摸不着头脑，应对不上来。唐文宗说："即今之腕钏也。"

如果现今你问别人："腕钏是何物？"估计对方亦会丈二和尚，答曰不知何物。

唐文宗指出了方向：是手腕上的物件。

"钏"又名"跳脱"？这么一个看上去八竿子打不着的别名，别说我们，就连识遍天下宝物的大唐宫廷里的大臣亦不知。但唐文宗指出"跳脱"就是"腕钏"后，至少大臣是懂了。

而我们依然不懂。手腕上戴的，要么手串，要么手镯，"钏"到底是啥？

直到有一年去河南博物院，看完那些厚重华丽的青铜器，转到明清馆，赫然发现一长串大大的金弹簧，正纳闷，看标签：金臂钏，明（公元 1368—1644 年），浚县出土。

　　"钏"这个字，从"金"从"川"，"川"即指其形象吧？形容多条。也许，"钏"最初是多条手镯戴在一起，就像今日流行的叠戴风。后来，为了方便，将金银条锤扁后盘绕成螺旋圈状，如弹簧。少则两三圈，多则十几圈，两端用金银丝编成环套，用于调节松紧。乍看上去好像多个手镯串在一起。

　　明白了吗？还是懵里懵懂。可见我们对"钏"已陌生到何种程度。

　　正确的说法应该是：戴在手腕上的，叫"镯"，戴在手臂上的，叫"钏"。所以河南博物院这件叫"金臂钏"。

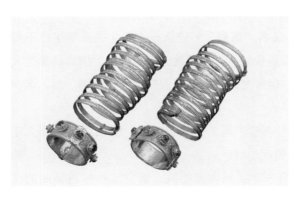

（明）金钑花钏、金镶宝石镯　图片来自湖北省博物馆官方网站

手臂是人体最容易被注意到的部位之一。尤其是在夏秋两季，手臂外露，臂的重要性和魅力不亚于脸部。健康女子的上臂丰满浑圆，身着吊带衫、无袖衫时，裸露的手臂极其性感。戴上臂钏，更加突出了上臂的丰韵曲线，是饱满生命力的又一美丽彰显。

电影《埃及艳后》中，伊丽莎白·泰勒饰演的埃及艳后经常佩戴一个蛇形金臂钏，非常美丽。臂钏不是女性的专利，电影《阿克巴大帝》中，阿克巴练剑的一场戏，一宝石臂钏紧紧卡在他肌肉强健饱满的手臂上，场景让人过目难忘。文艺复兴时期的油画中，也有不少戴臂钏的女子。

在我国，臂钏也很受欢迎。史籍记载杨贵妃就爱戴臂钏。

当弹簧状的钏戴上胳膊时，难免有些弹力作用，这大概也是"跳脱"叫法的来历吧。一个与首饰八竿子打不着的名称，看到实物后竟让人觉得如此贴切，简直是活灵活现。

唐朝万国来朝，像"金臂钏"这类物件，应是胡姬们带过来的吧？金钏一戴，胡旋舞金光闪烁，更为迷人。然而，查资料后发现，早在西汉，臂钏就已经流行。唐代则更为流行。

《薛平贵与王宝钏》，讲的就是唐中期的故事。宰相王允的女儿叫啥名？宝钏（令人想起阿克巴大帝的宝石臂钏）。王宝钏不顾父母反对，下嫁贫困的薛平贵为妻，被父母赶出家门。薛平贵入伍后，一路福星高照，打胜仗，娶了玳瓒公主并生儿育女，最后辗转成为西凉国王。而高贵的王宝钏，沦落成平民，独自一人在寒窑中苦守18年；终于等到夫君薛平贵，当上皇后即去世了。唉，这种虐心剧情不知为何会经久流传。

可能正因为"钏"流行，有了规范名称，所以唐文宗冷不丁问"跳脱是何物"时，大臣反而答不上来。

宋代，亦流行"钏"。秦观的《江城子》开头就是："枣花金钏约柔荑。昔曾携，事难期。咫尺玉颜，和泪锁春闺。"枣花金钏，即錾刻着枣花花纹的金臂钏。柔荑，

古印度　珠子所制"宝钏"（珠子距今2000年左右）　作者自藏

指女子的手臂像初生的茅茎一样白皙柔嫩。枣花金钏戴在你软白如柔荑的臂弯上，我俩手牵手，喁喁私语，山盟海誓，只可惜世上的事情这么难以预料……

　　而宋代对"跳脱"这个别称，似乎比唐代普及。周邦彦的《浣溪沙·争挽桐花两鬓垂》说："跳脱添金双腕重，琵琶拨尽四弦悲。"从琵琶声里，我感觉出她因为重重的金钏限制，原本轻盈灵动的弹奏变得沉重凝涩，曲子里的悲切丝丝不尽，叫人不胜痛惜和悲怜。

　　周邦彦，杭州人，生活在北宋末年。杭州博物馆有一对显眼的银钏，是南宋时期的。

　　到了明代，金臂钏似乎更加流行，上至宫廷下到民间都有此物。1966 年，南京郊区出土一只"尚官局"款

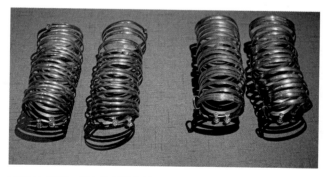

（南宋）银钏　摄自杭州博物馆

金钏，直径 6.3 厘米，长 14.8 厘米。光素无纹，共 10 圈，一头有金丝缠绕，可以调节松紧。其内侧錾刻"尚官局玖成金每只壹拾两内使监造作头张四"等铭文。而上面提到的河南博物院的"金臂钏"，出土于浚县，多达 17 圈。梁庄王，是明朝第四位皇帝明仁宗朱高炽的第九个儿子，其墓亦出土金钏。

弄懂了"钏"，也就明白了《红楼梦》中丫头们的名字。贾宝玉的母亲王夫人，有一对贴身丫头，名唤"金钏"和"玉钏"。

第三十回，宝玉被宝钗嘲讽，灰头土脸，随便乱逛到了母亲王夫人房内。王夫人在午睡，金钏儿坐在旁边捶腿，宝玉便上去和金钏调情。其实也没说什么过分的话，但王夫人翻身起来，照金钏脸上就打了个嘴巴子，指着骂道："下作小娼妇，好好的爷们，都叫你教坏了。"烈性子的金钏，不愿意被撵出去，竟跳井死了。

按理说，金钏是有弹性的，正因为有弹性才叫"跳脱"嘛。反而是"玉钏"，因玉没弹性，大小毫无调节余地，所以玉钏容易碎，金钏反倒能屈能伸的。这与《红楼梦》里对金钏、玉钏的设定正好相反。你看，金钏性子刚烈到跳井自杀，而玉钏，在姐姐被逼死的情况下，仍在王夫人手下委曲求全讨生活。

不知作者在这俩名字里藏了何种隐情。

第三十回　宝钗借扇机带双敲　龄官划蔷痴及局外
（节选）

谁知目今盛暑之时，又当早饭已过、各处主仆人等多半都因日长神倦之时，宝玉背着手，到一处，一处鸦雀无闻。从贾母这里出来，往西走过了穿堂，便是凤姐的院落。到他们院门前，只见院门掩着。知道凤姐素日的规矩，每到天热，午间要歇一个时辰的，进去不便，遂进角门，来到王夫人上房内。只见几个丫头子手里拿着针线，却打盹儿呢。

王夫人在里间凉榻上睡着，金钏儿坐在旁边捶腿，也乜斜着眼乱恍。宝玉轻轻的走到跟前，把他耳上带的坠子一拧，金钏儿睁开眼，见是宝玉。宝玉悄悄的笑道："就困的这么着？"金钏抿嘴一笑，摆手令他出去，仍合上眼。宝玉见了他，就有些恋恋不舍的，悄悄的探头瞧瞧王夫人合着眼，便自己向身边荷包里带的香雪润津丹掏了一丸出来，便向金钏儿口里一送。金钏儿并不睁眼，只管噙了。宝玉上来便拉着手，悄悄的笑道："我明日和太太讨你，咱们在一处罢。"金钏儿不答。宝玉又道："不然，等太太醒了我就讨。"

　　金钏儿睁开眼，将宝玉一推，笑道："你忙什么！'金簪子掉在井里头，有你的只是有你的"，连这句话语难道也不明白？我倒告诉你个巧宗儿，你往东小院子里拿环哥儿同彩云去。"宝玉笑道："凭他怎么去罢，我只守着你。"只见王夫人翻身起来，照金钏儿脸上就打了个嘴巴子，指着骂道："下作小娼妇，好好的爷们，都叫你教坏了。"宝玉见王夫人起来，早一溜烟去了。

　　这里金钏儿半边脸火热，一声不敢言语。登时众丫头听见王夫人醒了，都忙进来。王夫人便叫玉钏儿："把你妈叫来，带出你姐姐去。"金钏儿听说，忙跪下哭道："我再不敢了。太太要打骂，只管发落，别叫我出去就是天恩了。我跟了太太十来年，这会子撵出去，我还见人不见人呢！"王夫人固然是个宽仁慈厚的人，从来不曾打过丫头们一个，今忽见金钏儿行此无耻之事，此乃平生最恨者，故气忿不过，打了一下，骂了几句。虽金钏儿苦求，亦不肯收留，到底唤了金钏儿之母白老媳妇来领了下去。那金钏儿含羞忍辱的出去，不在话下。

辑\四

腰

饰

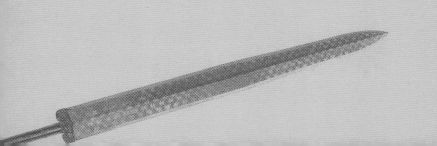

宝玉已见过这香囊，虽尚未完，却十分精巧，费了许多工夫。今见无故剪了，却也可气。因忙把衣领解了，从里面红袄襟上将黛玉所给的那荷包解了下来，递与黛玉瞧道："你瞧瞧，这是什么！我那一回把你的东西给人了？"

0/1

腰
饰

宝玉的腰挂

一个小小荷包，能折射多少社会现象？为何整部《红楼梦》全程贯穿小荷包？贾府"忽喇喇似大厦倾"为何是从一只荷包开始的？

《红楼梦》第十八回，大观园落成，贾政要考宝玉的学问，让他在老学究们面前一处一处题对联。宝玉题得不错，得到大家的赞美。出了园子门，就有几个小厮上来拦腰抱住，讨要彩头。宝玉笑道："每人一吊钱。"众人道："谁没见那一吊钱！把这荷包赏了罢。""说着，一个上来解荷包，那一个就解扇囊，不容分说，将宝玉所佩之物尽行解去。"

要不是这些小厮们，我们还不知道宝玉腰间挂这多东西呢。

我们在《古珠之美》中提到，《礼记》对君子描述如下："居则习礼文，行则鸣佩玉，升车则闻和鸾之声。"在家时学习礼文，行动时组佩轻轻摆动。要有雍容的仪态、从容的风度，才能使得组佩发出的声音和谐悦耳。

所谓"组佩"，就是以各种形状的玉、玛瑙、绿松石、水晶、琉璃等小件串联成一组佩饰。能挂什么不能挂什么，能挂多少件，直接对应着复杂的王室贵族等级。

贾宝玉的腰间挂饰，与"君子"规矩虽非一脉相承，但原理一样。只是一个偏重礼仪，一个偏重实用。

对于马上民族来说，男子平时狩猎，战时出征。在马上行走，一些生活日用品必须随身携带，如食物、打火器、剪刀、药品等等。以前的衣服没有口袋，这些东西就放在一个个小袋子里，系在腰间。小袋子便叫"荷包"，时间长了，就成固定装备。

满族人入关取得中原统治权后，大力吸收汉族文化。这荷包，一来承平时期不用打仗，骑马只是偶尔为之，便变得精巧了；二来正好与"君子行则鸣佩玉"相结合，渐渐地，便演化成了不分种族的王孙公子腰间的必备品。

宝玉所挂荷包，应该是装饰有珠宝、玉件的刺绣小品。

小厮们上来拦腰哄抢，说明《礼记》中对应王室贵族阶层"能挂什么不能挂什么，能挂多少件"这些规矩已经没有了。王公贵族的荷包，小厮们也是可以拥有的。

话说宝玉回到怡红院，"少时袭人倒了茶来，见身边佩物一件无存，因笑道：'带的东西又是那起没脸的东西

（清）金嵌宝石带头朝带上的荷包 王虹摄自台北故宫博物院

们解了去了。'林黛玉听说，走来瞧瞧，果然一件无存，因向宝玉道：'我给的那个荷包也给他们了？你明儿再想我的东西，可不能够了！'说毕，赌气回房，将前日宝玉所烦他作的那个香袋儿——才做了一半——赌气拿过来就铰。宝玉见他生气，便知不妥，忙赶过来，早剪破了。"

后面第三十二回，袭人和湘云说起针线活。史湘云道："越发奇了。林姑娘他也犯不上生气，他既会剪，就叫他做。"袭人道："他可不作呢。饶这么着，老太太还怕他劳碌着了。大夫又说好生静养才好，谁还烦他做？旧年好一年的工夫，做了个香袋儿；今年半年，还没见拿针线呢。"

你看看，这么费工夫做的香袋儿，一下就剪破了。

细心的人要问了：黛玉明明问宝玉"我给的那个荷包也给他们了？"而回来剪破的又是"前日宝玉所烦他作的那个香袋儿"。香袋儿与荷包到底什么关系？

香袋儿，是荷包的一个分类，又叫香囊、香包，是专门用于放置香料、香饼、香珠的荷包。

荷包有多种用途。主要有：

1. 当钱包使，装散碎银两或金银锞子。现代粤语中还常用荷包指代钱包。《红楼梦》中刘姥姥离开贾府的时候，鸳鸯给她整理要带回去的东西，特地从荷包里掏出两个"笔锭如意"的金锞子给她瞧。金锞子相当于现在的零花钱，这个我们在另外篇幅里会讲到。鸳鸯开玩笑说："荷包拿去，这个留下给我罢。"刘姥姥忙客气道："姑娘只管留下罢。"鸳鸯一笑，忙给她装上，说："哄你顽呢，我有好些呢。留着年下给小孩子们罢。"

2. 香袋。外国人用香水，我国传统则用熏香。弄个小袋子，里面装上各种香料，挂在腰间。芳香辟秽，既好闻又对身体好。贾宝玉有一次外出祭金钏，到处找香找不着，茗烟提醒他，二爷荷包里不是有散香吗？宝玉便回手向衣襟上拉出一个荷包来，摸了一摸，果然找出了两小块沉香和速香（黄熟香）。

3. 装零食。贾宝玉所佩戴的荷包中就装着"香雪润津丹"，相当于现在的金嗓子喉宝。在第六十四回，贾琏调

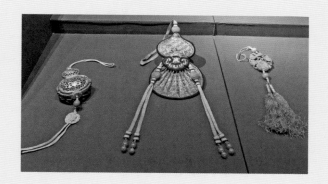

（清）各式荷包　王虹摄自台北故宫博物院

戏尤二姐，贾琏见尤二姐拿着一个荷包，就说："妹妹有槟榔，赏我一口吃。"尤二姐说："槟榔倒有，就只是我的槟榔从来不给人吃。"贾琏欲近身来拿，尤二姐怕人看见不雅，连忙把整个荷包都撂了过去。

4. 用于赏赐或进贡。逢年过节皇上要赏赐给臣下荷包，以示眷宠。第二十八回，元春赏赐的端午节节礼中就有香袋。下对上更不用说了，四时八节各地督抚都要进贡给宫里成百成千的荷包。

5. 纯粹用于装饰或作为信物。图个"身上有物"的吉利，或作为一种情义的信物。上面提到的宝玉将黛玉做的荷包放在衣服里面，即为后者。

荷包到底怎么个挂法？大致来说，男人一般挂于腰间。讲究的挂单数称"七件头""九件头"，不讲究的有几件挂几件。女人则多挂于腹部，拿取动作幅度小。前段时间看到西方文艺复兴时期的油画，画中女士竟也在腹部挂一小袋子，类似于我们的荷包，不禁莞尔。

虽说在清代，上至皇帝、下至小厮都用荷包，但一个人的身份、地位和品味，只要打量一下他的腰间便能略知一二。宝玉身上挂的荷包，从来都是姐姐妹妹或袭人晴雯她们替他做的，外面买来的一概不挂。

有意思的是，第七十三回，"傻大姐"捡到一只春宫绣荷包，就是绣着春宫图的荷包。这只荷包落到了邢夫人手上，她以为是王熙凤的，对自己这个飞扬跋扈的儿媳她早存了一肚子气，这下好了，拿住把柄要好好治治她。邢夫人马上将春宫绣荷包拿去给王夫人看，从而引发抄检大观园的轩然大波。

贾府"忽喇喇似大厦倾"，导火索就是这只荷包。

真是不看不知道，一看吓一跳，整部《红楼梦》里，全程点缀着荷包。

如今，那些与宝玉、黛玉同时代的荷包，大多已经糜掉了。倒是上面的珠子，拆下来还可以用。

清代的荷包生意，穿越到现在，就是"包包"生意。"包包控"们，哪止七件头、九件头，不管家里有多少个包包，反正就是还缺一个。

（明晚期）玉荷包　作者自藏（《古珠之美》中有详细介绍）

第十七回至十八回　大观园试才题对额　荣国府归省庆元宵
（节选）

（宝玉）至院外，就有跟贾政的几个小厮上来拦腰抱住，都说："今儿亏我们，老爷才喜欢，老太太打发人出来问了几遍，都亏我们回说喜欢；不然，若老太太叫你进去，就不得展才了。人人都说，你才那些诗比世人的都强。今儿得了这样的彩头，该赏我们了。"宝玉笑道："每人一吊钱。"众人道："谁没见那一吊钱！把这荷包赏了罢。"说着，一个上来解荷包，那一个就解扇囊，不容分说，将宝玉所佩之物尽行解去。又道："好生送上去罢。"一个抱了起来，几个围绕，送至贾母二门前。那时贾母已命人看了几次。众奶娘丫鬟跟上来，见过贾母，知不曾难为着他，心中自是欢喜。

少时袭人倒了茶来，见身边佩物一件无存，因笑道："带的东西又是那起没脸的东西们解了去了。"林黛玉听说，走来瞧瞧，果然一件无存，因向宝玉道："我给的那个荷包也给他们了？你明儿再想我的东西，可不能够了！"说毕，赌气回房，将前日宝玉所烦他作的那个香袋儿——才做了一半——赌气拿过来就铰。宝玉见他生气，便知不妥，忙赶过来，早剪破了。

　　宝玉已见过这香囊，虽尚未完，却十分精巧，费了许多工夫。今见无故剪了，却也可气。因忙把衣领解了，从里面红袄襟上将黛玉所给的那荷包解了下来，递与黛玉瞧道："你瞧瞧，这是什么！我那一回把你的东西给人了？"林黛玉见他如此珍重，带在里面，可知是怕人拿去之意，因此又自悔莽撞，未见皂白，就剪了香袋。因此又愧又气，低头一言不发。宝玉道："你也不用剪，我知道你是懒待给我东西。我连这荷包奉还，何如？"说着，掷向他怀中便走。黛玉见如此，越发气起来，声咽气堵，又汪汪的滚下泪来，拿起荷包来又剪。宝玉见他如此，忙回身抢住，笑道："好妹妹，饶了他罢！"黛玉将剪子一摔，拭泪说道："你不用同我好一阵歹一阵的，要恼，就撂开手。这当了什么。"说着，赌气上床，面向里倒下拭泪。禁不住宝玉上来"妹妹"长"妹妹"短赔不是。

贾琏的汉玉九龙珮

礼物能衡量女人在一个男人心目中的位置吗？

有些事情吧，有，你没觉得有多好；但没有，你会很遗憾。

比如：玉佩定情。

"何以结恩情？美玉缀罗缨。"那是何等的庄重。

我没有，所以很遗憾。也许此后的岁月里，你能替自己挣下多个玉佩，可终归，无法了却那个遗憾。

唉——这个话题放在贾琏的名下谈，可惜了。

《红楼梦》第六十四回，有一段调情戏：

贾琏一面接了茶吃茶，一面暗将自己带的一个汉玉九龙珮解了下来，拴在手绢上，趁丫鬟回头时，仍撂了过去。二姐亦不去拿，只装看不见，坐着吃茶。只听后面一阵帘子响，却是尤老娘三姐带着两个小丫鬟自后面走来。贾琏送目与二姐，令其拾取，这尤二姐亦只是不理。贾琏不知二姐何意，甚是着急，只得迎上来与尤老娘三姐相见。一面又回头看二姐时，只见二姐笑着，没事人似的；再又看一看绢子，已不知那里去了，贾琏方放了心。

……

这段有着悬疑式紧张感的文字中，透露了这样一些信息：

贾琏平时系块玉佩在身。

从动作来看，很可能是腰佩。

此玉佩叫"汉玉九龙珮"。

人们都说《红楼梦》百读不厌。为何？就因为充分的细节。贾琏，虽是纨绔子弟，但到底出身官宦大户，在贾家的地位也非同一般。第七十三回邢夫人数落迎春："总是你那好哥哥好嫂子，一对儿赫赫扬扬，琏二爷凤奶奶，两口子遮天盖日，百事周到……"

如此赫赫扬扬的琏二爷，身上挂的玉佩该是什么样？做个填空题，恐怕很多人要填"羊脂玉"。

羊脂玉固然珍贵，贾雨村或许挂得，却不会出现在贾珍、贾琏、贾宝玉身上。

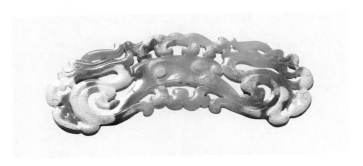

（东汉）龙纹珩　摄自台北故宫博物院

你看，贾琏系的是汉玉九龙珮。

汉玉，可不是汉白玉，而是汉代的玉。距贾琏生活的年代，差不多也有 1700 年上下，是真正的古董玉。

贾琏怎会有汉代玉器？《红楼梦》第二回就开始"冷子兴演说荣国府"。冷子兴谁啊，古董商。

话说曹雪芹生活的年代，正是我国历史上又一个制玉高峰期。乾隆皇帝即位后，非常重视玉器的收藏与研究，亲自参与玉器的设计，用玉范围遍及宫廷生活的各个方面。这种形势下，贾家公子要找块好玉可以说满眼都是。

但康乾盛世的玉器再好，能追得上汉代吗？

汉代，尤其是西汉，新疆纳入版图，和田玉顺畅进入中原，为制玉提供了充足的原料。而西汉刚刚经过"诸子百家"的思想辉煌时期，玉器的款式飞扬充盈，以至于汉代成为"中国玉器史上最为辉煌灿烂的时代"，是后世玉器艺术无法逾越的高峰。

汉代的玉佩，龙纹是常见纹饰，典型的有螭龙、双螭虎、龙首云纹、龙凤饕餮纹、螭虎凤鸟纹等等。九龙珮，应该是螭龙图案的一种。

汉玉九龙珮，那是极其稀罕的宝贝。一般的古董商手里，很难有真品汉玉九龙珮。只有像冷子兴这种有见识的，才可能搞得到。

（汉）玉螭凤纹韘

图片来自故宫博物院

官方网站

　　我们离开主角尤二姐好久了，让我们回来。

　　贾琏将自己戴的一个汉玉九龙珮解了下来，拴在手绢上，趁丫鬟回头时，扔给尤二姐，说明贾琏对尤二姐真动心了。贾琏什么样的人，用平儿的话来说："我们二爷那脾气，油锅里的钱还要找出来花呢。"不动真心他肯给汉玉九龙珮？

　　尤二姐不理，那是摆摆矜持。尤二姐的家庭出身，中下阶层吧，也是巴巴地要捡高枝儿上。不然，早嫁给她那已经定亲的未婚夫了。不就是因为她未婚夫家道中落，才耽搁下婚事的嘛。如今见了贾琏这个社会地位的，难免不动心。汉玉九龙珮，或许也是第一次见。因此，贾琏"又回头看二姐时，只见二姐笑着，没事人似的；再又看一看绢子，已不知那里去了"。尤二姐收下了。

　　女方收下玉佩，自古以来含义非常清楚，那是定情之物，女方同意了。所以"贾琏方放了心"——总算搞定。

　　自然，感情不能以礼物来衡量。但从贾琏身上，还是看到不同。第四十四回，王熙凤过生日，大家敬她酒，场面好不热闹。贾琏趁机溜出，去勾搭家仆鲍二的老婆。丫头这样向王熙凤坦白交代："二爷也是才来房里的，睡了一会醒了，打发人来瞧瞧奶奶，说才坐席，还得好一会才来呢。二爷就开了箱子，拿了两块银子，还有两根簪子，两匹缎子，叫我悄悄的送与鲍二的老婆去，叫他进来。他

（明清）白玉蟠龙佩　作者自藏

收了东西就往咱们屋里来了。"

　　看，同是送在外面勾搭的女人，送尤二姐的是他随身佩戴的珍贵的汉玉九龙珮，送鲍二家的，则是"两块银子，还有两根簪子，两匹缎子"。

　　这份汉玉九龙珮定下的情，并没有维持多久。尤二姐被王熙凤弄到贾府里来活活折磨死了，贾琏不久就有新欢了。

　　尤二姐被王熙凤整死以后，贾琏痛恨自己害了她，叫平儿收着她的一条裙子留作纪念。很想知道，这块汉玉九龙珮，贾琏有无给她陪了去？

　　好像没有。

第六十四回　幽淑女悲题五美吟　浪荡子情遗九龙珮
（节选）

　　贾琏进入宁府，早有家人头儿率领家人等请安，一路围随至厅上。贾琏一一的问了些话，不过塞责而已，便命家人散去，独自往里面走来。原来贾琏贾珍素日亲密，又是弟兄，本无可避忌之人，自来是不等通报的。于是走至上房，早有廊下伺候的老婆子打起帘子，让贾琏进去。

　　贾琏进入房中一看，只见南边炕上只有尤二姐带着两个丫鬟一处做活，却不见尤老娘与三姐。贾琏忙上前问好相见。尤二姐含笑让坐，便靠东边排插儿坐下。贾琏仍将上首让与二姐儿，说了几句见面情儿，便笑问道："亲家太太和三妹妹那里去了，怎么不见？"尤二姐笑道："才有事往后头去了，也就来的。"此时伺候的丫鬟因倒茶去，无人在跟前，贾琏不住的拿眼瞟着二姐。二姐低了头，只含笑不理。

　　贾琏又不敢造次动手动脚，因见二姐手中拿着一条拴着荷包的绢子摆弄，便搭讪着往腰里摸了摸，说道："槟榔荷包也忘记了带了来，妹妹有槟榔，赏我一口吃。"二姐道："槟榔倒有，就只是我的槟榔从来不给人吃。"贾琏便笑着欲近身来拿。二姐怕人看见不雅，便连忙一笑，撂了过来。贾琏接在手中，都倒了出来，拣了半块吃剩下的撂在口中吃了，又将剩下的都揣了起来。刚要把荷包亲身送过去，只见两个丫鬟倒了茶来。

　　贾琏一面接了茶吃茶，一面暗将自己带的一个汉玉九龙珮解了下来，拴在手绢上，趁丫鬟回头时，仍撂了过去。二姐亦不去拿，只装看不见，坐着吃茶。只听后面一阵帘子响，却是尤老娘三姐带着两个小丫鬟自后面走来。贾琏送目与二姐，令其拾取，这尤二姐亦只是不理。贾琏不知二姐何意，甚是着急，只得迎上来与尤老娘三姐相见。一面又回头看二姐时，只见二姐笑着，没事人似的；再又看一看绢子，已不知那里去了，贾琏方放了心。

腰
饰

梅翰林们的玉绦环

不管哪种聚会，只要有孩子在，有个节目断不可少。哪项？让孩子做才艺表演。背唐诗、跆拳道、舞蹈、心算、画画等等。

有时，家长善于引导，孩子乐于配合，大家喝彩，场景还是蛮其乐融融的。但有时，孩子性格内向，或当时情绪不佳，家长死拽硬拉，座上宾们忙着调解说和，那场面就尴尬了，大家吃又吃不好，喝又喝不好，十分无趣。

古往今来，均如此。要说不同，也是明显的：今时独生子女，孩子任性。古时，孩子只是被动，哪敢任性？

《红楼梦》第七十七回，天刚刚亮，王夫人的小丫头就在等大观园开门，通知宝玉赶紧起床、洗漱完毕去老爷那报到。因为有人请贾政寻秋赏桂花。老爷们一起寻秋赏桂，难免作个诗写个赋。贾政想正好宝玉在这方面拿得出手，便要带宝玉、贾环、贾兰一起去，一方面让儿孙出去见见世面，另一方面也可显摆显摆。

大清早出门，回来时已快天黑。王夫人问，今日有没有丢丑？宝玉答："不但不丢丑，倒拐了许多东西来。"

典型的母子对话。

拐来的东西，是贾政同僚们赏给他们的。诗作得好是托名，不管作得好不好，只要贾家势力在，"赏"是必须的。

这拐来的东西，宝玉、贾环、贾兰三人同有的有：扇子三把，扇坠三个，笔墨共六匣，香珠三串，玉绦环三个。宝玉指给王夫人看：这是梅翰林送的，那是杨侍郎送的，这是李员外送的，每人一分。

眼尖的读者看到"梅翰林"，高兴得拍案而起：薛宝琴终于能嫁出去了。

曹雪芹写的《红楼梦》前八十回，到第四十九回薛宝琴才出场，但一出场，风头就盖过宝钗、黛玉。贾母一见她，喜欢得不得了。与薛宝琴同来的邢岫烟、李纹、李绮都安排住在大观园里，贾母单单留下宝琴住她那儿。给了宝琴一件凫靥裘斗篷，金翠辉煌，连宝玉都没给过的，惹得薛宝钗这样大度的人都吃起醋来。宝琴一来大观园，贾母马上派丫头琥珀来传话："老太太说了，叫宝姑娘别管紧了琴姑娘。他还小呢，让他爱怎么样就怎么样。要什么东西只管要去，别多心。"

　　随后，贾母就向薛姨妈细问宝琴的年庚八字并家内景况。"薛姨妈度其意思，大约是要与宝玉求配。薛姨妈心中固也遂意，只是已许过梅家了。"

　　"黛玉粉"们读到这里，内心不是滋味。贾母是弃林黛玉不顾了吗？

　　如果你读过一点红学著作，断不会产生此疑问。贾母的原型是曹寅之妻李氏。曹寅病逝，曹寅和李氏的儿子曹颙接替江宁织造。曹颙又病逝，且无后代。李氏只得从曹寅的侄子中过继一个过来接管江宁织造。此过继儿子即曹𫗧，也即《红楼梦》中贾政的原型。

　　因此，贾母满眼子子孙孙中，论血缘，真正与她有关系的只有黛玉一个。黛玉是贾母亲生女儿的女儿，她能弃黛玉不管吗？

　　贾母确有做媒心思，她想将薛宝琴许配给谁呢？我们暗自揣测，也许真的是宝玉吧？但不是贾宝玉，而是甄宝玉。只可惜薛宝琴已经许了人家了。

　　第四十九回，"薛蟠之从弟薛蝌，因当年父亲在京时已将胞妹薛宝琴许配都中梅翰林之子为婚，正欲进京发嫁，闻得王仁进京，他也带了妹子随后赶来"。

　　第五十七回，薛蝌已与邢岫烟定亲，宝钗因岫烟处境艰难而愁眉叹道："偏梅家又合家在任上，后年才进来。若是在这里，琴儿过去了，好再商议你这事。离了这里就完了。如今不先完了他妹妹的事，也断不敢先娶亲的。"可见薛宝琴一时半会还嫁不出去，只得寄居在贾府。

很多读者偏爱宝琴姑娘。为何薛蝌不了解梅家情况就巴巴地带了妹子主动上门？梅翰林为何对如此出挑的准儿媳视而不见，任由她寄居贾府不闻不问？真是既为宝琴姑娘抱不平，又替她干着急。这下好了，梅翰林终于出现并与贾政接上了头。薛宝琴嫁出去，邢岫烟也可完婚了。

那，有没有读者细看梅翰林他们赏给宝玉、贾环、贾兰的"见面礼"啊？

扇子、笔墨，不必说。扇坠、香珠我们已经说过。最后这个"玉绦环"，许多人不知是何物，我们来说一说吧。

首先，别读错别字。绦，不念"tiáo"，而念"tāo"，指用丝线编织成的带子。贺知章在《咏柳》中道："碧玉妆成一树高，万条垂下绿丝绦。"

那么，玉绦环是啥呢？就是用来系丝带的玉环。

哎？你要说了，系丝带的玉环，更像是赏给小姐们的玩意儿，赏几个公子，几个意思？

别急，这玩意儿高级着呢。

在湖北省博物馆，有一组美轮美奂的"金镶玉"绦环，由明代梁庄王墓出土。

古人的服饰没有纽扣，要用革带或者绦带来束腰。对了，大致可理解成"腰带"。

（明）金镶青白玉龙纹绦环　图片来自湖北省博物馆官方网站

　　这组"金镶玉"绦环，是梁庄王腰带的组成部分。更明确的定位是：它们为腰带的搭扣。绦环由"左小方＋中心方＋右小方"三部分组成，称为"三台式"绦环。

　　"右小方"背面有插销，可与"中心方"背面的插座连接，因此绦环是腰带的开口处。

　　三台式绦环因所属腰带的材质、形制不同，背面与带身固定的结构也不一样。除了用插销插座开合，也有用针扣、夹扣等。此外，还有形似三台但不分开的整体式绦环。

　　比三台式绦环更简约的，是"二台"式。其实，并无"二台"说法，为更形象表达，口头说说而已。

　　无锡市博物馆有一件"春水玉带扣"玉绦环。这件玉绦环出土于元代钱裕之墓。前面我们说的梁庄王，帝王家的腰带，自然富贵复杂，而钱裕，乃元代一乡绅，他的腰带就一环一钩。注意哦，一条的叫"玉钩"，椭圆形的才是"玉绦环"。

　　也就是说，不用制作背后暗藏的插销插座，直接，玉钩就搭在玉环上。既简便，也挺好看。参考图如下：

　　元末明初，有本有趣的书叫《老乞大》。老乞大，意即老汉儿。是以当时的北京话为标准音而编写的，专供朝鲜人学汉语的课本。

（清）翠玉带钩　　王虹摄自台北故宫博物院

书里教朝鲜人怎样学时髦。说到腰带："系腰也按四季。春里系金绦环；夏里系玉绦环，最低的是菜玉（次等玉石，其色如菜），最高的是羊脂玉；秋里系减金钩子（减金，指以金丝嵌入铜铁器，即错金工艺）。寻常的不用，都是玲珑花样的；冬里系金厢宝石（即"金镶宝石"）闹装，又有综眼的乌犀（乌犀：犀牛的一种）系腰。"

那么，宝玉他们收到的赏物"玉绦环"是否如元代钱裕这种？

非也，"钱裕款"要赏的话，须"一钩一环"同时赏，否则无法用。

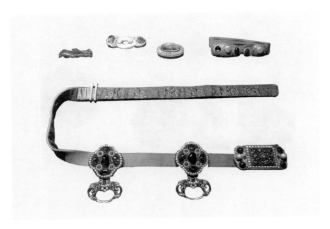

（清）各式带扣　王虹摄自台北故宫博物院

清代日常所用玉绦环，仅"一台式"。就一个玉环，玉环两边的下端有孔，绦带从左右穿入系住。像极了现代的皮带，你就想象成一个玉质的皮带扣。

看完梅翰林们给宝玉的"见面礼"，你是否还惦记着宝琴姑娘到底有没有嫁出去啊？根据刘心武先生的探佚，曹雪芹的原笔原意，在八十回后，四大家族败落，宝琴流落他乡，最终与柳湘莲相遇，嫁的是柳湘莲而非梅翰林之子，正所谓"不在梅边在柳边"。

第七十七回　俏丫鬟抱屈夭风流　美优伶斩情归水月
（节选）

及至天亮时，就有王夫人房里小丫头立等叫开前角门传王夫人的话："'即时叫起宝玉，快洗脸，换了衣裳快来，因今儿有人请老爷寻秋赏桂花，老爷因喜欢他前儿作得诗好，故此要带他们去。'这都是太太的话，一句别错了。你们快飞跑告诉他去，立逼叫他快来，老爷在上房里还等他吃面茶呢。环哥儿已来了。快跑，快跑。再着一个人去叫兰哥儿,也要这等说。"里面的婆子听一句,应一句,一面扣扭子,一面开门。一面早有两三个人一行扣衣,一行分头去了。

袭人听得叩院门,便知有事,忙一面命人问时,自己已起来了。听得这话,忙促人来舀了面汤,催宝玉起来盥漱。他自去取衣。因思跟贾政出门,便不肯拿出十分出色的新鲜衣履来,只捡那二等成色的来。宝玉此时亦无法,只得忙忙的前来。果然贾政在那里吃茶,十分喜悦。宝玉忙行了省晨之礼。贾环贾兰二人也都见过宝玉。贾政命坐吃茶,向环兰二人道:"宝玉读书不如你两个,论题联和诗这种聪明,你们皆不及他。今日此去,未免强你们做诗,宝玉须听便助他们两个。"王夫人等自来不曾听见这等考语,真是意外之喜。

第七十八回　老学士闲征姽婳词　痴公子杜撰芙蓉诔
（节选）

说话之间,只见宝玉等已回来,因说他父亲还未散,恐天黑了，所以先叫我们回来了。王夫人忙问："今日可有丢了丑？"宝玉笑道："不但不丢丑，倒拐了许多东西来。"接着，就有老婆子们从二门上小厮手内接了东西来。王夫人一看时，只见扇子三把，扇坠三个，笔墨共六匣，香珠三串，玉绦环三个。宝玉说道："这是梅翰林送的，那是杨侍郎送的，这是李员外送的，每人一分。"说着，又向怀中取出一个瀹檀香小护身佛来，说："这是庆国公单给我的。"

王夫人又问在席何人、作何诗词等语毕，只将宝玉一分令人拿着，同宝玉兰环前来见过贾母。贾母看了，喜欢不尽，不免又问些话。无奈宝玉一心记着晴雯，答应完了话时，便说骑马颠了，骨头疼。贾母便说："快回房去换了衣服，疏散疏散就好了，不许睡倒。"宝玉听了，便忙入园来。

04

腰
饰

柳湘莲的定情宝剑

　　《红楼梦》第六十五、六十六回，贾琏在外面偷偷娶了尤二姐，又与贾珍、贾蓉父子一起对尤三姐不干不净，尤三姐泼辣反击，天天胡要海闹，反而弄得他们仨不尴不尬。

　　于是，大伙合计赶紧将尤三姐嫁出去，落个安宁。

　　偏偏尤三姐谁也不放在眼里，单单看中了柳湘莲。

　　柳湘莲，人俊美，多才多艺，琴筝笛箫无所不能，剑棍武艺样样出众。至于赌博吃酒，眠花卧柳也无所不会。更出奇的是，他还演得一身好戏。尤三姐就是在他客串演戏时认得他的。

　　但这个柳湘莲，出了名的心高气傲。此人冷对红尘俗世，不惧权势淫威。被世人误解也无所谓，为世人嘲笑也无所谓。因此，怎么与他开口倒成了贾琏的难题。

　　恰巧此时，柳湘莲因为救了薛蟠，两人结拜为兄弟。救了薛蟠？你要打问号了吧？大伙印象深的是柳湘莲暴打薛蟠。

确实，第四十七回，写到贾家的大管家赖大，他儿子出息了，考出去做官了，家里请客，摆宴席、唱戏等的，将柳湘莲也请了来串两出戏。那是《红楼梦》中柳湘莲第一次出场。

薛蟠一见到柳湘莲人都痴了。席间，对柳湘莲犯了痴，口水流得不像样子，马上要约会。柳湘莲将他约到城外，打得他满眼金星乱迸，又拖他到泥泞地里喝脏水，将平日里耀武扬威的薛大爷整得又吐又疼，爬不起来。

后来为何又救了薛蟠呢？薛蟠被打后，脸上青一块紫一块，不好意思见人，索性跟了老管家去跑生意。贩了货物往回走时，半路遇一伙强盗劫东西，正好柳湘莲经过，柳湘莲便把贼人赶散，夺回货物，救了他们的性命。这样两人又结拜为兄弟了。

真是真性情啊，要恨就恨，要义就义。

贾琏路遇他俩，赶紧提及婚事。薛蟠凑热闹："既是这等，这门亲事定要做的。"湘莲道："我本有愿，定要一个绝色的女子。如今既是贵昆仲高谊，顾不得许多了，任凭裁夺，我无不从命。"看在兄弟们情谊的份上，柳湘莲居然痛快答应了。

但这柳湘莲萍踪浪迹，动不动就"外头逛个三年五载再回来"。如果滞留在外不归，岂不耽误了尤三姐？但贾琏他们实在经不起尤三姐的闹腾，想赶紧将她嫁出去。

贾琏还是有一定办事能力的，一定要柳湘莲留个信物。这一来，柳湘莲才交出随身之剑，说："弟无别物……囊中尚有一把鸳鸯剑，乃吾家传代之宝，弟也不敢擅用，只随身收藏而已。贾兄请拿去为定。弟纵系水流花落之性，然亦断不舍此剑者。"

贾琏回来，将剑递与尤三姐。三姐看时，上面"龙吞夔护，珠宝晶荧"，三姐将靶一掣，里面却是两把合体的。一把上面錾着一"鸳"字，一把上面錾着一"鸯"字，冷飕飕，明亮亮，如两痕秋水一般。三姐喜出望外，连忙收了，挂在自己绣房床上。

且看，一把宝剑，没抽出剑时，"上面龙吞夔护，珠宝晶荧"，莫不是写错了？

记得十多年前去湖北省博物馆，冷不丁发现越王勾践之剑。如他乡逢故知，当即停下脚步仔细观赏。古珠爱好者第一眼注意到的，不是其寒光泠泠的剑锋，而是剑柄上镶嵌的绿松石。

这把剑，剑身中脊起棱，上面有黑色菱形花纹。正面靠近手柄处有"越王勾践，自作用剑"的鸟篆铭文。剑格正面嵌蓝色琉璃，背面绿松石。绿松石已掉落很多，虽不完整，但剩下那几块，质地之细腻、色泽之莹润，真的让人无法移开视线。

2014年5月，苏州市人民政府出资4250万元，购买了一批珍贵青铜兵器，入藏苏州博物馆。其中"吴王夫差剑"，剑格作倒凹字形，饰兽面纹，镶嵌绿松石。"越王者旨於睗剑"（"者旨於睗"即越王勾践之子），剑格作倒凹字形，两面均铸有双钩线鸟书体铭文，字口间嵌满片状蓝绿色松石，为迄今保存绿松石原貌最完整的越王剑。

蓝琉璃、绿松石，在当时都是极其名贵之物。这就叫宝剑配宝饰。

在我国，宝剑上装饰珠宝起源于西周，至战国晚期开始流行，并逐渐形成了组合成套的剑饰。一般是四件套，包括剑首、剑格、剑璏和剑珌。

1. 剑首

安装于剑柄头端部位，即手握的地方。形状为圆饼形，有素的，也有有花纹的。花纹往往有云纹、谷纹、涡纹等。背面有象鼻穿孔和沟槽，与剑柄端连接。

2. 剑格

安装在剑柄与剑锋之间，作护手之用。形状成云头状或菱形。上面往往刻有花纹。

3. 剑璏

装饰在剑鞘上方一侧，造型为长条形，用来穿进带子系剑于腰部，又称剑鼻。玉剑璏正面往往浮雕夔龙或螭龙。形体生动洗练。

（春秋）越王勾践剑　图片来自湖北省博物馆官方网站

（战国）玉剑首　摄自杭州博物馆

（西汉）鸟兽云纹剑　图片来自上海博物馆官方网站

4.剑珌

安装在剑鞘尾端。形状
一般为梯形，下端略宽，中间
凸起，两侧渐薄。截面为椭圆
形，通体雕饰有与剑格、剑首
相对应的图案。

四件套的材质不止"玉"
一种，但到了西汉，占主导地
位的是玉剑饰。

宝剑，集雄武与雅俊于
一体，为历朝历代王孙贵胄所
珍爱。即使内心不珍爱，摆样
子装门面也是必不可少的。因
此，汉代的四件套剑饰到了明
代，情况大为改观。

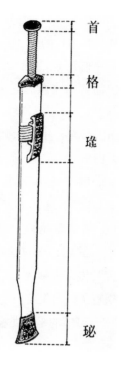

四件套基本没变，变的是
制作四件套的材质。玉，不再独占鳌头。兴起的材质中最
闪人眼睛的有金银镶嵌宝石四件套，这与明代首饰品是同
步的。定陵出土首饰用料有：金、银、铜、琥珀、玳瑁、
紫晶、玉、乌木、珍珠、宝石等。其中金、银、宝石用得
最多。240 余件首饰中金簪多达 135 件，银簪 39 件。首
饰上现存镶嵌各类宝石 587 颗，现存珍珠 305 颗。

明到清，剑饰风格沿袭，变化不大。回到柳湘莲的剑，即清代的剑。

柳湘莲的鸳鸯剑上"龙吞夔护"，即沿袭了汉代的剑饰特点。意思是剑鞘上装饰着龙夔盘绕的图案。何谓"夔"？《山海经·大荒东经》说："状如牛，苍身而无角，一足，出入水则必风雨，其光如日月，其声如雷，其名曰夔。"后来人们便将一足的蛇状怪物称为夔。

除了"龙吞夔护"，柳湘莲的剑还有个形容词叫"珠宝晶荧"。这，对应了明代爱用宝石、半宝石做剑饰的特点。作者真是弹无虚发啊！

试想，面对这样一把心上人的"龙吞夔护，珠宝晶荧"传家宝剑，尤三姐怎会不"挂在自己绣房床上，每日望着剑，自笑终身有靠"？

可惜的是，龙吞夔护、珠宝晶荧护住了宝剑，宝剑却

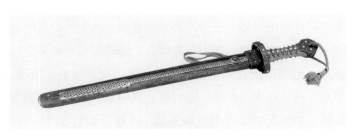

（清乾隆年间）镶鱼皮嵌石把铜边鞘神锋剑 图片来自故宫博物院官方网站

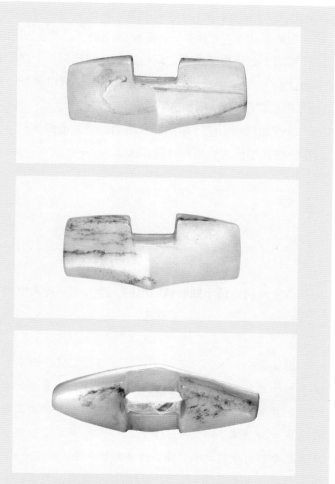

（东汉）白玉剑格　作者自藏

没护住主人的幸福。柳湘莲听说尤三姐是宁国府贾珍的小姨子，跌足道："这事不好，断乎做不得了。你们东府里除了那两个石头狮子干净，只怕连猫儿狗儿都不干净。我不做这剩忘八。"一定要退亲。尤三姐自知百口莫辩，用这把宝剑抹了脖子。

柳湘莲后悔不迭，掣出那股雄剑，将万根烦恼丝一挥而尽，便随了道士，不知往哪里去了。

第六十六回　情小妹耻情归地府　冷二郎一冷入空门

（节选）

且说贾琏一日到了平安州，见了节度，完了公事。因又嘱他十月前后务要还来一次，贾琏领命。次日连忙取路回家，先到尤二姐处探望。谁知贾琏出门之后，尤二姐操持家务十分谨肃，每日关门闭户，一点外事不闻。他小妹子果是个斩钉截铁之人，每日侍奉母姊之馀，只安分守己，随分过活。虽是夜晚间孤衾独枕，不惯寂寞，奈一心丢了众人，只念柳湘莲早早回来完了终身大事。这日贾琏进门，见了这般景况，喜之不尽，深念二姐之德。大家叙些寒温之后，贾琏便将路上相遇湘莲一事说了出来，又将鸳鸯剑取出，递与三姐。

三姐看时，上面龙吞夔护，珠宝晶荧，将靶一掣，里面却是两把合体的。一把上面錾着一"鸳"字，一把上面錾着一"鸯"字，冷飕飕，明亮亮，如两痕秋水一般。三姐喜出望外，连忙收了，挂在自己绣房床上，每日望着剑，自笑终身有靠。贾琏住了两天，回去复了父命，回家合宅相见。那时凤姐已大愈，出来理事行走了。贾琏又将此事告诉了贾珍。贾珍因近日又遇了新友，将这事丢过，不在心上，任凭贾琏裁夺，只怕贾琏独力不加，少不得又给了他三十两银子。贾琏拿来交与二姐预备妆奁。

谁知八月内湘莲方进了京，先来拜见薛姨妈，又遇见薛蝌，方知薛蟠不惯风霜，不服水土，一进京时便病倒，在家请医调治。听见湘莲来了，请入卧室相见。薛姨妈也不念旧事，只感救命之恩，母子们十分称谢。又说起亲事一节，凡一应东西皆已妥当，只等择日。柳湘莲也感激不尽。

次日又来见宝玉，二人相会，如鱼得水。湘莲因问贾琏偷娶二房之事，宝玉笑道："我听见茗烟一干人说，我却未见，我也不敢多管。我又听见茗烟说，琏二哥哥着实问你，不知有何话说？"湘莲就将路上所有之事一概告诉宝玉，宝玉笑道："大喜，大喜！难得这个标致人，果然是个古今绝色，堪配你之为人。"湘莲道："既是这样，他那里少了人物，如何只想到我。况且我又素日不甚和他厚，也关切不至此。路上工夫忙忙的就那样再三要来定，难道女家反赶着男家不成。我自己疑惑起来，后悔不该留下这剑作定。所以后来想起你来，可以细细问个底里才好。"宝玉道："你原是个精细人，如何既许了定礼又疑惑起来？你原说只要一个绝色的，如今既得了个绝色便罢了。何必再疑？"

湘莲道："你既不知他娶，如何又知是绝色？"宝玉道："他是珍大嫂子的继母带来的两位小姨。我在那里和他们混了一个月，怎么不知？真真一对尤物，他又姓尤。"湘莲听了，跌足道："这事不好，断乎做不得了。你们东府里除了那两个石头狮子干净，只怕连猫儿狗儿都不干净。我不做这剩忘八。"宝玉听说，红了脸。

湘莲自惭失言，连忙作揖说："我该死胡说。你好歹告诉我，他品行如何？"宝玉笑道："你既深知，又来问我作甚么？连我也未必干净了。"湘莲笑道："原是我自己一时忘情，好歹别多心。"宝玉笑道："何必再提，这倒似有心了。"湘莲作揖告辞出来，心中想着若去找薛蟠，一则他现卧病，二则他又浮躁，不如去索回定礼。主意已定，便一径来找贾琏。

贾琏正在新房中，闻得湘莲来了，喜之不禁，忙迎了出来，让到内室与尤老相见。湘莲只作揖称老伯母，自称晚生，贾琏听了诧异。吃茶之间，湘莲便说："客中偶然忙促，谁知家姑母于四月间订了弟妇，使弟无言可回。若从了老兄背了姑母，似非合理。若系金帛之订，弟不敢索取，但此剑系祖父所遗，请仍赐回为幸。"贾琏听了，便不自在，回说："定者，定也。原怕反悔所以为定。岂有婚姻之事，出入随意的？还要斟酌。"湘莲笑道："虽如此说，弟愿领责领罚，然此事断不敢从命。"贾琏还要饶舌，湘莲便起身说："请兄外坐一叙，此处不便。"

那尤三姐在房明明听见。好容易等了他来，今忽见反悔，便知他在贾府中得了消息，自然是嫌自己淫奔无耻之流，不屑为妻。今若容他出去和贾琏说退亲，料那贾琏必无法可处，自己岂不无趣。一听贾琏要同他出去，连忙摘下剑来，将一股雌锋隐在肘内，出来便说："你们不必出去再议，还你的定礼。"一面泪如雨下，左手将剑并鞘送与湘莲，右手回肘只往项上一横。可怜：

揉碎桃花红满地，玉山倾倒再难扶。

芳灵蕙性，渺渺冥冥，不知那边去了。当下唬得众人急救不迭。尤老一面嚎哭，一面又骂湘莲。贾琏忙揪住湘莲，命人捆了送官。

尤二姐忙止泪反劝贾琏："你太多事，人家并没威逼他死，是他自寻短见。你便送他到官，又有何益，反觉生

事出丑。不如放他去罢，岂不省事。"贾琏此时也没了主
意，便放了手命湘莲快去。湘莲反不动身，泣道："我并
不知是这等刚烈贤妻，可敬，可敬。"湘莲反伏尸大哭一场。
等买了棺木，眼见入殓，又抚棺大哭一场，方告辞而去。

邢岫烟的碧玉珮

《红楼梦》写尽大家闺秀。

就连尼姑妙玉，她喝茶用的绿玉斗，用她抢白宝玉的话来形容："这是俗器？不是我说狂话，只怕你家里未必找得出这么一个俗器来呢。"贾家"白玉为堂金作马"，妙玉寻常用的茶杯，贾家未必找得出？这妙玉，说她出身于大家恐怕小看她了。

但《红楼梦》里，确实有个小家碧玉。此人虽与大家闺秀们混在一起，但作者时不时点一下她的身份，甚至不惜用"碧玉"来点透。

谁？邢岫烟。

第五十七回，借宝钗的冷眼旁观，道出邢岫烟的家世。邢岫烟是一个家道贫寒的钗荆裙布女儿家，前来投靠姑妈邢夫人，寄居在迎春房里。因为迎春是贾赦与邢夫人的女儿（虽不是邢夫人亲生）。

　　大观园中，外来寄居者颇多。林黛玉、薛宝钗、史湘云、薛宝琴、李绮、李纹、邢岫烟等等，这些人中，只邢岫烟这一个"小家碧玉"。

　　姑妈邢夫人并不在意她，迎春屋里的丫头们经常"尖刺"她。大雪天大伙赏雪联诗，众姊妹都是一色大红猩猩毡与羽毛缎斗篷，独邢岫烟仍是家常旧衣，并无避雪之衣。贾家倒是将她与自家小姐一般对待，每月给她二两银子。但她一两给了父母，一两打点迎春房里的老婆子、丫头都不够。天还冷着呢，只好将棉衣当了几吊钱来救急。

　　这样的困境中，她倒也有一种"小家碧玉"般的守分安命、顺时听天。

　　第六十三回，宝玉过生日，妙玉送来一张粉笺子，上面写着"槛外人妙玉恭肃遥叩芳辰"。宝玉回帖时，竟不知回个什么字样才相敌。去请教黛玉，半路遇见邢岫烟。

　　邢岫烟看了帖子，对妙玉评价道："他这脾气竟不能改，竟是生成这等放诞诡僻了。从来没见拜帖上下别号的，这可是俗语说的'僧不僧，俗不俗，女不女，男不男'，成个什么道理。"你看，的确是小家碧玉的一种见解。邢岫烟幼时曾租妙玉庙里的房子，妙玉教她识字。邢岫烟知道妙玉"未必真心重我"，但她其实亦未必了解妙玉的苦衷。

　　作者马上借宝玉之口，维护妙玉："姐姐不知道，他原不在这些人中，算他原是世人意外之人。因取我是个些微有知识的，方给我这帖子。"前后对话连起来看，莫不是说邢岫烟是个没知识见地的？

但毕竟有半师之分，邢岫烟给出的答案令宝玉十分满意。她说："如今他自称'槛外之人'，是自谓蹈于铁槛之外了；故你如今只下'槛内人'，便合了他的心了。"宝玉听了，哎呀，太合心意了。

第五十七回，作者写邢岫烟与薛宝钗的一番私房话。这日宝钗因来瞧黛玉，恰值岫烟也来瞧黛玉，二人在半路相遇。宝钗含笑唤她到跟前，二人聊了很久。

然后，宝钗指她裙上一个碧玉珮问道："这是谁给你的？"

原来邢岫烟裙上挂了个碧玉珮。宝钗开口就是"谁给的"，是断定不是她自己的。因为，如果是她自己的，早就拿这个去当铺了。碧玉珮比冬衣值钱多了，解下来也不至于受冷。

岫烟道："这是三姐姐给的。"

宝钗点头笑道："他见人人皆有，独你一个没有，怕人笑话，故此送你一个。这是他聪明细致之处。"

三小姐探春，此时正代管大观园。要没有这份细致入微的体察之情，探春如何能取得大观园的代管权，又如何能赢得合府上下的一致称赞。

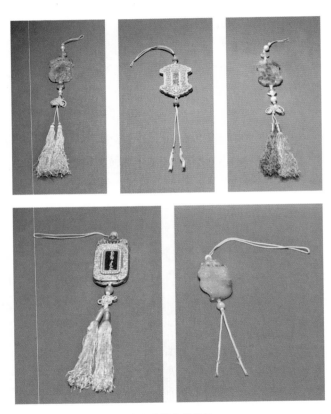

（清）各种佩饰　王虹摄自台北故宫博物院

从另一个角度看，玉佩，亦是富家小姐的基本配置。贾家，不仅小姐们有，丫鬟们，比如芳官，还不是一等丫头，耳环也是玉的。

只是，探春这种"才自精明志自高"的女子，给出的碧玉珮到底是怎样的？很想知道，可惜书里没写。

千万不要理解成一块绿色的翡翠哦。虽然那时翡翠不如现在值钱，李纨的丫头去剪菊花，端的盘子就是大荷叶翡翠盘。探春要给块碧绿的翡翠，那是没问题的。顶级的碧玉，结构致密，颜色翠绿，确实很容易与翡翠混淆。

但翡翠与碧玉是两种东西。

翡翠是硬玉，碧玉是软玉，碧玉与白玉是一种东西。君子如玉的"玉"，说的是软玉。

有何区别呢？在强光下，翡翠色泽通透艳丽，具有玻璃质感；碧玉则糯糯的，半透明，是一种脂感。翡翠色源明显，绿色分布并不均匀，有色根。碧玉通体呈绿色，颜色较均匀，不见色源。翡翠的绿中，要是有黑点，也只是偶然。碧玉的绿色中，基本都有"黑芝麻"点点，黑点是伴生物。

即使将翡翠剔除出去，以今天的情况去理解邢岫烟的碧玉珮，恐怕还是容易弄迷糊的。

如今市场上，有名的碧玉主要有：俄罗斯碧玉、加拿大碧玉、和田碧玉、玛纳斯碧玉、青海碧玉、台湾碧玉、新西兰碧玉。

占市场 80% 左右的是俄罗斯碧玉。一来因为俄碧产量非常大，每年上千吨；二来俄碧颜色娇嫩鲜艳，黑点少，绺裂少，加工出来的成品漂亮，易于销售。

量大价低的还有加拿大碧玉、青海碧玉等等。

而曹雪芹生活的时代，碧玉珮的原料应该仅指新疆和田碧玉。

宝钗对邢岫烟说："这些妆饰原出于大官富贵之家的小姐，你看我从头至脚可有这些富丽闲妆？然七八年之先，我也是这样来的，如今一时比不得一时了，所以我都自己该省的就省了。将来你这一到了我们家，这些没有用

（明清）碧玉"如意和合"　作者自藏

的东西，只怕还有一箱子。咱们如今比不得他们了，总要一色从实守分为主，不比他们才是。"

从宝钗的话中可知，（碧玉珮）这些妆饰原出于大官富贵之家的小姐，属"富丽闲妆"，不是一般人家随随便便就能拥有的。薛家是皇商，邢岫烟以后嫁过去，"这些没有用的东西，只怕还有一箱子"。但现在薛家的日子比不得以前了，所以碧玉珮这些富丽闲妆能省则省。

这至少说明，碧玉珮在当时还是非常高档的。

其实，好的碧玉价格向来不低。一直到二十世纪九十年代，俄罗斯碧玉大规模涌入我国，碧玉才成为寻常物。当然，顶级的俄碧价格也是非常昂贵的。

各年代（几百到几千年不等）各地区碧玉　作者自藏

那么，现在的和田碧玉价格也被拉低了吗？和田碧玉，颜色不如俄碧、加碧，又因为产量少，价格高，几乎被逐出市场，遇之不易。

奇怪的是，总有些人，对价不廉物不美的和田碧玉孜孜以求，比如我们。原因很简单，所有碧玉中，只有和田碧玉越戴越有油脂感。所谓"君子如玉"，要的不就是那种温润如脂的感觉吗！

第五十七回　慧紫鹃情辞试忙玉　慈姨妈爱语慰痴颦
（节选）

这日宝钗因来瞧黛玉，恰值岫烟也来瞧黛玉，二人在半路相遇。宝钗含笑唤他到跟前，二人同走至一块石壁后，宝钗笑问他："这天还冷的很，你怎么倒全换了夹的？"岫烟见问，低头不答。宝钗便知道又有了原故，因又笑问道："必定是这个月的月钱又没得。凤丫头如今也这样没心没计了。"岫烟道："他倒想着不错日子给，因姑妈打发人和我说，一个月用不了二两银子，叫我省一两给爹妈送出去，要使什么，横竖有二姐姐的东西，能着些儿搭着就使了。姐姐想，二姐姐也是个老实人，也不大留心，我使他的东西，他虽不说什么，他那些妈妈丫头，那一个是省事的，那一个是嘴里不尖的？我虽在那屋里，却不敢很使他们，过三天五天，我倒得拿出钱来给他们打酒买点心吃才好。因一月二两银子还不够使，如今又去了一两。前儿我悄悄的把绵衣服叫人当了几吊钱盘缠。”

宝钗听了，愁眉叹道：“偏梅家又合家在任上，后年才进来。若是在这里，琴儿过了，好再商议你这事。离了这里就完了。如今不先完了他妹妹的事，也断不敢先娶亲的。如今倒是一件难事。再迟两年，又怕你熬煎出病来。等我和妈再商议，有人欺负你，你只管耐些烦儿，千万别自己熬煎出病来。不如把那一两银子明儿也越性给了他们，倒都歇心。你以后也不用白给那些人东西吃，他尖刺让他们去尖刺，很听不过了，各人走开。倘或短了什么，你别存那小家儿女气，只管找我去。并不是作亲后方如此，你一来时咱们就好的。便怕人闲话，你打发小丫头悄悄的和我说去就是了。”岫烟低头答应了。

宝钗又指他裙上一个碧玉珮问道：“这是谁给你的？”岫烟道：“这是三姐姐给的。”宝钗点头笑道：“他见人人皆有，独你一个没有，怕人笑话，故此送你一个。这是他聪明细致之处。但还有一句话你也要知道，这些妆饰原出于大官富贵之家的小姐，你看我从头至脚可有这些富丽闲妆？然七八年之先，我也是这样来的，如今一时比不得一时了，所以我都自己该省的就省了。将来你这一到了我们家，这些没有用的东西，只怕还有一箱子。咱们如今比不得他们了，总要一色从实守分为主，不比他们才是。"岫烟笑道："姐姐既这样说，我回去摘了就是了。"宝钗忙笑道："你也太听说了。这是他好意送你，你不佩着，他岂不疑心。我不过是偶然提到这里，以后知道就是了。"

辑\五

杂

项

黛玉听说，回手向书架上把个玻璃绣球灯拿了下来，命点一支小蜡来，递与宝玉，道：「这个又比那个亮，正是雨里点的。」宝玉道：「我也有这么一个，怕他们失脚滑倒了打破了，所以没点来。」黛玉道：「跌了灯值钱，跌了人值钱？你又穿不惯木屐子。那灯笼命他们前头照着。这个又轻巧又亮，原是雨里自己拿着的，你自己手里拿着这个，岂不好？」

贾府的压岁钱

宁国府的压岁钱要准备多少？宁国府的一个过年"红包"究竟多少钱？过个年宝玉能拿到多少压岁钱？我们这些古珠爱好者的"独家"压岁钱是什么？

《红楼梦》第五十三回写到贾府过年："且说贾珍那边，开了宗祠，着人打扫，收拾供器，请神主，又打扫上房，以备悬供遗真影像。此时荣宁二府内外上下，皆是忙忙碌碌。这日宁府中尤氏正起来同贾蓉之妻打点送贾母这边的针线礼物，正值丫头捧了一茶盘押岁锞子进来，回说：'兴儿回奶奶，前儿那一包碎金子共是一百五十三两六钱七分，里头成色不等，共总倾了二百二十个锞子。'说着递上去。尤氏看了看，只见也有梅花式的，也有海棠式的，也有笔锭如意的，也有八宝联春的。尤氏命：'收起这个来，叫他把银锞子快快交了进来。'丫鬟答应去了。"

我们来一层层看：

1. 丫头捧了一茶盘押岁锞子进来。

"押岁锞子"是啥？押岁，即压岁。过年了，大人先要准备的是什么？压岁钱。记得我爸妈那时，每到过年，他们就把一叠红包包好放在抽屉里。孩子们来拜年了，一个个发红包。发红包的时候，大人孩子一个个笑得合不拢嘴，是过年最热闹的时候。

大人给孩子发红包，寓意是"压祟"，即压住那些前来伤害孩子的鬼祟，潜台词是让生活稳固。而我们给长辈发压岁钱，才是真的"压岁"，压住岁数不想他们老去。

锞子呢，是指细小金银锭。通常来说，五十两重的称为元宝，十两左右的称为金锭或者银锭，一二两或更少的就叫锞子。

翻译成今天的叫法，锞子就是"零花钱"。押岁锞子，就是压岁钱。

2. 那一包碎金子共是一百五十三两六钱七分，里头成色不等。

一包碎金子，就是零头零脑的金子。如：断掉的金手镯，压坏的金钗，镶嵌珠宝的簪子、钗、戒指、坠子等，珠宝掉了的簪子、钗、戒指、坠子和金托子等。

成色不等，是指碎金子的含金量各不相同。这个好理解，如今你去买首饰，所谓千足金，就是含金量大于99.9% 的黄金，俗称"足赤"。

赤金就是指黄金。相对于黄金，另一种金叫"紫金"。紫金就是我们现在说的"玫瑰金"。玫瑰金的成分大致为：75% 的金 +22.5% 的铜 +2.5% 的银 / 锌。第十八回写到元春的赏赐，其中有"紫金笔锭如意"，就是指玫瑰金做的金锭。

如果是 18K 黄金，标记上会有 AU750、18K 或 G750 字样，表示材质是含量 75% 的黄金加上 25% 的其他金属（如银、钯、锌、镍等）所组成的。

以前的黄金饰品，含金量能达到 98%、97%，基本已能叫足金了。因为镶嵌金件都有焊锡、灌银等操作，所以碎金子成色不等很正常。

3. 一百五十三两六钱七分的碎金子，相当于现在多少钱？也就是说，贾家光一个宁国府，过个年要准备多少压岁钱？

（清）金元宝　图片来自故宫博物院官方网站

（清）赤金锭　图片来自故宫博物院官方网站

我们参考看一下刘姥姥的话："你们府上吃一顿螃蟹，好家伙，就是二十两银子啊！二十两银子，够我们庄户人家过一年的了。"

二十两银子是多少金子呢？

历史上金银比价差异是较大的。欧洲大航海时代的金银比价是 1:10，日本当时盛产黄金，金银比价为 1:5。我国历史上，金银最早是五换（即 1 两黄金换 5 两银子），后来是十换，差异最大时曾经到过三十换、五十换。

康熙前半期，欧洲金银比价是十五换，中国还是十换，欧洲商人到中国做生意，将交易后剩下的钱用在购买金饰上，是一种很好的投资。雍正十年（1732 年）广州金价开始上涨，至乾隆三十三年（1768 年），广州的金银比价已接近欧洲，即十五换左右。

曹雪芹生活的时期，应该在康熙后期至乾隆前期，此时金银比价大致是 1 两黄金可兑换 8 两至 11 两白银。这在《红楼梦》中也得到印证。贾蓉说过："（皇宫）纵赏银子，不过一百两金子，才值了一千两银子。"可见当时的金银比价是一比十。

那么，二十两银子，即庄户人家过一年的开销，是多少金子呢？大约二两金子。

这包碎金子共是一百五十三两六钱七分，相当于 77 户庄户人家一年的生活费。

不算不知道，一算吓一跳。宁国府过年发红包，要发掉 77 户庄户人家一年的生活费。荣国府这边，还有个贾母，更是不止这个数吧。

4. 共总倾了二百二十个锞子。

"倾"就是把碎金子在炉上熔化成金液，然后再倾倒进模子中。待冷却后翻出，即是各式各样的金锞子。替贾家加工的这家金店，有些什么模子呢？借着尤氏的眼睛，我们看到有"梅花""海棠""笔锭如意"（谐音"必定如意"）"八宝（佛教八宝纹饰）联春"等。

金锞子的模具很有意思，都是有含义的。第七回写王熙凤去宁国府做客，没想到遇见了秦可卿的弟弟秦钟。"平儿知道凤姐与秦氏厚密，虽是小后生家，亦不可太俭，遂自作主意，拿了一匹尺头、两个'状元及第'的小金锞子，交付与来人送过去。"这种铸有"状元及第"吉祥语的小金锞子，送给少年秦钟最恰当不过了。

正因为金锞子既有祝福含义，又美观可把玩，还能当钱使，所以在以前的王公贵族、名流大贾家庭颇为流行。

前面说了，这二百二十个锞子是由一百五十三两六钱七分碎金子"倾"成的。这样一算，平均每个金锞子相当于 7 两银子。一个金锞子就是刘姥姥这样的庄户人家约 4 个月的生活费。

过年红包，领的可不止一个，这大家都有体会。试想集万千宠爱于一身的贾宝玉，他过年的时候，要给所有的长辈磕头，所有长辈也都要给他一个金锞子。贾宝玉得的压岁钱，真不敢细算，真正的拿钱拿到手软。

话说回来，这几年，我们也有独家"压岁钱"了。当然，我们"倾"不起金锞子。我们发给小辈们的压岁钱，是古罗马铜币。

小少爷、小姑娘们早对红包见怪不怪啦。一拿到这个"压岁钱"，欢呼不已。我们呢，郑重其事告诉他们：这是收藏品哦，能涨价的哦！

其实内心，我们也是想涨涨他们的知识。以一枚古罗马铜币为线索，去搜寻、去领略人类历史的气象万千。

各类金币、金珠子（年份从几百年到几千年不等）　作者自藏

第五十三回　宁国府除夕祭宗祠　荣国府元宵开夜宴
（节选）

　　当下已是腊月，离年日近，王夫人与凤姐治办年事。王子腾升了九省都检点，贾雨村补授了大司马，协理军机参赞朝政，不题。

　　且说贾珍那边，开了宗祠，着人打扫，收拾供器，请神主，又打扫上房，以备悬供遗真影像。此时荣宁二府内外上下，皆是忙忙碌碌。这日宁府中尤氏正起来同贾蓉之妻打点送贾母这边针线礼物，正值丫头捧了一茶盘押岁锞子进来，回说："兴儿回奶奶，前儿那一包碎金子共是一百五十三两六钱七分，里头成色不等，共总倾了二百二十个锞子。"说着递上去。尤氏看了看，只见也有梅花式的，也有海棠式的，也有笔锭如意的，也有八宝联春的。尤氏命："收起这个来，叫他把银锞子快快交了进来。"丫鬟答应去了。

贾母的蜡油冻佛手

一个蜡油冻佛手，为何能伏贾家之败？蜡油冻到底是指什么材质？

《红楼梦》所有人物中，见识最广的无疑是贾母。

第四十回，刘姥姥二进大观园。贾母领着刘姥姥进了黛玉的潇湘馆。贾母见潇湘馆的窗纱颜色旧了，让换。王熙凤赶紧说，库房里还有几匹银红蝉翼纱正好可以拿来用。

试想，"银红蝉翼纱"，配上潇湘馆的绿竹，何等清雅。

不料，贾母呸道："人人都说你没有不经过不见过，连这个纱还不认得呢。"

薛姨妈等都笑说："凭他怎么经过见过，如何敢比老太太呢。老太太何不教导了他，我们也听听。"凤姐儿有下不了的台吗？不，她机灵着呢。只听她撒娇道："好祖宗，教给我罢。"

贾母说："那个纱，比你们的年纪还大呢。怪不得他认作蝉翼纱，原也有些像，不知道的，都认作蝉翼纱。正经名字叫作'软烟罗'。"凤姐儿道："这个名儿也好听。只是我这么大了，纱罗也见过几百样，从没听见过这个名色。"贾母笑道："你能够活了多大，见过几样没处放的东西，就说嘴来了。那个软烟罗只有四样颜色：一样雨过天晴，一样秋香色，一样松绿的，一样就是银红的，若是做了帐子，糊了窗屉，远远的看着，就似烟雾一样，所以叫作'软烟罗'。那银红的又叫作'霞影纱'。如今上用的府纱也没有这样软厚轻密的了。"薛姨妈笑道："别说凤丫头没见，连我也没听见过。"

服了吧。

软烟罗，其实就是"杭罗"的一种。"杭罗"作为中国蚕桑丝织技艺中的重要代表性项目，已于2009年9月30日经联合国教科文组织批准列入"世界非物质文化遗产"名录。

《红楼梦》四大家族的主要原型来自江南三织造。三织造各有绝活。南京曹家（曹雪芹本家，书中贾家的原型）江宁织造的绝活是"天衣无缝"，做皇帝龙袍的。苏州李家（书中贾母娘家史家的原型之一）苏州织造的绝活是"缂丝"，即丝绸上的雕刻。杭州孙家（书中王夫人、薛姨妈、王熙凤的娘家原型之一）杭州织造的绝活则是"杭罗"，织出的丝绸薄如蝉翼。

　　罗因为薄，非常透气，适合做内衣、蚊帐、帐幕、裙裤等等。古诗词中"罗帐、罗裙、罗衫、罗帕"等指的都是用罗做成的物品。贾母年轻时代，或许是"杭罗"的鼎盛时期，往后就走下坡路了，因为连"杭罗"本家出身的王熙凤都叫不上名儿来了。

　　且说这一年贾母过生日，贺寿的从皇亲国戚到家下管事人络绎不绝，收到的贺礼不计其数，根本看不过来。贾母一般都是前几样过过目，后来也不过目，只说："叫凤丫头收了，改日闷了再瞧。"

　　这当中，有件贺礼显得非常特别，竟然入了贾母的眼。

　　第七十二回，贾母的贴身丫头鸳鸯来看王熙凤。王熙凤在里屋午睡，贾琏回家见鸳鸯在，便问起一件古董。即前几年老太太生日时，一个外路和尚送来的蜡油冻佛手。说古董账上有这一笔，东西却不知在谁手上。

　　鸳鸯说，那件东西老太太摆了几天就厌烦了，就给了王熙凤了，是打发老王家的送来的。平儿接口道，她知道此事，那件东西现在在楼上放着呢。贾琏笑说平儿和王熙凤昧下了蜡油冻佛手。平儿气道：昧下了？比那强十倍的东西也没昧下一遭。贾琏只得自找台阶下说自己现在丢三忘四，是个糊涂人了。

　　这件"蜡油冻的佛手"到底是什么？红学家们吵得天翻地覆。大致观点有三：一是福建寿山石，二是浙江青田石，三是蜜蜡。

我们来看围绕"蜡油冻的佛手"的几点关键信息：

1. 外路和尚孝敬的；

2. 古董账、古董房；

3. "老太太爱，就即刻拿过来摆着了……奶奶告诉二爷，二爷还要送人，奶奶不肯，好容易留下的"；

4. "老太太摆了几日厌烦了……那是什么好东西，什么没有的物儿。比那强十倍的东西也没昧下一遭"。

后面这几点，说的是这件宝贝是个古董，不是新雕刻的。康乾时期定位为古董，这件佛手的制作年代起码是明代或更早吧。这件古董，还是挺稀罕的，连贾母这样见多识广的，一眼就喜欢上了，王熙凤也舍不得将它送人。但是呢，这件古董对于贾家来说又不是太不得了。贾母摆了几日厌烦了，平儿说："那是什么好东西，什么没有的物儿，比那强十倍的东西也没昧下一遭。"

就这几点来说，寿山石、青田石、蜜蜡都有可能。这三者都可能在明代或更早被雕刻成佛手。佛手，是一种植物果子，成熟时果心、皮分离，形成细长弯曲的果瓣，状如手指，故名佛手。佛手是雕刻的热门题材，佛以手来护佑人，谁得了不心生安宁与欢喜！

就以上信息看，最关键的，集中在这"外路和尚孝敬的"上。

何谓"外路和尚"？《红楼梦大辞典》注解："从外地来的和尚，即行脚僧。行脚僧又叫'云水僧'，是指步行参禅的云游僧。"对这个解释，我们不敢苟同。

外地来的和尚，尽可以叫"外地和尚"或直接叫"行脚僧"。一个行脚僧，怀揣一个沉甸甸的"寿山石"或"青田石"雕刻成的佛手到处云游，可能性也不大。凡接触过寿山石或青田石的，肯定知道这两种材质都挺沉手；雕刻成一个佛手摆件，摆件不可能很小，且是圆雕，肯定沉手。

"外路"，一般指不同道。"外路和尚"直观的意思是与中原佛教不同的佛教教派，比如藏传佛教。

从贾母生日"孝敬"的行为看，"外路和尚"平时与贾府更像是有联系的，而不太可能是偶尔飘过此地特意进来孝敬的。

事实上，清朝政府与西藏宗教界的渊源很深。清初，顺治帝接见五世达赖，赐予他"达赖喇嘛"的称号；康熙帝赐予五世班禅"班禅额尔德尼"称号。自此，历代达赖和班禅都需中央政府册封。雍正时期，更是设立了驻藏大臣，代表中央长驻西藏，同达赖、班禅共同管理西藏。

西藏喇嘛不仅与皇族关系很深，其根系亦深入上层社会。像贾府这样的皇亲国戚，老祖宗过生日，孝敬一个"蜡油冻的佛手"合情合理。

（清雍正）西天大善自在佛所领天下释教普通瓦赤拉怛喇
达赖喇嘛之印　图片来自西藏博物馆官方网站

　　我们在《古珠之美》这本书中说到，在国人心目中，
"蜜蜡、黄色、西藏"密不可分。西藏本土没有蜜蜡矿产，
历史上西藏的蜜蜡都是与中亚、西亚贸易而来。究其贸易
源头，蜜蜡的起点就是波罗的海。

　　在色泽上，藏人偏爱杏黄色，所以黄色的蜜蜡大量走
西藏贸易线。那种黄，与植物佛手的黄色完全吻合。可能
正因为色泽相近，才产生雕刻灵感。

　　用蜜蜡雕刻的佛手，质地犹如蜡油冻，叫它"蜡油冻
佛手"再确切不过了。

　　支撑这个观点的，还有脂砚斋的一句批语。在元妃省

亲时，贾府共演四出戏。脂砚斋在旁边批道："《一捧雪》伏贾家之败，《长生殿》伏元妃之死，《邯郸梦》伏甄宝玉送玉，《牡丹亭》伏黛玉之死。"并说这四部戏是全书之大关键。

　　"一捧雪"，本是明代一只白玉杯子的名字。因围绕它发生了重重故事，被人写成了一部戏《一捧雪》。讲的是明朝嘉靖年间，严世蕃（嘉靖皇帝的首辅严嵩之子）向莫怀古索取祖传玉杯"一捧雪"。莫怀古为保住"一捧雪"，不惜丢官、弃家、舍妾。

（清乾隆）蜜蜡佛手盆景
图片来自故宫博物院官方
网站

　　历来红学家们比较一致的观点是："一捧雪"对应的古董就是"蜡油冻佛手"。这是书里特意强调的，你想不留意都不行。那么，蜡油冻佛手，一个小小古董蜜蜡摆件，还不怎么值钱，怎会伏贾家之败？

　　有人解释说，宁国府贾珍因为什么庆典活动，向王熙凤借这件玉器摆设，从而引来外路的人对这个玉器垂涎三尺而不得，最后动念头陷害贾家，使贾家终于败落。也有人认为，贾府将这件宝贝进献给宫中的贾元春，夏守忠（六宫都太监）跟皇帝进谗言，说元妃手里老抓着一个很有分量的蜡油冻佛手，她是想趁皇上睡着了不备去谋害皇上……

（清）蜜蜡佛手雕件　狄妮女士藏

我们认为这些理由都比较牵强，我们的观点是蜡油冻佛手与西藏有关。一旦将蜡油冻佛手与西藏的宗教乃至军事势力联系起来，问题豁然开朗。

《红楼梦》作者曹雪芹的富贵生活，基本在康熙后期及雍正年间。康熙后期，两立两废太子，以致雍正年间，当权派、废太子派及其他皇子之间，相互倾轧，斗争激烈达到你死我活的地步。此时如果查证贾家与西藏宗教甚至军事力量有联络，这个"祸"之大，足以倾覆整个家族。

所以说，蜡油冻佛手，作为一件古董来说，确实如平儿所说，比它强十倍的东西贾府有的是。但要从它背后的含义来说，它能决定一个家族的命运。

❀

第七十二回　王熙凤恃强羞说病　来旺妇倚势霸成亲
（节选）

二人正说着，只见小丫头进来向平儿道："方才朱大娘又来了。我们回了他奶奶才歇午觉，他往太太上头去了。"平儿听了点头。鸳鸯问："那一个朱大娘？"平儿道："就是官媒婆那朱嫂子。因有什么孙大人家来和咱们求亲，所以他这两日天天弄个帖子来赖死赖活。"一语未了，小丫头跑来说："二爷进来了。"说话之间，贾琏已走至堂屋门，口内唤平儿。

平儿答应着才迎出去，贾琏已找至这间房内来。至门前，忽见鸳鸯坐在炕上，便煞住脚，笑道："鸳鸯姐姐，今儿贵脚踏贱地。"鸳鸯只坐着，笑道："来请爷奶奶的安，偏又不在家的不在家，睡觉的睡觉。"贾琏笑道："姐姐一年到头辛苦服侍老太太，我还没看你去，那里还敢劳动来看我们。正是巧的很，我才要找姐姐去。因为穿着这袍子热，先来换了夹袍子再过去找姐姐，不想天可怜，省我走这一趟，姐姐先在这里等我了。"一面说，一面在椅上坐下。

鸳鸯因问："又有什么说的？"贾琏未语先笑道："因有一件事，我竟忘了，只怕姐姐还记得。上年老太太生日，曾有一个外路和尚来孝敬一个蜡油冻的佛手，因老太太爱，就即刻拿出来摆着了。因前日老太太生日，我看古董帐上还有这一笔，却不知此时这件东西着落何方。古董房里的人也回过我两次，等我问准了好注上一笔。所以我问姐姐，如今还是老太太摆着呢，还是交到谁手里去了呢？"鸳鸯听说，便道："老太太摆了几日厌烦了，就给了你们奶奶。你这会子又问我来。我连日子还记得，还是我打发了老王家的送来的。你忘了，或是问你们奶奶和平儿。"

　　平儿正拿衣服，听见如此说，忙出来回说："交过来了，现在楼上放着呢。奶奶已经打发过人出去说过给了这屋里，他们发昏，没记上，又来叨登这些没要紧的事。"贾琏听说，笑道："既然给了你奶奶，我怎么不知道，你们就昧下了。"平儿道："奶奶告诉二爷，二爷还要送人，奶奶不肯，好容易留下的。这会子自己忘了，倒说我们昧下。那是什么好东西，什么没有的物儿。比那强十倍的东西也没昧下一遭，这会子爱上那不值钱的！"

　　贾琏垂头含笑想了一想，拍手道："我如今竟糊涂了！丢三忘四，惹人抱怨，竟大不像先了。"鸳鸯笑道："也怨不得。事情又多，口舌又杂，你再喝上两杯酒，那里清楚的许多。"一面说，一面就起身要去。

宝玉的缠丝白玛瑙盘子

《红楼梦》第三十七回，写到一只"缠丝白玛瑙盘子"。很多人不以为然，又不是金的，又不是玉的，一只玛瑙盘子，能珍贵到哪里去？曹雪芹不过是随手写写罢了。

可不是。我们来一点点看：

1. 袭人找缠丝白玛瑙盘子干吗用？

"袭人回至房中，拿碟子盛东西与史湘云送去"，袭人要送东西给史湘云，此时史湘云在自己家里。贾家带到史侯家去的东西，很可能被史湘云的叔叔婶婶看到，所以一定要选好的，这关系到荣国府的体面。

2. 缠丝白玛瑙盘子平时放在哪里？

袭人"却见橱子上碟槽空着"。这只缠丝白玛瑙盘子，不但放在宝玉屋里，还是放在橱子上。橱子，即陈列珍宝器玩的多宝格。不但放在橱子上，还有专门的"碟槽"，可见非同一般。

（清乾隆）紫檀嵌画珐琅云龙纹柜格　图片来自故宫博物院官方网站

3. 袭人为何责备晴雯用它送东西出去？

袭人问缠丝白玛瑙碟子哪去了。晴雯笑道："给三姑娘送荔枝去的，还没送来呢。"袭人道："家常送东西的傢伙也多，巴巴的拿这个去。"

宝玉给妹妹探春送东西，是自己家内。袭人认为自家家常送东西，随便拿个家伙就行了，只有出家门，送到史侯这样的名门，才需要讲究的家伙。

4. 缠丝白玛瑙盘子为何送出去的？

晴雯道："我何尝不也这样说。他（宝玉）说这个碟子配上鲜荔枝才好看。我送去，三姑娘见了也说好看，叫连碟子放着，就没带来。……"

曹雪芹又一次在细节上不经意流露出贵族公子的审美。送荔枝给探春，鲜荔枝的红色，一定要放在缠丝白玛瑙的盘子上，才衬得出美来。而三姑娘见了也说好，"叫连碟子放着"。

是吧，不像现在，一个塑料袋拎着过去的。不是一大袋、越多越好。

其实，我们关注到这个缠丝白玛瑙盘子，也是在接触古珠之后。

（清）玛瑙碗等　王虹摄自台北故宫博物院

古珠里，有一种缠丝白玛瑙珠子，极其名贵。这种珠子往往被琢磨成扁形，扁的腰鼓形、菱形、椭圆形等等。大孔，孔洞里油亮油亮的。表面打磨非常精美，有丝绸般的光泽。给人的错觉是：如此坚硬的玛瑙，看光泽好像是柔软的。其缠丝纹，有的像水波荡漾，有的像雨丝缠绵，有的像光影徘徊……非常美丽。

这种珠子，只要看一眼，便知不是寻常物。其材质、工艺都是顶级的。玩古珠的人习惯称其"皇家缠丝珠"。虽然你追问是哪家皇家他往往答不上来。

到底哪家皇家？我也追索过。古印度、古波斯、古代两河流域都出现过这种珠子，它们其实是"白色崇拜"的体现。

白色崇拜，很有意思。历史上很多民族都有这个传统。

西夏，是有名的白色崇拜国。西夏自称"邦泥定国"，意译为"白高国"或"白上国"。所以西夏的皇家不穿黄色，一应服饰均为白色。如果你在电视剧里看到西夏公主穿皇家黄，可以轻轻鄙视一下电视剧制作者。

我国的内蒙古、西藏等地，现在还有白色崇拜。你一到那里，首先递上来的就是洁白的哈达。

有人说白色崇拜与民族所居住的环境有关。内蒙古、西藏一带，雪山环绕，一片银白，地上的羊群和牦牛，人们喝的羊奶、穿的皮袄、戴的毡帽，也都是白色。而且，

距今两千年以上的白缠丝玛瑙珠子　作者自藏

一旦有部落冲突，为了靠近对手又不让对手发现，战士们骑上与雪山冰地一样颜色的白马、穿上白衣、戴上白帽，往往能取得胜利。久而久之，这成了部落生存的诀窍。

有白色崇拜的地方，视缠丝白玛瑙为圣物。宝玉房里的缠丝白玛瑙盘子，是不是西面传过来的宝贝呢？

突然想起，我曾经买过一颗天价缠丝白玛瑙古珠。白玛瑙材质细腻如玉，缠丝纹柔美流畅，皮壳烂熟，饱满的扁腰鼓形，美得不得了。

　　孔洞很大，往里一看，我傻住了：本来期望看到油亮大孔，实际却粗糙无光泽。哦，明白了，这不是一枚用来佩戴的珠子，而是礼仪用物。应该是做好就镶嵌在某一神圣物件上的。

　　就因为这个粗糙的孔，咬牙收藏了这枚宝贝。

❀

第三十七回　秋爽斋偶结海棠社　蘅芜苑夜拟菊花题
（节选）

　　袭人回至房中，拿碟子盛东西与史湘云送去，却见槅子上碟槽空着。因回头见晴雯、秋纹、麝月等都在一处做针黹，袭人问道："这一个缠丝白玛瑙碟子那去了？"众人见问，都你看我我看你，都想不起来。半日，晴雯笑道："给三姑娘送荔枝去的，还没送来呢。"袭人道："家常送东西的傢伙也多，巴巴的拿这个去。"晴雯道："我何尝不也这样说。他说这个碟子配上鲜荔枝才好看。我送去，三姑娘见了也说好看，叫连碟子放着，就没带来。你再瞧，那槅子尽上头的一对联珠瓶还没收来呢。”

　　秋纹笑道：“提起瓶来，我又想起笑话。我们宝二爷说声孝心一动，也孝敬到二十分。因那日见园里桂花，折了两枝，原是自己要插瓶的，忽然想起来说，这是自己园里的才开的新鲜花，不敢自己先顽，巴巴的把那一对瓶拿下来，亲自灌水插好了，叫个人拿着，亲自送一瓶进老太太，又进一瓶与太太。谁知他孝心一动，连跟的人都得了福了。可巧那日是我拿去的。老太太见了这样，喜的无可无不可，见人就说：‘到底是宝玉孝顺我，连一枝花儿也想的到。别人还只抱怨我疼他。’他们知道，老太太素日不大同我说话的，有些不入他老人家的眼的。那日竟叫人拿几百钱给我，说我可怜见的，生的单柔。这可是再想不到的福气。几百钱是小事，难得这个脸面。及至到了太太那里，太太正和二奶奶、赵姨奶奶、周姨奶奶好些人翻箱子，找太太当日年轻的颜色衣裳，不知给那一个。一见了，连衣裳也不找了，且看花儿。又有二奶奶在旁边凑趣儿，夸宝玉又是怎么孝敬，又是怎样知好歹，有的没的说了两车话。当着众人，太太自为又增了光，堵了众人的嘴。太太越发喜欢了，现成的衣裳就赏了我两件。衣裳也是小事，年年横竖也得，却不像这个彩头。”

宝玉的扇坠

　　江南地区，曾经流行一种定情物，叫"玉扇坠"。何以见得？以越剧为证。

　　越剧是江南地区几乎家喻户晓的戏曲种类。越剧《梁山伯与祝英台》中，祝英台托师娘做媒："师母啊，雪白蝴蝶玉扇坠，烦交义兄梁山伯。倘得师母来玉成，大恩大德难忘怀。"看，定情物是一枚雕刻成蝴蝶的白玉扇坠。

　　越剧《情探》中，落魄书生王魁与名妓敫桂英相遇，结为夫妻，王魁赴京赶考，桂英道："王郎，玉扇坠可带在身边？"王魁答："你看我牢牢藏在身上呢。"桂英又交代："王郎，老父遗物留君念，但愿君心如玉坚，见扇坠有如见妻面，你需念鸣珂巷夫妻苦守整二年。"

　　玉扇坠本是文人雅玩，但随着戏文流传，才子佳人私订终身，玉扇坠也普及到几乎家喻户晓的地步。

　　玉扇坠到底是个什么物件？

（清）羽扇　图片来自故宫博物院官方网站

　　顾名思义，就是垂挂在扇子尾端作为装饰的小玉件。

　　《红楼梦》第二十八回，宝玉见到蒋玉菡，"'今儿初会，便怎么样呢？'想了一想，向袖中取出扇子，将一个玉玦扇坠解下来，递与琪官，道：'微物不堪，略表今日之谊。'"

　　这里有动作描写："（宝玉）取出扇子，将一个玉玦扇坠解下来"。如果整体送出去，送的是把扇子，而解下来，送的是玉。

　　玉扇坠虽是因扇子而来，严格说，是扇子的附属品，却能脱离扇子而存在，能价值更高地单独存在，甚是有趣。

　　同是玉扇坠，也是有品味高下的。祝英台的"雪白蝴蝶玉扇坠"，多出现在小官僚或富家子弟手中。宝玉的扇坠是什么？玉玦扇坠。

　　玉玦，我们在《古珠之美》中说到过，玦是我国最古老的玉制装饰品。环状，有一缺口。因玉玦极具古意，深受上层社会公子哥儿们钟爱。

　　明代文震亨在《长物志》中说："扇坠宜用伽南、沉香为之，或汉玉小玦及琥珀眼掠皆可，香串、缅茄之属，断不可用。"这位明代世家公子说，扇坠适合用伽楠香（伽南）、沉香来做，或者，汉代的玉玦、琥珀等也不错，但万万不能用香串、缅茄菩提子这些。用今天的话来说，如果你用菩提子这些做扇坠，就是"油腻中年男人"。

（西周）玉玦　作者自藏

　　文震亨也说到了，扇坠不一定是玉做的。首选，是伽楠、沉香。用如此名贵的香料，雕一小物，坠于扇尾，轻摇折扇时，细香阵阵，不仅好闻，还提神。

　　不知是否受到文震亨这一说法的启发，明末清初"秦淮八艳"之一的李香君，雅号就为"香扇坠儿"。李香君，《桃花扇》的女主角，是个精通诗书琴画，谙熟歌舞艺术的歌伎。因身材娇小玲珑，绰约妩媚，顾盼生辉，名字里又带个香字，因而得此雅号。

　　"香扇坠儿"，这个雅号，对即将亡国的才子们来说，真是颇能微妙地表达他们的心境啊。

　　当然，清代的扇坠，还有珊瑚、象牙、琥珀、紫檀等等。

　　天渐渐热起来了。前段时间，有一朋友得了一把湘妃竹的折扇，拿来叫我吊个扇坠。

　　吊个什么样的扇坠呢？扇坠并不是随便拿颗珠子、拿块玉配上去就行的。首先，大小要合适。一般来说，长不超过一寸，重不超过15克。否则，下面晃荡得厉害，无法摇扇，携带也不方便。其次，扇坠的材质须得持扇人喜欢。再次，扇坠本身就是雅玩，虽小，还得雕刻精细。所雕刻的图案，要与持扇人品味一致。

　　这么沟通下来，双方都明白了：本以为随手的事，要讲究起来，真没底的。雅玩，就没有随便一说。要随便的话，一把折扇吊啥扇坠啊。

　　这还没完。好容易选定了一个蜜蜡随型小件，要拴上去时傻眼了，往哪个点下手啊？只好再去查资料！

　　资料上说有三种拴法：

　　1.明代拴法。拴于大骨之上。这倒容易拴，但一根线夹在大骨与小骨之间，产生了明显的缝隙，日久扇骨会变形。而且，朋友还打算配个刺绣扇套呢，用明代拴法的话，这扇套就套不进去了。

（明清）白玉扇坠

作者自藏

2. 在大骨下端内侧打一牛鼻孔，线从这个孔拴挂，类似于手机的挂绳方法。但这样一来，要损伤大骨。

3. 把锁骨钉改成中空的，即穿心骨钉。这是最理想的方法，又实用又美观。

朋友拿回扇子去换中空锁骨钉。到现在还没换成。

扇坠这种雅玩，必须等社会富裕一段时间后，整个社会雅起来了，换中空锁骨钉才会轻而易举。

第二十八回　蒋玉菡情赠茜香罗　薛宝钗羞笼红麝串

少刻，宝玉出席解手，蒋玉菡便随了出来。二人站在廊檐下，蒋玉菡又陪不是。宝玉见他妩媚温柔，心中十分留恋，便紧紧的搭着他的手，叫他"闲了往我们那里去。还有一句话借问：也是你们贵班中，有一个叫琪官的，他在那里？如今名驰天下，我独无缘一见。"蒋玉菡笑道："就是我的小名儿。"宝玉听说，不觉欣然跌足笑道："有幸，有幸！果然名不虚传。今儿初会，便怎么样呢？"想了一想，向袖中取出扇子，将一个玉玦扇坠解下来，递与琪官，道："微物不堪，略表今日之谊。"琪官接了，笑道："无功受禄，何以克当！也罢，我这里得了一件奇物，今日早起方系上，还是簇新的，聊可表我一点亲热之意。"说毕撩衣，将系小衣儿一条大红汗巾子解了下来，递与宝玉，道："这汗巾子是茜香国女国王所贡之物，夏天系着，肌肤生香，不生汗渍。昨日北静王给我的，今日才上身。若是别人，我断不肯相赠。二爷请把自己系的解下来，给我系着。"宝玉听说，喜不自禁，连忙接了，将自己一条松花汗巾解了下来，递与琪官。

　　二人方束好，只听一声大叫："我可拿住了！"只见薛蟠跳了出来，拉着二人道："放着酒不吃，两个人逃席出来干什么？快拿出来我瞧瞧。"二人都道："没有什么。"薛蟠那里肯依，还是冯紫英出来才解开了。于是复又归坐饮酒，至晚方散。

黛玉的玻璃绣球灯

一件东西值钱不值钱，真的是时移世易。

很多我们认为值钱的，海参鲍鱼貂皮大衣地皮房产，《红楼梦》里不置一词。这些，对于富贵了四五代的家庭来说，不珍贵。而有些我们眼里再寻常不过的东西，在当时却是稀世珍宝，只有社会顶端的人才有机会接触到，比如玻璃。

古珠里有种"琉璃珠"，有半透明的，也有不透明的。在阳光或灯光下一转，里面光影流淌，迷离梦幻。看珠人的心就被捕获了。

老手呢，赶紧拿下。新手不懂，问这是啥材质啊？答曰琉璃。琉璃是啥？答曰相当于现在的玻璃。玻璃啊，那不值钱。遂放下。哈哈，几年后回想起来，遗憾地说那时自己不懂老琉璃的珍贵。

前段时间微信里有人"拍卖"一颗老琉璃，我看到时价格已经上万了，不屑，说给梁慧听。不料，梁慧说那颗是好东西。最终，那颗琉璃以 22 万元成交价被人拍走。

《红楼梦》里怎么写玻璃的呢？

贾宝玉世家子弟，什么宝贝没有！就没见过他对什么物件特别上心，特别不舍得。为了让一个丫头高兴，竟然让她撕扇子。宝玉屋里的扇子，哪把不是珍品？

但有一回是例外。

《红楼梦》第四十五回，深秋之夜，绵绵秋雨围住了夜色中的潇湘馆，愁思百结的林妹妹正写下一首《秋窗风雨夕》，宝哥哥来看她了。

这一次，奇怪，两人竟没有吵架。这两个一到一起，不闹别扭是不散场的。宝玉哪怕与宝钗、湘云多说一句话，多玩一会，黛玉就会生气。和黛玉玩吧，好端端的又

（清）费丹旭十二金钗
图册（黛玉葬花）
图片来自故宫博物院
官方网站

会为了哪句话闹起来了。按照作者的说法："（宝玉）早存了一段心事，只不好说出来，故每每或喜或怒，变尽法子暗中试探。那林黛玉偏生也是个有些痴病的，也每用假情试探。因你也将真心真意瞒了起来，只用假意，我也将真心真意瞒了起来，只用假意，如此两假相逢，终有一真。其间琐琐碎碎，难保不有口角之争。"

有一回黛玉生病，宝玉去看她。两人又闹起来，林黛玉大哭大吐，宝玉又砸玉，急得贾母也哭了，抱怨说：是哪世造的孽啊，今生遇见了这两个不省事的小冤家，没有一天不叫人操心的。真是俗话说得好，不是冤家不聚头。等到闭眼了，断了这口气，让这两个冤家闹到天上去，也就眼不见心不烦了，偏又咽不了这口气。

作者接着写道："这话传入宝林二人耳内。原来他二人竟是从未听见过'不是冤家不聚头'的这句俗语，如今忽然得了这句话，好似参禅的一般，都低头细嚼这句话的滋味，都不觉潸然泣下。虽不曾会面，然一个在潇湘馆临风洒泪，一个在怡红院对月长吁，却不是人居两地，情发一心！"每每读到这一段，真是又好笑又好气。

这一回，难得让我们省心。黛玉关心宝玉来时有无淋雨，宝玉赞赏黛玉的诗写得好。末了黛玉道："我也好了许多，谢你一天来几次瞧我，下雨还来。这会子夜深了，我也要歇着，你且请回去，明儿再来。"宝玉听说，回手向怀中掏出一个核桃大小的金表来，瞧了瞧，指针已指到戌末亥初之间（晚上9点多了），忙又揣了，说道："原该歇了，又扰的你劳了半日神。"说着，披蓑戴笠出去了。

黛玉问，这样的雨夜里可有人跟着来？有两个婆子答应："有人，外面拿着伞点着灯笼呢。"

黛玉一看，笑道："这个天点灯笼？"

宝玉解释道："不相干，是明瓦的，不怕雨。"

黛玉回手向书架上把"玻璃绣球灯"拿了下来，命点一支小蜡烛来，递给宝玉，道："这个又比那个亮，正是雨里点的。"

宝玉道："我也有这么一个，怕他们失脚滑倒了打破了，所以没点来。"

黛玉道："跌了灯值钱，跌了人值钱？"

唉，这两个小冤家，唯有这一段是顺着的，看了让人舒心。

回头一想，不对啊，宝玉从不将珠宝财物放在心上，今儿怎么了？区区一盏灯，他却担心会被丫头婆子们弄坏，真是稀罕。

要怎么形容"玻璃"在曹雪芹时代的贵重呢？还得以钱来比较。

据清史记载，在清初，一块不足两平方尺（1平方尺 ≈ 0.111平方米。）的平面玻璃，可以买三间瓦房。贵不

（清）掐丝珐琅玻璃灯
图片均来自沈阳故宫博物院官方网站

贵？比黄金还贵！这还是平面玻璃，要是玻璃加工出来的
艺术品，你想想值多少钱。

如果是一盏黄金灯，宝玉哪会在意。林妹妹对宝玉，
那真是，再珍贵的玻璃绣球灯也不及宝玉在她心里重要。

有这样一个参考，读《红楼梦》其他的"玻璃"点
滴，就好理解了。

第六回，贾蓉来向王熙凤借东西。因为有贵客要来，
要借点贵重稀罕的东西充场面。借的啥呢？贾蓉笑道："我
父亲打发我来求婶子，说上回老舅太太给婶子的那架玻璃
炕屏，明日请一个要紧的客，借了略摆一摆就送过来。"

凤姐戏弄他，道："说迟了一日，昨儿已经给了人了。"贾蓉听着，嘻嘻地笑着，在炕沿上半跪道："婶子若不借，又说我不会说话了，又挨一顿好打呢。婶子只当可怜侄儿罢。"

凤姐得意了，笑道："也没见你们，王家的东西都是好的不成？你们那里放着那些好东西，只是看不见，偏我的就是好的。"贾蓉笑道："那里有这个好呢！只求开恩罢。"凤姐终于答应，道："若碰一点儿，你可仔细你的皮！"

为啥王熙凤要说"王家的东西都是好的不成"？因为在清代初期，玻璃是欧洲传过来的神奇"洋货"。试想，原先我们的窗户都是纸糊的，虽说光线能透进来，但跟玻璃怎么比啊。且纸容易破裂，玻璃风吹雨打都不要紧。玻璃对生活质量的提高是个飞跃。

（清）金漆点翠玻璃屏风　　图片来自故宫博物院官方网站

如此"宝物"怎么王家有而贾府没有呢?

《红楼梦》第十六回有交代。说起接驾,凤姐忙接道:"我们王府也预备过一次。那时我爷爷单管各国进贡朝贺的事,凡有的外国人来,都是我们家养活。粤、闽、滇、浙所有的洋船货物都是我们家的。"

据红学家们考证,王熙凤此话不假。《红楼梦》四大家族之"王家",在现实中的原型之一是杭州织造孙文成家。

众所周知,康熙自小失母,对保姆感情很深。而孙氏、文氏都为康熙小时候的保姆。孙氏儿子曹寅、文氏儿子李煦,某种程度上说都是康熙的"发小"。康熙掌权后,将江宁织造派给了曹寅,将苏州织造派给了李煦,又将杭州织造派给了孙氏的娘家侄子孙文成(即曹寅的表兄弟)。

孙文成就职杭州织造之前,曾在广州做过一年的粤海关监督(相当于现在的海关关长),负责各国朝贡人员的日常衣食住行以及安全问题。

孙文成上任杭州织造后的第一件大事,就是准备接驾。《杭州府志》记载:"织造孙文成,启涌金水门,引水入城内,河广五尺,深八尺,至三桥转南,又折而东至,织造府前而止,备南巡御舟出入。"为了让康熙直接乘船到达西湖,孙文成不惜挖了一条河,直接从杭州织造(现红门局)通往西湖。这钱还不花得流水一样。

但康熙此次南巡,并没有住在杭州织造府,而住到了西湖的孤山行宫。

广州海关关长，负责各国朝贡人员的日常衣食住行以及安全，那么玻璃这样的贵重舶来品，自是孙家（也即书中的王家）先得。宝玉和黛玉的玻璃绣球灯，说不定是王家送的礼物呢。

想来，王家经手的琉璃珠肯定也不少。明清时期，西方传教士们用以博取中国官员好感的礼品主要有三棱镜、地图、玻璃珠等。那时我国也还算国富民强，都挡不住欧洲琉璃珠的魅力，可想而知，那些不同品种的琉璃贸易珠到了非洲，真的是可以大手笔地换资源。怪不得几百年来欧洲这么强盛了。

只是，时移世易，玻璃如今不值钱了，收藏明清玻璃珠的人也就不多了。

第四十五回　金兰契互剖金兰语　风雨夕闷制风雨词
（节选）

吟罢搁笔，方要安寝，丫鬟报说："宝二爷来了。"一语未完，只见宝玉头上带着大箬笠，身上披着蓑衣。黛玉不觉笑了："那里来的渔翁！"宝玉忙问："今儿好些？吃了药没有？今儿一日吃了多少饭？"一面说，一面摘了笠，脱了蓑衣，忙一手举起灯来，一手遮住灯光，向黛玉脸上照了一照，觑着眼细瞧了一瞧，笑道："今儿气色好了些。"

黛玉看脱了蓑衣，里面只穿半旧红绫短袄，系着绿汗巾子，膝下露出油绿绸撒花裤子，底下是掐金满绣的绵纱袜子，靸著蝴蝶落花鞋。黛玉问道："上头怕雨，底下这鞋袜子是不怕雨的？也倒干净。"宝玉笑道："我这一套是全的。有一双棠木屐，才穿了来，脱在廊檐上了。"黛玉又看那蓑衣斗笠不是寻常市卖的，十分细致轻巧，因说道："是什么草编的？怪道穿上不像那刺猬似的。"宝玉道："这三样都是北静王送的。他闲了下雨时在家里也是这样。你喜欢这个，我也弄一套来送你。别的都罢了，惟有这斗笠有趣，竟是活的。上头的这顶儿是活的，冬天下雪，带上帽子，就把竹信子抽了，去下顶子来，只剩了这圈子。下雪时男女都戴得，我送你一顶，冬天下雪戴。"黛玉笑道："我不要他。戴上那个，成个画儿上画的和戏上扮的渔婆了。"及说了出来，方想起话未忖夺，与方才说宝玉的话相连，后悔不及，羞的脸飞红，便伏在桌上嗽个不住。

宝玉却不留心，因见案上有诗，遂拿起来看了一遍，又不禁叫好。黛玉听了，忙起来夺在手内，向灯上烧了。

宝玉笑道：“我已背熟了，烧也无碍。”黛玉道：“我也好了许多，谢你一天来几次瞧我，下雨还来。这会子夜深了，我也要歇着，你且请回去，明儿再来。”宝玉听说，回手向怀中掏出一个核桃大小的一个金表来，瞧了一瞧，那针已指到戌末亥初之间，忙又揣了，说道：“原该歇了，又扰的你劳了半日神。”说着，披蓑戴笠出去了，又翻身进来问道：“你想什么吃，告诉我，我明儿一早回老太太，岂不比老婆子们说的明白？”黛玉笑道：“等我夜里想着了，明儿早起告诉你。你听雨越发紧了，快去罢。可有人跟着没有？”

有两个婆子答应：“有人，外面拿着伞点着灯笼呢。”黛玉笑道：“这个天点灯笼？”宝玉道：“不相干，是明瓦的，不怕雨。”黛玉听说，回手向书架上把个玻璃绣球灯拿了下来，命点一支小蜡来，递与宝玉，道：“这个又比那个亮，正是雨里点的。”宝玉道：“我也有这么一个，怕他们失脚滑倒了打破了，所以没点来。”黛玉道：“跌了灯值钱，跌了人值钱？你又穿不惯木屐子。那灯笼命他们前头照着。这个又轻巧又亮，原是雨里自己拿着的，你自己手里拿着这个，岂不好？明儿再送来。就失了手也有限的，怎么忽然又变出这‘剖腹藏珠’的脾气来！”宝玉听说，连忙接了过来，前头两个婆子打着伞提着明瓦灯，后头还有两个小丫鬟打着伞。宝玉便将这个灯递与一个小丫头捧着，宝玉扶着他的肩，一径去了。

史湘云的"童子乘槎"

《红楼梦》中诗词曲赋比比皆是。但是，多，并不意味着读者就能熟能生巧。相反，很多人一见诗词曲赋就跳过去，干脆不读。

真是可惜啊。作者分身二三十人，替他（她）们吟诗作赋，林黛玉的口里不能出来薛宝钗的诗，薛宝钗的笔下不能出来妙玉的对子。各人的命运、时势变化、情绪高低等等，都星星点点伏笔在此。这一多半的写作精华，都集中在这些诗词曲赋里了。

大家为何不看呢？因为早就缺乏这方面的训练，生疏了，陌生了，一陌生看起来就吃力，绕过去算了。

《红楼梦》第七十六回，写贾母在大观园中举行中秋夜宴。林黛玉"见贾府中许多人赏月，贾母犹叹人少，不似当年热闹，又提宝钗姊妹家去母女弟兄自去赏月等语"，对景伤怀，独自走到屋外栏杆处垂泪。这时，宝玉、探春各有心事，无心游玩，已经先去睡了，只有史湘云走过来陪她。

史湘云提议两人作诗联句，林黛玉嫌那里人声嘈杂，没有诗兴。俩人就去山坳里近水一个所在，即凹晶馆联诗。

以前的读书人家，联诗、对对子是日常游戏，信手拈来，谁也不当一回事。爷爷来一句，孙子跟一句。"天"对"地"，知道天的高，必要知道地的厚。"春华"对"秋实"，明了春花的美丽，还要懂得去结秋天的果实。母亲带着孩儿们出门，西湖旁边到处是楹联、题匾，在游山玩水的惬意中抬头就读到经典。文化的"化"，也许就是这样的不知不觉。

放到今天，两个闺密出来，活动内容可丰富了：看电影、泡吧、玩游戏、逛商场、去茶室、手机手机手机……有没有去读书的？恐怕少，更别说两人去西湖边联诗了。

《红楼梦》中的这天，是中秋节，对着天上一轮皓月，池中一轮水月，林黛玉与史湘云联诗的主题当然是"月亮"。

这一联，联了44句。这里就不全部搬出来了，否则有人又要绕道走了。就说其中两联：

林黛玉：人向广寒奔。犯斗邀牛女，

史湘云：乘槎待帝孙。虚盈轮莫定，

有人要摇头了，你偏偏选了最无趣的两句。"人向广寒奔""虚盈轮莫定"这两句字面意思好理解，说嫦娥奔月、月有阴晴圆缺嘛。"犯斗邀牛女"？"乘槎待帝孙"？无趣又不解。

且慢，这是非常有意趣的两句。要读懂这两句，先得上个意趣盎然的故事。

魏晋时期，是我国历史上意识形态极为丰富的阶段。历代文人提起"魏晋风度"无不倾慕得摇头晃脑。有趣时代必出有趣的书，西晋的张华，写了本神话志怪集叫《博物志》，记载了山川地理、飞禽走兽、人物传记、神话古史、神仙方术等，是继《山海经》后，我国又一部包罗万象的奇书。

其中说到一个故事：有说天河与海是相通的。近世有人居住在海边，见每年八月都有小木板做的筏子来来去去，往返于天海之间，从不失期。此人很好奇，也想飞上天去看一看。于是在小木板上搭了个小屋子，带上很多干粮，出发了。开始的十多天中，他还能看到日月星辰。此后，便觉茫茫忽忽，也不知道是白天还是黑夜。又过了大约十多天，到达一个地方，看上去像是个城市，屋舍俨然。女人们都在织布，男人们牵着牛在河岸边饮水。牵牛人见到他很奇怪，问道："你怎么到这里来了？"这个人说明了情况，并问这是哪里。牵牛人答道："你回去之后，到成都去拜访一个叫'严君平'的，他会告诉你。"此人

（清）乘槎仙人盆景　图片来自故宫博物院官方网站

没有上岸，回程了，并像其他人那样如期到家。后来，他去了成都，找到君平。君平告诉他："某年某月某日有客星犯牵牛宿。"此人一算，正是他到达天河的时间。

有趣吧！可惜这类启发想象力的故事离我们越来越远了。

小木板做的筏子叫"槎"，故事中的那个人叫"乘槎人"。

牵牛星住在斗牛宫，乘槎人犯牵牛宿就是犯斗牛宫，这就是林黛玉口中"犯斗邀牛女"的"犯斗"。

"邀牛女"，冲进斗牛宫，邀请牛郎与织女。邀请他们干啥？《西厢记》里，崔莺莺焚香拜月，那是邀请牛郎与织女来为爱情作保。

　　"乘槎待帝孙"。乘槎,我们知道意思了。乘着木筏子准备上天河,只等待"帝孙"一声召唤就出发了。帝孙是谁?《史记·天官书》道:"织女,天女孙也。"于是人们就将织女星称为"天孙"或"帝孙"。

　　织女最想召唤谁去天官相会?是她的孩子吧。噢——恍然大悟!童子乘槎!

　　"童子乘槎"是我国玉文化中经常出现的雕刻主题,我在多年前拿到一枚老和田玉双面工的"童子乘槎",竟然一直查不到它的寓意。

（清）和田白玉双面工"童子乘槎"　作者自藏

　　乘槎待帝孙，是否因此而来？遥想当年，妈妈妆奁里或许放着一枚玉佩。孩子见玉佩上面有个小人儿，就想抓来玩。妈妈拿起玉佩，说：宝宝，这叫"童子乘槎"。这样，西晋张华的故事，天马行空意趣无穷，被年轻的母亲传承下去。

　　然后，一个繁星灿烂的夏夜，妈妈与孩子在院子里乘凉。是吧，丰子恺就有这样一张幸福满满的漫画。母子俩躺在同一张竹躺椅上。妈妈摇着大蒲扇时，孩子指点着天上一排密集星星叫妈妈看：有个小哥哥乘着木筏子去找妈妈了……

丰子恺漫画《纳凉》

孩子大起来，捧着《红楼梦》读到"乘槎待帝孙"时，不仅有神话的会意之乐，还有对儿时趣事的回忆之乐吧。

第七十六回　凸碧堂品笛感凄清　凹晶馆联诗悲寂寞
（节选）

黛玉道："我先起一句现成的俗语罢。"因念道：

三五中秋夕，

湘云想了一想，道：

清游拟上元。

撒天箕斗灿，

林黛玉笑道：

匝地管弦繁。

几处狂飞盏，

湘云笑道："这一句'几处狂飞盏'有些意思。这倒要对的好呢。"想了一想，笑道：

谁家不启轩。

轻寒风剪剪，

黛玉道："对的比我的却好。只是底下这句又说熟话了，就该加劲说了去才是。"湘云道："诗多韵险，也要铺陈些才是。纵有好的，且留在后头。"黛玉笑道："到后头没有好的，我看你差不差。"因联道：

良夜景暄暄。

争饼嘲黄发，

湘云笑道："这句不好，是你杜撰，用俗事来难我了。"黛玉笑道："我说你不曾见过书呢。吃饼是旧典，唐书唐志你看了来再说。"湘云笑道："这也难不倒我，我也有了。"因联道：

分瓜笑绿媛。

香新荣玉桂，

黛玉笑道："分瓜可是实实的你杜撰了。"湘云笑道："明日咱们对查了出来大家看看，这会子别耽误工夫。"黛玉笑道："虽如此，下句也不好，不犯着又用'玉桂''金兰'等字样来塞责。"因联道：

色健茂金萱。

蜡烛辉琼宴，

湘云笑道："'金萱'二字便宜了你，省了多少力。这样现成的韵被你得了，只是不犯着替他们颂圣去。况且下句你也是塞责了。"黛玉笑道："你不说'玉桂'，我难道强对个'金萱'么？再也要铺陈些富丽，方才是即景之实事。”湘云只得又联道：

　　舽筹乱绮园。

　　分曹尊一令，

黛玉笑道：“下句好，只是难对些。”因想了一想，联道：

　　射覆听三宣。

　　骰彩红成点，

湘云笑道：“‘三宣’有趣，竟化俗成雅了。只是下句又说上骰子。”少不得联道：

　　传花鼓滥喧。

　　晴光摇院宇，

黛玉笑道：“对的却好。下句又溜了，只管拿些风月来塞责。”湘云道：“究竟没说到月上，也要点缀点缀，方不落题。”黛玉道：“且姑存之，明日再斟酌。”因联道：

　　素彩接乾坤。

　　赏罚无宾主，

湘云道：“又说他们作什么，不如说咱们。”只得联道：

　　吟诗序仲昆。

　　构思时倚槛，

黛玉道：“这可以入上你我了。”因联道：

　　拟景或依门。

　　酒尽情犹在，

湘云说道：“是时侯了。”乃联道：

更残乐已谖。

渐闻语笑寂，

黛玉说道："这时候可知一步难似一步了。"因联道：

空剩雪霜痕。

阶露团朝菌，

湘云笑道："这一句怎么押韵，让我想想。"因起身负手，想了一想，笑道："够了，幸而想出一个字来，几乎败了。"因联道：

庭烟敛夕楷。

秋湍泻石髓，

黛玉听了，不禁也起身叫妙，说："这促狭鬼，果然留下好的。这会子才说'楷'字，亏你想得出。"湘云道："幸而昨日看历朝文选见了这个字，我不知是何树，因要查一查。宝姐姐说不用查，这就是如今俗叫作明开夜合的。我信不及，到底查了一查，果然不错。看来宝姐姐知道的竟多。"黛玉笑道："'楷'字用在此时更恰，也还罢了。只是'秋湍'一句亏你好想。只这一句，别的都要抹倒。我少不得打起精神来对一句，只是再不能似这一句了。"因想了一想，道：

风叶聚云根。

宝婺情孤洁，

湘云道："这对的也还好。只是下一句你也溜了，幸而是景中情，不单用'宝婺'来塞责。"因联道：

银蟾气吐吞。

药经灵兔捣，

黛玉不语点头，半日随念道：

人向广寒奔。

犯斗邀牛女，

湘云也望月点首，联道：

乘槎待帝孙。

虚盈轮莫定，

黛玉笑道："又用比兴了。"因联道：

晦朔魄空存。

壶漏声将涸，

湘云方欲联时，黛玉指池中黑影与湘云看道："你看那河里怎么像个人在黑影里去了，敢是个鬼罢？"湘云笑道："可是又见鬼了。我是不怕鬼的，等我打他一下。"因弯腰拾了一块小石片向那池中打去，只听打得水响，一个大圆圈将月影荡散复聚者几次。只听那黑影里嘎然一声，却飞起一个大白鹤来，直往藕香榭去了。黛玉笑道："原来是他，猛然想不到，反吓了一跳。"湘云笑道："这个鹤有趣，倒助了我了。"因联道：

窗灯焰已昏。

寒塘渡鹤影，

林黛玉听了，又叫好，又跺足，说："了不得，这鹤真是助他的了！这一句更比'秋湍'不同，叫我对什么才好？'影'字只有一个'魂'字可对，况且'寒塘渡鹤'何等自然，何等现成，何等有景且又新鲜，我竟要搁笔了。"湘云笑道："大家细想就有了，不然就放着明日再联也可。"黛玉只看天，不理他，半日，猛然笑道："你不必捞嘴，我也有了，你听听。"因对道：

冷月葬诗魂。

湘云拍手赞道："果然好极！非此不能对。好个'葬诗魂'！"因又叹道："诗固新奇，只是太颓丧了些。你现病着，不该作此过于清奇诡谲之语。"黛玉笑道："不如此如何压倒你。下句竟还未得，只为用工在这一句了。"

探春的白玉磬

当我重读《红楼梦》看到第四十回，贾母带领刘姥姥游大观园走进探春闺房时，不禁心中一动。

书中这样描写："探春素喜阔朗，这三间屋子并不曾隔断。当地放着一张花梨大理石大案，案上磊着各种名人法帖，并数十方宝砚，各色笔筒，笔海内插的笔如树林一般……"你看，探春是个书法家。

贾家四个女儿，各有特长。元春善琴，迎春善棋，探春善书，惜春善画。读者一般会注意到她们的名字"元、迎、探、惜"谐音"原应叹息"。而忽略她们四人贴身大丫头的名字"抱琴、司棋、侍书、入画"，真正是"琴棋书画"。

接下去看探春屋子里的摆设："右边洋漆架上悬着一个白玉比目磬，旁边挂着小锤。那板儿略熟了些，便要摘那锤子要击，丫鬟们忙拦住他。"

悬着一个白玉比目磬？

作者似乎要强调这个"白玉比目磬"，还特意写板儿"摘那锤子要击"，让大家心里一阵紧张。

磬，即曲尺形的打击乐器，由玉、石或金属制成。如编钟那样悬挂着，用锤子敲打发声。

这磬，乃是一种规格较高的乐器。鸣钟击磬，似是国家礼仪的风范。事实上，磬确实用于历代帝王、上层统治者的殿堂宴享、宗庙祭祀等礼仪活动，是一种礼器。

这么高规格的礼器，放在一位未出阁小姐的闺房里，似乎显得突兀。难道这是暗示探春以后会成为"王妃"？

（清乾隆）碧玉描金云龙特磬　图片来自故宫博物院官方网站

　　在后面第六十三回中，大家为宝玉过生日，玩"占花名儿"的游戏，探春抽到的签名为"日边红杏倚云栽"。注云："得此签者，必得贵婿，大家恭贺一杯，共同饮一杯。"众人笑道："我们家已有了个王妃，难道你也是王妃不成。"

　　磬，王妃，想到了谁？

　　历史上大名鼎鼎的击磬高手杨贵妃。杨贵妃之前的身份是唐玄宗的儿媳，即寿王李瑁的王妃。

　　唐代郑綮在《开天传信记》中有如下记载："太真（杨玉环）妃最善于击磬、拊（轻击）搏之音，泠泠然新声。虽太常梨园之能人莫能加也。上（皇上，唐玄宗）令采蓝田绿玉琢为器上进，簨簴（sǔn jù，古代悬挂钟、磬、鼓的架子上的横梁）流苏之属，皆以金钿珠翠珍怪之物杂饰之，又铸二金狮子，作拏攫腾奋之状，各重二百余斤以扶。其他彩绘缛丽，制作神妙，一时无比也。上幸蜀回京师，乐器多亡失（佚），独玉磬偶在。"

　　唐玄宗是个音乐歌舞的超级发烧友。他最喜羯鼓，说羯鼓是八音的领袖，其它乐器不可与之相比。自作《秋风高》，每当秋高气爽，即击此曲。当时宰相宋璟亦擅长敲击羯鼓，他与玄宗交流击鼓体会，说："击鼓时，如果能够做到'头如青山峰，手如白雨点'，便是击羯鼓的能手。"意思是击鼓时头稳定不动，而下手急促，就像急雨一样。音乐家李龟年也善击羯鼓，有一次，玄宗问他打断了多少根鼓杖，李龟年说："臣已打折了五十只鼓杖。"唐玄宗说："不算多，我已经打折了三立柜。"

　　唐玄宗宠爱杨玉环，与杨玉环极高的音乐歌舞天赋有关。杨玉环最擅长三种乐器：琵琶、笛子、磬。如果说前两者还找得出擅长之人的话，那么击磬，是杨玉环独擅。其击磬技艺之高，无人能敌。前文的《开天传信记》说"最善"两字已经说明问题。

　　一个击鼓，鼓点紧凑急促，声振长空，穿行远方；一个击磬，拊搏之音泠泠然，多新声。难怪唐玄宗说，得杨贵妃，如得至宝也。还专门为杨玉环写了首《得宝子》。

　　唐玄宗为杨玉环定制的"玉磬"，材质为蓝田绿玉。注意哦，绿玉！贾宝玉题咏大观园时，将自己住的屋子的匾额题为"红香绿玉"，后来被元妃改题为"怡红快绿"。

　　不要小看这一改动。对"绿玉"两字，《红楼梦》里有种特殊的敏感性。

　　元妃省亲时，元妃命大家题咏大观园，宝玉正作"怡红院"一首，起草内有"绿玉春犹卷"一句。宝钗转眼瞥见，便趁众人不理会，急忙回身悄推他道："他因不喜'红香绿玉'四字，改了'怡红快绿'，你这会子偏用'绿玉'二字，岂不是有意和他争驰了？"

　　宝玉见宝钗如此说，便拭汗道："我这会子总想不起什么典故出处来。"宝钗笑道："你只把'绿玉'的'玉'字改作'蜡'字就是了。"宝玉道："'绿蜡'可有出处？"宝钗见问，悄悄地咂嘴点头笑道："亏你，今夜不过如此，将来金殿对策，你大约连'赵钱孙李'都忘了呢！唐钱珝咏芭蕉诗头一句：'冷烛无烟绿蜡干'，你都忘了不成？"

你看，不但元妃将"红香绿玉"改成"怡红快绿"，作者还特意让宝钗出来强调不能用"绿玉"两字。

后面还有更醒目的。第四十一回，贾母带着众人去栊翠庵喝茶。妙玉暗里带宝钗、黛玉去小房间喝私房茶，宝玉见机跟了去。妙玉拿出两个茶杯，给宝钗的是"瓟瓟斝"，给黛玉的是"点犀盉"。然后，将前番自己日常吃茶的那只绿玉斗来斟与宝玉。妙玉是"高度洁癖症患者"，珍贵的大明成化年官窑制茶杯，因为刘姥姥喝过，她嫌脏不要了。嫌到啥地步？——"成窑的茶杯别收了，搁在外头去罢。"怎么就把自己的绿玉斗给宝玉斟茶呢？

宝玉先时虽将"怡红院"题名为"红香绿玉"，但其实不解"绿玉"的厉害。见妙玉给他绿玉斗，笑道："常言'世法平等'，他两个就用那样古玩奇珍，我就是个俗器了。"妙玉道："这是俗器？不是我说狂话，只怕你家里未必找的出这么一个俗器来呢。"

贾元春为何不喜欢"绿玉"？妙玉为何如此看重"绿玉"？又，作者为何如此拐弯抹角爱着"绿玉"？

　　莫非作者是将"绿玉"指代杨贵妃，进而暗伏妙玉身世之高贵？

　　栊翠庵品茶这回，贾母一开口就令读者愣住了：只见妙玉亲自捧了一个海棠花式雕漆填金云龙献寿的小茶盘，里面放一个成窑五彩小盖钟，捧与贾母。贾母道："我不吃六安茶。"

　　妙玉的回答更像暗语："知道。这是老君眉。"

　　一问一答，细想才明白，贾家与妙玉家是有老关系的。六安茶，即六安瓜片，产于安徽六安，清代的朝廷贡茶。可能妙玉家平常待客多用六安茶。用朝廷贡茶待客，可见地位之显赫。而妙玉也了解贾母的习性，知道她不喜欢六安茶，奉上的是"老君眉"。老君眉产于福建光泽乌君山，也是朝廷贡茶，但产量极少，在清代就多有冒牌货。妙玉能随手拿出老君眉，令人倒抽一口冷气。

　　从妙玉的回答及后面的行为看，妙玉在贾母面前还有点居高临下。给贾母烹茶用的水是"旧年蠲的雨水"，回头嘲笑黛玉却说："隔年蠲的雨水那有这样轻浮，如何吃得。"

　　作者一支笔，真真厉害！

　　说回到杨贵妃的绿玉玉磬。

　　唐玄宗为杨贵妃定制绿玉玉磬后，又命以各种金钿珠翠、各种稀奇宝贝来装饰玉磬。还特意铸造了两只金狮子，形状如腾跳搏击的样子，各重二百余斤，作为玉磬的支架。支架上也是彩绘缛丽，各种神妙。一时宫中其他乐器无法与它相比。

等到安史之乱过去，唐玄宗从四川逃难回来，杨贵妃已被缢死路途，宫里的乐器大多流失不见，唯有这架绿玉玉磬还在，也许是实在太重很难移动。唐玄宗睹物思人，老泪纵横。

探春闺房里的玉磬，全名叫"白玉比目磬"。在戏曲《长生殿》里，至少引用了三次比目的典故来强调唐玄宗与杨贵妃的感情："春宵里，春宵里，比目儿和同。"出自第七出戏《幸恩》；"比目游双，鸳鸯眠并，未许恩移情变。"出自第十八出戏《夜怨》；"不成比目先遭难，拆鸳鸯说甚仙班。"出自第四十出戏《仙忆》。

从一个白玉玉磬，隐含一个绿玉玉磬。那是一场皇家悲歌。

一场皇家悲欢，拆散了，细细碎碎潜伏在细节里。"绿玉"，或许将成为揭秘《红楼梦》的又一个敏感点。

（明清）白玉双鱼磬　作者自藏

第四十回　史太君两宴大观园　金鸳鸯三宣牙牌令
（节选）

　　凤姐儿等来至探春房中，只见他娘儿们正说笑。探春素喜阔朗，这三间屋子并不曾隔断。当地放着一张花梨大理石大案，案上磊着各种名人法帖，并数十方宝砚，各色笔筒，笔海内插的笔如树林一般。那一边设着斗大的一个汝窑花囊，插着满满的一囊水晶球儿的白菊。西墙上当中挂着一大幅米襄阳《烟雨图》，左右挂着一副对联，乃是颜鲁公墨迹，其词云：烟霞闲骨格，泉石野生涯。案上设着大鼎。左边紫檀架上放着一个大观窑的大盘，盘内盛着数十个娇黄玲珑大佛手。右边洋漆架上悬着一个白玉比目磬，旁边挂着小锤。那板儿略熟了些，便要摘那锤子要击，丫鬟们忙拦住他。他又要那佛手吃，探春拣了一个与他说："玩罢，吃不得的。"东边便设着卧榻，拔步床上悬着葱绿双绣花卉草虫的纱帐。板儿又跑过来看，说"这是蝈蝈，这是蚂蚱"。刘姥姥忙打了他一巴掌，骂道："下作黄子，没干没净的乱闹。倒叫你进来瞧瞧，就上脸了。"打的板儿哭起来，众人忙劝解方罢。

杂
项

李纨的翡翠盘子

翡翠，反映出怎样一个文化断层？翡翠是如何从珠宝排行榜靠后位置迎头直上的？翡翠如何让"黄泥院墙的稻香村"在生活品质上与大观园取得了平衡？

有一个细节很能反映文化断层。

我们这个民族，"玉"的概念是潜伏在血液里的。在我早期接触"玉"的很多年里，那个"玉"，其实是翡翠。无独有偶，后来认识了很多爱珠玉的同好，聊起来，一开始，竟都是从玩翡翠起步的。

二十世纪六七十年代，玉，从精神到物质都是被封杀的。生活中，玉更是绝迹了。

我大哥过继给了姑婆。老姑婆大家闺秀气质，"文革"时孤身一人，没什么财产，又大门不迈二门不出，与世无争，所以评成分时评了个富农，没有被抄家。

姑婆过世后好久，有一次，大哥发现抽屉里有一块玉，很好奇，拿出来挂在堂前柜子上。不料，玉马上不见了。邻居老人偷偷和我们说，那块东西很值钱的。

那是我第一次对"玉"有实物概念。

八十年代初，翡翠出现在我们生活中。开始，只在小圈子里露面，我一个穷得叮当响的大学毕业生，当然不在这个圈子里。

一直要到九十年代后期，有一天我埋头在一堆报表里时，同事突然伸过来一只手，展开，手心一块翡翠……当时哪里知道，就是这个瞬间，将我带上了美丽的珠玉之路。

那时虽然还没有买房的概念，没成为"房奴"，但收入不高，孩子又小。心心念念的翡翠，一次次去看，每次都只能买边角料。虽是边角料，亦喜之不尽，写《爱玉小记》，一篇一篇连下去，连得好长。

爱到这种程度，你可以猜到了，我必定会去探究翡翠的前生今世。

一探究吓一跳，原来，"君子如玉"的"玉"，不是翡翠，而是和田玉；"君子无故玉不离身"的"玉"，不是翡翠，是和田玉。

说不上失望，翡翠有翡翠的美丽，但相比之下，真的更喜欢和田玉。又，更喜欢和田玉中的老玉，由老玉又迷上古珠。

然后呢？没有然后，古珠之深邃，弱水三千，一辈子只能取一瓢饮。

　　由于这些前缘，读《红楼梦》时，读到第四十回，贾母带刘姥姥逛大观园，一出场就惊见一只翡翠大盘：

　　（李纨）正乱着安排，只见贾母已带了一群人进来了。李纨忙迎上去，笑道："老太太高兴，倒进来了。我只当还没梳头呢，才撷了菊花要送去。"一面说，一面碧月早捧过一个大荷叶式的翡翠盘子来，里面盛着各色的折枝菊花。贾母便拣了一朵大红的簪于鬓上。因回头看见了刘姥姥，忙笑道："过来带花儿。"

　　李纨丫头碧月捧过来的，是一只"大荷叶式的翡翠盘

（清）翠玉盘　图片来自故宫博物院官方网站

子"。到底多大呢？里面盛着各色的折枝菊花。盛了多少枝菊花？贾母戴了一朵，王熙凤给刘姥姥横三竖四地插了一头。估计十来枝总有的吧。

真乃器形硕大，快赶上真的荷叶了。

李纨，在《红楼梦》中毫不出彩，寡妇，心如止水，住在黄泥院墙的稻香村。但书中是交代过她的出身的，父名李守中，曾为国子监祭酒。国子监祭酒，相当于国家教育部部门的重要官员。

李纨的表现，似乎与她的身份不符。然而，一个细节，合上拍了。有哪个村妇家一捧出来就是"大荷叶式的翡翠盘子"？

（清）碧玉盘　作者摄自台北故宫博物院

　　这样的出身，才有这样的审美：早晨新鲜的五颜六色的折枝菊花，衬着一汪水湛湛的碧绿翡翠背景，真是初秋早晨里最动人的细节。

　　当然，我揣测，要是曹雪芹知道日后翡翠身价飙升，以至于几百年后李纨这只"大荷叶式的翡翠盘子"如此显眼，他可能会让碧月捧一只碧玉盘子。

　　在曹雪芹那个时代，翡翠在珍玩里排名还比较靠后。同样是盘子，大"荷叶式的翡翠盘子"远不如小"缠丝白玛瑙盘子"。缠丝白玛瑙盘子，书中明确写道，在宝玉屋里的多宝格内，有专门的盘槽。晴雯用它给探春送荔枝，还被袭人埋怨。而大荷叶式的翡翠盘子，李纨的丫头碧月随随便便就捧出来了，放的也不是南方快马加鞭运过来的珍贵水果，只是自家院子里种的菊花。

　　翡翠地位的抬升，要再过百来年，到慈禧太后手上。慈禧太后是个地道的"翡翠发烧友"，喜欢翡翠到无以复加的地步。头上插的是翡翠簪子，手上戴的是翡翠戒指，饮茶用的是翡翠盖碗儿，用膳用的是翡翠筷子……因为慈禧太后的推崇，翡翠才名声大噪，身价一个劲往上蹿。清朝的王公贵族们，才开始趋之若鹜。翡翠的风头完全盖过和田玉。

　　以至于"文化大革命"之后，当玉文化重新抬头，首先对接上的是翡翠。这是曹雪芹没想到的吧。

翡翠镶嵌小件　作者自藏

　　将刚刚折下来的菊花盛在"大荷叶式的翡翠盘子"里，这种生活细节，也只有富贵几代、诗书"烘焙"出来的曹雪芹，才写得出吧。

　　糟糕，这回去西湖看荷叶，要看成一只只翡翠大盆了。

第四十回　史太君两宴大观园　金鸳鸯三宣牙牌令

（节选）

　　次日清早起来，可喜这日天气清朗。李纨侵晨先起，看着老婆子丫头们扫那些落叶，并擦抹桌椅，预备茶酒器皿。只见丰儿带了刘姥姥板儿进来，说"大奶奶倒忙的紧。"李纨笑道："我说你昨儿去不成，只忙着要去。"刘姥姥笑道："老太太留下我，叫我也热闹一天去。"丰儿拿了几把大小钥匙，说道："我们奶奶说了，外头的高几恐不够使，不如开了楼把那收着的拿下来使一天罢。奶奶原该亲自来的，因和太太说话呢，请大奶奶开了，带着人搬罢。"李氏便令素云接了钥匙，又令婆子出去把二门上的小厮叫几个来。李氏站在大观楼下往上看，令人上去开了缀锦阁，一张一张往下抬。小厮老婆子丫头一齐动手，抬了二十多张下来。李纨道："好生着，别慌慌张张鬼赶来似的，仔细碰了牙子。"又回头向刘姥姥笑道："姥姥，你也上去瞧瞧。"刘姥姥听说，巴不得一声儿，便拉了板儿登梯上去。进里面，只见乌压压的堆着些围屏、桌椅、大小花灯之类，虽不大认得，只见五彩炫耀，各有奇妙。念了几声佛，便出来了。然后锁上门，一齐才下来。李纨道："恐怕老太太高兴，越性把舡上划子，篙桨，遮阳幔子都搬了下来预备着。"众人答应，复又开了，色色的搬了下来。令小厮传驾娘们到舡坞里撑出两只船来。

正乱着安排，只见贾母已带了一群人进来了。李纨忙迎上去，笑道："老太太高兴，倒进来了。我只当还没梳头呢，才撷了菊花要送去。"一面说，一面碧月早捧过一个大荷叶式的翡翠盘子来，里面盛着各色的折枝菊花。贾母便拣了一朵大红的簪于鬓上。因回头看见了刘姥姥，忙笑道："过来带花儿。"一语未完，凤姐便拉过刘姥姥，笑道："让我打扮你。"说着，将一盘子花横三竖四的插了一头。贾母和众人笑的不住。刘姥姥笑道："我这头也不知修了什么福，今儿这样体面起来。"众人笑道："你还不拔下来摔到他脸上呢，把你打扮的成了个老妖精了。"刘姥姥笑道："我虽老了，年轻时也风流，爱个花儿粉儿的，今儿老风流才好。"

⁰/₉

杂
项

莺儿的络子

我们在《古珠之美》中曾谈到"配色的奥秘"。

很多人喜欢紫水晶。但是，凡设计过紫水晶项链的，都有共同的感叹：难以驾驭。紫水晶正因其贵气、神秘、超凡脱俗，带来了搭配上的难题。

要么是紫水晶将其他古珠品位拉低，她像一位皇后走在嘈杂市井小巷——不要怀疑紫水晶的拉低能力，在所有的色彩中，除了黑色，就数紫色最重；要么承认他人地位，她自己不甘不愿纡尊降贵半隐不隐。紫是红色与蓝色的混合，要么显出怯弱、恐惧、病态的特点，要么高冷地拒绝融入整条项链。紫色是冷色系的代表色……

某天读到南宋人写的笔记，说南宋权臣张功甫家里开牡丹宴时，歌舞美女们出场：戴白牡丹的穿紫色衣服，戴紫牡丹的穿鹅黄色衣服……按此配色，紫水晶要么配白色珠子，要么配黄金，对了！任何事情要做好，都得读书啊。

　　《红楼梦》中最常被引用的配色例子，就是莺儿打络子。打络子，用现在的话来说就是编中国结。用不同颜色、粗细有别的丝线，编织出不同花样，用来系挂玉佩、扇子、荷包、香囊等等。

　　第三十五回，宝玉被其父痛打后，在家里养伤。袭人因针线活忙不过来，叫宝钗的贴身丫头莺儿帮忙打络子。

　　莺儿的手巧在大观园里是有名的。比如第五十九回，史湘云住在宝钗处，早上起来两腮作痒，恐犯了杏癍癣，宝钗就让莺儿去黛玉那儿要点蔷薇硝来。莺儿与蕊官去潇湘馆的路上，见柳叶才吐浅碧，丝若垂金，莺儿便伸手挽翠披金，采了许多的嫩条，命蕊官拿着。她一边走一边编花篮，编出一个玲珑带把手的篮子，又随手从路旁采一二枝花放进去。喜得蕊官讨着要。莺儿说："这一个咱们送林姑娘，回来咱们再多采些，编几个大家玩。"

　　唉，有这样的姑娘在身边，春天都显得格外有意思。

　　回头看宝玉这里。怡红院不是有手巧的晴雯吗，为何袭人还要请人帮忙做针线？问题出在宝玉身上。宝玉少爷，是不用外面做的东西的，凡他身上穿的戴的，都要袭人她们亲手做。他又不时将荷包啥的或送或赏，给了别人。所以怡红院的针线活特别多，晴雯也忙不过来啊。

　　袭人携了莺儿过来，问宝玉打什么络子。

宝玉：汗巾子就好。

莺儿：汗巾子是什么颜色的?

宝玉：大红的。

莺儿：大红的须是黑络子才好看的，或是石青的才压的住颜色。

宝玉：松花色配什么?

莺儿：松花配桃红。

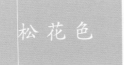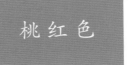

宝玉：这才娇艳。再要雅淡之中带些娇艳。

莺儿：葱绿柳黄是我最爱的。

......

古珠设计者看到这里，如获至宝。莺儿的色彩搭配，充满了明快的青春气息。

《文心雕龙·声律》有名句："异音相从谓之和，同声相应谓之韵。"

松花色，是一种嫩黄色，嫩黄里带点小绿。松花配桃红，桃红里也有嫩黄的底子，两者有呼应，有韵味。而葱绿与柳黄，两种色彩里都有不同层次的"黄"与"绿"，韵味更足。

有读者要问了，你说来说去只说了个"同声相应谓之韵"，那"异音相从谓之和"呢？

不急，看，宝钗来了。

只听外头说道："怎么这样静悄悄的！"二人回头看时，不是别人，正是宝钗来了。宝玉忙让座。宝钗坐了，因问莺儿"打什么呢？"一面问，一面向他手里去瞧，才打了半截。宝钗笑道："这有什么趣儿，倒不如打个络子把玉络上呢。"一句话提醒了宝玉，便拍手笑道："倒是姐姐说得是，我就忘了。只是配个什么颜色才好？"宝钗道："若用杂色断然使不得，大红又犯了色，黄的又不起眼，黑的又过暗。等我想个法儿：把那金线拿来，配着黑珠儿线，一根一根的拈上，打成络子，这才好看。"

等等，宝钗的话信息量很大。

首先，宝钗很在意宝玉那块"通灵宝玉"，"金玉良缘"靠的就是这个啊。任何时候，宝钗都能"不经意"地将别人的注意力引向那块玉。"这有什么趣儿，倒不如打个络子把玉络上呢。"一句话提醒了宝玉。

其次，"若用杂色断然使不得"。什么叫"杂色"？杂色，是与"正色"相对的一个概念。正色，来自五行。这与西方色彩学的"三原色"是两个体系。

五行，水木火土金，对应的颜色分别是：黑、青、赤、黄、白。这五色，被称为"正色"。五色相互调配而成的颜色，叫"杂色"。杂色又叫"间色"或"闲色"。

古代礼乐制度，不仅对服饰的款式、图案有要求，对用色也是有严苛规矩的。众所周知，在某些朝代，你不慎穿了"皇家黄"是要杀头的。颜色里，"正色""杂色"的搭配也很讲究。《礼记·玉藻》中说："士不衣织，无君者不贰采。衣正色，裳间色。"大致意思是只有在正式场合，才能穿上衣、下裳同色的服装。平时上衣穿正色，下裳只能是间色。

宝钗这种性格，不用说，喜欢正色。你看，杂色不是使不得，而是"断然"使不得。而前面莺儿的配色，基本是"杂色"套路。这倒也符合身份。

再次，宝钗说，宝玉这块玉配个什么颜色的络子呢？

"大红又犯了色，黄的又不起眼，黑的又过暗。"大红又犯了色，说明"通灵宝玉"整体色调是大红色。黄的又不起眼，推测大红色里间杂着黄色。黑的又过暗，黑色会将整块玉的明亮度拉低。本书《贾宝玉的通灵宝玉》一文，我们已经对通灵宝玉的材质作出判断，认为其是"战国红玛瑙"，即缟状玛瑙。

最后，宝钗怎么个配法？"把那金线拿来，配着黑珠儿线，一根一根的拈上，打成络子，这才好看。"黑、黄都是正色。黑色底子，间有游丝细金线，配上红黄色缠丝缟状玛瑙，真正显得端庄稳重又豪华富丽。

这正是宝钗所追求的。宝钗要的，更多的是"异音相从谓之和"。而黛玉，其实更倾向于"同声相应谓之韵"。所以，黛玉只有心性相投的人说她好。而宝钗，贾府上上下下三百多人都说她好。

下次，你一瞧某人身上的颜色，就知道她骨子里是什么样的人。或者，你看她在这个场合穿了什么颜色的服装，也便知她心里怎样看待这个场合。

虽然问她她可能也说不出个所以然，但传统文化这种东西，几千年来早已"化"入意识深处。

各种配色的古珠手串 作者自藏

材质有：高古红玛瑙，高古碧玉珠，千年药师珠，

百年蜜蜡，新和田白玉珠等。

第三十五回　白玉钏亲尝莲叶羹　黄金莺巧结梅花络
（节选）

　　如今且说袭人见人去了，便携了莺儿过来，问宝玉打什么络子。宝玉笑向莺儿道："才只顾说话，就忘了你。烦你来不为别的，却为替我打几根络子。"莺儿道："装什么的络子？"宝玉见问，便笑道："不管装什么的，你都每样打几个罢。"莺儿拍手笑道："这还了得！要这样，十年也打不完了。"宝玉笑道："好姐姐，你闲着也没事，都替我打了罢。"

　　袭人笑道："那里一时都打得完，如今先拣要紧的打两个罢。"莺儿道："什么要紧，不过是扇子，香坠儿，汗巾子。"宝玉道："汗巾子就好。"莺儿道："汗巾子是什么颜色的？"宝玉道："大红的。"莺儿道："大红的须是黑络子才好看的，或是石青的才压的住颜色。"宝玉道："松花色配什么？"莺儿道："松花配桃红。"宝玉笑道："这才娇艳。再要雅淡之中带些娇艳。"莺儿道："葱绿柳黄是我最爱的。"宝玉道："也罢了，也打一条桃红，再打一条葱绿。"莺儿道："什么花样呢？"宝玉道："共有几样花样？"莺儿道："一炷香、朝天凳、象眼块、方胜、连环、梅花、柳叶。"宝玉道："前儿你替三姑娘打的那花样是什么？"莺儿道："那是攒心梅花。"宝玉道："就是那样好。"

一面说，一面叫袭人刚拿了线来，窗外婆子说："姑娘们的饭都有了。"宝玉道："你们吃饭去，快吃了来罢。"袭人笑道："有客在这里，我们怎好去的！"莺儿一面理线，一面笑道："这话又打那里说起，正经快吃了来罢。"袭人等听说方去了，只留下两个小丫头听呼唤。

宝玉一面看莺儿打络子，一面说闲话，因问他"十几岁了？"莺儿手里打着，一面答话说："十六岁了。"宝玉道："你本姓什么？"莺儿道："姓黄。"宝玉笑道："这个名姓倒对了，果然是个黄莺儿。"莺儿笑道："我的名字本来是两个字，叫作金莺。姑娘嫌拗口，就单叫莺儿，如今就叫开了。"宝玉道："宝姐姐也算疼你了。明儿宝姐姐出阁，少不得是你跟了去。"莺儿抿嘴一笑。宝玉笑道："我常常和袭人说，明儿不知那一个有福的消受你们主子奴才两个呢。"

莺儿笑道："你还不知道，我们姑娘有几样世人都没有的好处呢，模样儿还在次。"宝玉见莺儿娇憨婉转，语笑如痴，早不胜其情了，那更提起宝钗来！便问他道："好处在那里？好姐姐，细细告诉我听。"莺儿笑道："我告诉你，你可不许又告诉他去。"宝玉笑道："这个自然的。"正说着，只听外头说道："怎么这样静悄悄的！"二人回头看时，不是别人，正是宝钗来了。

宝玉忙让坐。宝钗坐了，因问莺儿"打什么呢？"一面问，一面向他手里去瞧，才打了半截。宝钗笑道："这有什么趣儿，倒不如打个络子把玉络上呢。"一句话提醒了宝玉，便拍手笑道："倒是姐姐说得是，我就忘了。只是配个什么颜色才好？"宝钗道："若用杂色断然使不得，大红又犯了色，黄的又不起眼，黑的又过暗。等我想个法儿：把那金线拿来，配着黑珠儿线，一根一根的拈上，打成络子，这才好看。"

杂
项

秦可卿的联珠帐

秦可卿是《红楼梦》中谜一般的人物。

刘心武先生正是沿着秦可卿这一人物的脉络，进行探佚，提出"秦学"这一红学研究分支。

秦可卿可谓满身是谜。第五回，秦可卿正式出场。第十回，突然病倒。到了第十三回，一命呜呼。故事刚开始，她就离开了，却留下了一堆悬案。

1. 出身卑微，血脉不明，是底层官吏抱养的孤儿，却嫁给贾家长房宁国府三代单传的长房长孙做正室。而原先贾家娶的正室，要么出自四大家族，要么出自国子监祭酒之家。

2. 临死托梦给王熙凤，交代贾家命运大事。一是要赶紧在祖坟旁边多置一些地，以后败落了有个去处；二是把宗族私塾搞起来，败落后子弟还可以通过读书去谋求一个发展。并预言两事，一眼下一长远。眼下"眼见不日又有一件非常喜事，真是烈火烹油、鲜花着锦之盛"，指的是贾元春晋封为皇妃。长远是贾家伏祸，"三春去后诸芳尽，各自须寻各自门"。见识厉害吧。统观全书，王熙凤真正心里又敬又亲近的，只此一人。

3. 极其奢华的丧礼。停灵七七四十九日，"宁国府街上一条白漫漫人来人往，花簇簇官来官去"。秦可卿的棺木，原是义忠亲王老千岁订的货。出殡日送殡的，有"镇国公、理国公、齐国公、治国公、修国公、缮国公"六公之孙。更有"南安郡王、西宁郡王、忠靖侯、平原侯、定城侯、襄阳侯、景田侯"之孙。大小轿车辆不下百余十乘。路旁彩棚高搭：第一座是东平王府祭棚，第二座是南安郡王祭棚，第三座是西宁郡王祭棚，第四座是北静郡王的。宁国府大殡浩浩荡荡，压地银山一般从北而至。

如果说这些都要前前后后对照，动脑子作分析，才会觉得疑点重重。那么，有一段不用动脑子，直愣愣就让读者大吃一惊，起了疑心。

哪段？第五回。宁国府梅花盛开，贾珍之妻尤氏邀请贾母、王夫人等来赏花，宝玉自然要跟来的。一时宝玉倦怠，想睡午觉，秦可卿把他带到自己屋内：

刚至房门，便有一股细细的甜香袭人而来。宝玉觉得眼饧骨软，连说"好香！"入房向壁上看时，有唐伯虎画的《海棠春睡图》，两边有宋学士秦太虚写的一副对联，其联云："嫩寒锁梦因春冷，芳气笼人是酒香。"

案上设着武则天当日镜室中的宝镜，一边摆着飞燕立着舞过的金盘，盘内盛着安禄山掷过伤了太真乳的木瓜。上面设着寿阳公主于含章殿下卧的榻，悬的是同昌公主制的联珠帐。宝玉含笑连说："这里好！"秦氏笑道："我这屋子大约神仙也可以住得了。"说着亲自展开了西子浣过的纱衾，移了红娘抱过的鸳枕。于是众奶母服侍宝玉卧好，款款散了，只留袭人、媚人、晴雯、麝月四个丫鬟为伴。秦氏便吩咐小丫鬟们，好生在廊檐下看着猫儿狗儿打架。

很多读者认为，秦可卿的卧室，描写得太淫荡了：

《海棠春睡图》是说杨贵妃醉颜残妆娇无力，由侍儿扶掖来见唐明皇；秦观是写艳词能手；武则天镜室中的镜子，暗指武则天在镜室与男宠淫乱；安禄山的木瓜，暗指安禄山碰伤过杨贵妃的胸。而杨贵妃、武则天都涉嫌"乱伦"：一个是公公娶儿媳，一个是儿子娶父亲的后宫。这些都暗合秦可卿与公公贾珍的乱伦。

赵飞燕的金盘，暗指赵飞燕借着身轻如燕迷惑皇帝纵情声色；西子的纱衾，西施是以美色让吴王夫差沉湎以致亡国；红娘的鸳枕，有红娘穿针引线，莺莺小姐与张生偷情才得以偷成：都是情色的。

但也有不淫荡的呀。如公主二则：

寿阳公主的榻，是指寿阳公主在含章殿的榻上睡着了，"梅花落于公主额上，成五出花，拂之不去"，"宫女奇其异，竞效之，今梅花妆是也"。前几年大热的古装电视剧《甄嬛传》，也借用了梅花妆。

而同昌公主的联珠帐，这个要多费点口舌才能说清楚，也值得说。了解联珠帐方能让人大开眼界。

同昌公主是唐懿宗李漼的女儿。唐懿宗是唐朝第十七位皇帝，也是唐朝倒数第四个皇帝。可见，大唐到这里气数差不多了。唐懿宗有个著名的事情，就是爱女儿爱到无以复加，爱到成为国家灾难。

同昌公主的母亲是李漼最宠爱的郭姬。据说，公主一出世便给父亲带来了好运气——李漼黄袍加身做皇帝了。因而懿宗对她的爱，有了迷信盲从的成分，等于是供奉"幸运女神"的规格。总之要给尽天下最好的。

就说一张床铺吧。据《太平广记》记载，同昌公主的床，支床脚的是黄金、白银制作的龟和鹿；镶嵌床铺的是水晶、火齐珠、琉璃、玳瑁等；枕头叫"鹧鸪枕"，指用七种珍宝镶嵌成鹧鸪图案；被子上面，绣有三千对鸳鸯，其间绣满奇花异叶。绣被上还缝缀上灵粟珠。这种珠子只有米粒那么大，五色斑斓，耀人眼目。

然后，帐子来了，叫"联珠帐"。

（清）翠玉嵌宝花托　王虹摄自台北故宫博物院

　　看联珠帐之前，先来看同昌公主的另外两张帘幕。

　　一张叫"瑟瑟幕"。非常轻、薄，透明得像空气一样。透过阳光，可以看见它上面有青绿色的纹路，纹路疏朗，像碧丝串着珍珠一样。奇特的是，即便天下大雨，它也不会湿，更不可能渗过幕帘，幕中人可以放心安坐。

　　另一张叫"澄水帛"。有八九尺长，很像布，但比布细腻轻薄，薄得透明，可以照见人。酷暑难耐天，同昌公主命人拿出来，淋上水挂在南窗上，顿时满座的人都觉凉气透骨，身轻无汗。

　　可知，同昌公主的帐都非等闲之物。更为私密的床帐，叫"联珠帐"。

现今的室内装修，基本不用帐子。你看，现代简约风格、田园风格、后现代风格、新中式风格、地中海风格、东南亚风格、美式风格、新古典风格、日式风格等等，都不用帐子。所以现代人对"帐"已经非常陌生。

帐，曾经是日常起居必不可缺的东西。帐的最初形态是床帐。睡觉时，床上支个帐，将自己罩在里面，可起到保暖、避虫、挡风、防尘等多重作用。古人更是认为，床帐有利于人聚气，可促人安眠。现在失眠情况较多，不知跟不用床帐有没有关系。

大凡实用功能强的东西，用着用着就衍生出装饰功能。床帐的材质、纺织工艺、式样日趋精美。《长恨歌》说杨贵妃"芙蓉帐暖度春宵"。杨贵妃的床帐叫"芙蓉帐"，是用芙蓉花染的丝织品制成的帐子。《孔雀东南飞》中的"红罗覆斗帐，四角垂香囊"，是说床帐上端覆盖下一层轻薄的红罗。罗是一种质地薄、挺括、透气又雅致的丝织品。红罗的四个角均垂下香囊。四角垂香囊，一是为了垂重，固定红罗；二是闻香驱秽；三是美观。

由床帐，又衍生出帐的一种"私人小空间"概念。如营帐，指行军宿营或野外工作时住宿用的帐篷；客帐，指客舍；部帐，指部落；纱帐，指张设于殿堂，以隔内外的纱制帐幕。

《汉书·西域传赞》说："于是广开上林，穿昆明池，营千门万户之官，立神明通天之台，兴造甲乙之帐。落以随珠、和璧。"汉武帝是个好玩的人。他以琉璃、珠玉、夜明珠等天下奇珍异宝打造了一座"甲帐"，又造一座次一点的"乙帐"，甲帐给神居住，乙帐他自己居住。

同昌公主的联珠帐，从对床脚、枕头、被子均镶嵌累累珠宝的描述来看，应该是以珍珠联结而成的帐子。珍珠具有安神定惊、明目去翳、解毒生肌等作用。翻译成现代语，珍珠在提高人体免疫力、延缓衰老、祛斑美白、补充钙质等方面都具有独特的作用。

梁慧时而也会采购一些新珠子。比如日本的海水

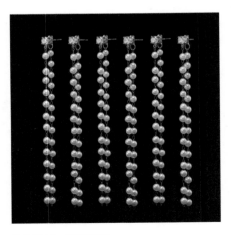

珍珠耳钉　作者自藏

Akoya 珍珠。高等级的珍珠，拿在手里有隐隐的荧光感。一大排放着时，珠光宝气真的能让满室生辉。有时看着，很想一长排拎起来，设想着同昌公主联珠帐的效果。

但是，到底什么是"联珠帐"，也存在另外一种可能性。

唐朝非常盛行的一种丝织品花纹叫"联珠纹"。一个个大圈，包围主题纹样，大圈由一个个的小圆珠组成。整体看上去有一种富足祥和之感。

联珠纹传自萨珊波斯。初唐时，联珠圈内的主纹"洋风"扑面。有象征波斯皇族的绶带鸟，我国没有的狮子，

（唐）联珠对鸟纹织片　摄自杭州丝绸博物馆

着短窄胡装的人物，我国少见的大象等等。但到了同昌公主时代，即晚唐，联珠圈已改为双层，有些表现为内层联珠、外层卷草。卷草图案也成了我国的风格。

试想，在轻薄清透的罗上，织出一团团联珠纹，这样的床帐多么雅致华贵。

拥有世间奇珍异宝的公主，却活到 20 岁就香消玉殒了。难以接受现实的唐懿宗受不了了。让奶妈陪葬、宫婢自杀，砍了二十多名御医的头，并将劝谏的宰相、兵部侍郎及一大批朝廷官员或正法或贬谪，引起朝局大乱。此案间接引发黄巢起义，同昌公主的陵墓也被黄巢军劫毁。

都说《红楼梦》无一闲笔，按照刘心武先生的推断，寿昌公主与同昌公主的出现，暗示秦可卿实为"公主"身份。他认为这个角色的生活原型，就是康熙朝两立两废的太子所生下的一个女儿。这个女儿应该是在他第二次被废的关键时刻落生的，所以在那个时候，为了避免这个女儿也跟他一起被圈禁起来，就偷运出宫，托曹家照应。

而同昌公主的出现，进一步暗示秦可卿也会年纪轻轻便离开人世。

是这样吗？不得而知。《红楼梦》这部书，正因是是非非巨多，才吸引人不断去探佚、去猜想、去研究。

第五回　游幻境指迷十二钗　饮仙醪曲演红楼梦
（节选）

当下秦氏引了一簇人来至上房内间。宝玉抬头看见一幅画贴在上面，画的人物固好，其故事乃是《燃藜图》，也不看系何人所画，心中便有些不快。又有一幅对联，写的是：

世事洞明皆学问，人情练达即文章。

及看了这两句，纵然室宇精美，铺陈华丽，亦断断不肯在这里了，忙说："快出去！快出去！"秦氏听了笑道："这里还不好，可往那里去呢？不然往我屋里去吧。"宝玉点头微笑。有一个嬷嬷说道："那里有个叔叔往侄儿房里睡觉的理？"秦氏笑道："嗳哟哟，不怕他恼。他能多大呢，就忌讳这些个！上月你没看见我那个兄弟来了，虽然与宝叔同年，两个人若站在一处，只怕那个还高些呢。"宝玉道："我怎么没见过，你带他来我瞧瞧。"众人笑道："隔着二三十里，往那里带去，见的日子有呢。"说着大家来至秦氏房中。刚至房门，便有一股细细的甜香袭人而来。宝玉觉得眼饧骨软，连说"好香！"入房向壁上看时，有唐伯虎画的《海棠春睡图》，两边有宋学士秦太虚写的一副对联，其联云：

嫩寒锁梦因春冷，芳气笼人是酒香。

案上设着武则天当日镜室中设的宝镜，一边摆着飞燕立着舞过的金盘，盘内盛着安禄山掷过伤了太真乳的木瓜。上面设着寿阳公主于含章殿下卧的榻，悬的是同昌公主制的联珠帐。宝玉含笑连说："这里好！"秦氏笑道："我这屋子大约神仙也可以住得了。"说着亲自展开了西子浣过的纱衾，移了红娘抱过的鸳枕。于是众奶母伏侍宝玉卧好，款款散了，只留袭人、媚人、晴雯、麝月四个丫鬟为伴。秦氏便分咐小丫鬟们，好生在廊檐下看着猫儿狗儿打架。

庆国公的旃檀香护身佛

《红楼梦》第七十七回至七十八回，贾政在外地做了几年学差，回京歇息。这次有人请他去寻秋赏桂，他寻思宝玉这方面的诗词曲赋做得好，就带上宝玉、贾环外加孙子贾兰，一起去赴会。一来让儿孙们见见世面，二来也想在同僚面前显摆显摆。

说话之间，只见宝玉等已回来，因说他父亲还未散，"恐天黑了，所以先叫我们回来了。"王夫人忙问："今日可有丢了丑？"宝玉笑道："不但不丢丑，倒拐了许多东西来。"接着，就有老婆子们从二门上小厮手内接了东西来。

王夫人一看，有扇子三把，扇坠三个，笔墨共六匣，香珠三串，玉绦环三个。宝玉说道："这是梅翰林送的，那是杨侍郎送的，这是李员外送的，每人一分。"又从怀中取出一个旃檀香小护身佛来，说："这是庆国公单给我的。"宝玉得了一个旃檀香小护身佛，是庆国公单独给他的。这个庆国公，看来是个角色。而单独给的旃檀香小护身佛，也必定不是寻常之物。

我们来看看"旃檀香小护身佛"到底是何物？

护身佛，顾名思义，是带在身上用以辟邪护身的佛像。

将佛像随身携带的习俗，源自古印度。古印度的佛教信徒，刻制一种凹型模具，捺入软泥，紧压，脱范而出的就是小型佛像或佛塔。因为体积小，可以随身携带。一来用于随时随地取出膜拜供奉，二来是让佛的力量加持自身，辟邪护身。

当这种习俗传至西藏时，泥佛或泥塔被叫作"擦擦"。为何转名为"擦擦"？有说是因为在复制这些模制泥佛或泥塔时，会发出"擦擦"之声；也有说是藏语对梵语的音译，意思就是"复制"。

后来，擦擦的内容、题材逐渐增多：

1. 泥擦：泥巴加以精炼，加进香灰、纸浆，精美度、牢固度大大提高。

2. 药擦：以多种名贵藏药为原料，依藏医药工艺流程、宗教仪轨，精炼压制而成。这种擦擦幽香氤氲，平时可提神醒脑。若遇疾患不测，可作药物来救命。

3. 骨擦：将圆寂活佛、高僧的骨灰混合泥土制成。意为与大师心心相印，提高加持力以避邪恶。

无论何种材质的擦擦，牢固度毕竟有限。汗水、雨水、跌倒磕碰等均可损坏它。于是，擦擦的伴生物随之而来，即"嘎乌"，清宫称之为"佛窝"。

嘎乌就是小型佛龛。通俗讲，即为擦擦加个盒子，以保护擦擦不受损坏。嘎乌质地有金、银、铜、铁等，盒面上多镶嵌有玛瑙、红珊瑚、绿松石，并雕刻有多种吉祥花

嵌宝石八角形嘎乌
图片来自西藏博物馆
官方网站

纹图案。嘎乌形状、大小不一。男子一般用方形的，女子
用圆的或椭圆形的。

嘎乌出现后，又有自身的发展路线。除了装擦擦，还
装经书、小唐卡、舍利、甘露丸、加持物、陨石、写有愿
望的字条等等。当然，嘎乌里还常放进"佛教七宝"的珠
子。说嘎乌是"藏人随身的庙宇"，一点不过分。

我们对"嘎乌"这个词较为陌生时，就叫它"随身

经盒状水晶珠
作者自藏

庙"。因为，所有的祈求，对明天、对下辈子的期待，都在里面。

无独有偶，11~13世纪，波斯人也流行一种护身符，是一个小经筒模样，两头有装饰。他们将经书中的一些文字、微缩经书、神的名字或特征、圣洁之人的名字等等，放进护身盒，佩戴在身上，以求护佑。久而久之，护身盒本身就成为一种护佑物。

那么，庆国公送给宝玉的"旃檀香小护身佛"是不是一个擦擦嘎乌呢？

不是的。

旃檀，即檀香。佛家称檀香为"旃檀"。旃檀香小护身佛，从字面上理解，这是一个"檀香雕刻的擦擦"。但为何宝玉从怀里掏出来的直接就是旃檀香小护身佛，而不是掏出一个嘎乌，不是嘎乌打开里面一个旃檀香小护身佛呢？

原来，旃檀佛，在历史上是专门有所指的，是一种特定的佛像。旃檀佛被认为是世界上最早制作的佛像。

相传，佛成道后，经常为众弟子宣讲佛法。但一些弟子追随着佛陀，却不知珍惜胜缘，懈怠轻忽。佛趁"夏坐"（佛门弟子怕踏伤生灵，夏季闭门静坐不外出），悄悄离开人间，一来为报母恩，上忉利天（须弥山山顶）为母说法。二来也是让弟子们反省悔悟。

佛弟子数日不见佛，苦寻不获，个个都忧心自责，因而各自奋发图强。但大外护"优填王"却因思佛心切而病倒。并且对人说，如果不能见到佛，不久将忧愁命终。大臣们非常着急，请来佛陀十大弟子之一"目犍连"，运用神通力，带着雕刻师上到忉利天，亲睹佛的圣容，然后用檀香木雕刻成五尺佛像，让优填王得以瞻仰，早晚礼拜，以解除思念之苦。

数月后，佛从忉利天说法完毕，回到人间。众弟子欣喜若狂，纷纷前往佛所，顶礼问讯，檀香佛像也向前迎接佛。佛为之摩顶受记，道："我灭度千年后，汝往震旦，广利人天。"

这就是佛像雕刻之始。

旃檀佛是站姿，身着无领通肩式的袈裟，袈裟像水湿了一样贴在身上，衣纹在胸前呈"U"字形。右手在胸前施无畏印，意为解济众生痛苦。左手下垂施与愿印，意为满足众生的愿望。

后来，不管用何种材质，凡是雕塑成这种样式的释迦牟尼佛像统称为"旃檀佛像"。

《红楼梦》成书之前，旃檀佛在我国已屡见不鲜。康熙年间，安徽九华山建有"旃檀禅林"。在雍和宫里，也有一尊旃檀佛像，铜胎的，是雍和宫的"三绝"之一。

在那样的风气里，"庆国公"们随手赏个"旃檀香小护身佛"再自然不过了。因此，王夫人、贾母看见这赏物，只是喜欢，并没有大惊小怪。

　　不过，一个小护身佛，一个擦擦，来到富贵温柔乡如贾府，与身在严酷自然环境的青藏高原，意义当然是不一样的。

（隋）旃通造铜菩萨立像
图片来自故宫博物院官方网站

第七十八回　老学士闲征姽婳词　痴公子杜撰芙蓉诔
（节选）

　　说话之间，只见宝玉等已回来，因说他父亲还未散，恐天黑了，所以先叫我们回来了。王夫人忙问："今日可有丢了丑？"宝玉笑道："不但不丢丑，倒拐了许多东西来。"接着，就有老婆子们从二门上小厮手内接了东西来。王夫人一看时，只见扇子三把，扇坠三个，笔墨共六匣，香珠三串，玉绦环三个。宝玉说道："这是梅翰林送的，那是杨侍郎送的，这是李员外送的，每人一分。"说着，又向怀中取出一个㴔檀香小护身佛来，说："这是庆国公单给我的。"

　　王夫人又问在席何人，作何诗词等语毕，只将宝玉一分令人拿着，同宝玉兰环前来见过贾母。贾母看了，喜欢不尽，不免又问些话。无奈宝玉一心记着晴雯，答应完了话时，便说骑马颠了，骨头疼。贾母便说："快回房去换了衣服，疏散疏散就好了，不许睡倒。"宝玉听了，便忙入园来。

鸳鸯的牙牌令

看了《红楼梦》才知，清代，象牙在官宦人家随处可见。

第四十回，贾母带刘姥姥逛大观园，在晓翠堂上摆开桌案吃早饭。《红楼梦》里最令人捧腹的一幕要来了：

那刘姥姥入了坐，拿起箸来，沉甸甸的不伏手。原是凤姐和鸳鸯商议定了，单拿一双老年四楞象牙镶金的筷子与刘姥姥。刘姥姥见了，说道："这叉爬子比俺那里铁锨还沉，那里犟的过他。"说的众人都笑起来。

真正的象牙，确实有点沉手。初次亲手拿象牙制品的人，往往会"呦"一声，因为沉得出乎意料。新象牙看上去柔白嫩黄，给人的感觉是轻柔的，但实际上密度高，分量足。

老象牙三通　作者自藏

　　好的老象牙珠子，颜色转深，拿在手里水汪汪、沉甸甸，特别有亲和感。

　　贾府的象牙筷子，肯定用足了料，又长又粗，且又镶了金，难怪"沉甸甸的不伏手"。刘姥姥说"比俺那里铁锨还沉"，有些夸张，但象牙筷子又沉又滑，使不惯确实很不顺手。

　　凤姐儿偏拣了一碗鸽子蛋放在刘姥姥桌上。刘姥姥拿起箸来，只觉不听使，又说道："这里的鸡儿也俊，下的这蛋也小巧，怪俊的。"众人方住了笑，听见这话又笑起来。贾母笑得眼泪出来，琥珀在后捶着。贾母笑道："这定是凤丫头促狭鬼儿闹的，快别信他的话了。"

　　那刘姥姥正夸"鸡蛋"小巧，要伸筷子去夹一个，凤姐儿笑道："一两银子一个呢，你快尝尝罢，那冷了就不好吃了。"刘姥姥便伸筷子要夹，哪里夹得起来，满碗里闹了一阵，好容易撮起一个来，才伸着脖子要吃，偏又滑下来滚在地下，忙放下筷子要亲自去捡，早有地下的人捡了出去了。刘姥姥叹道："一两银子，也没听见个响声儿就没了。"众人已没心思吃饭，都看着她笑。

这顿饭，是整部《红楼梦》里最开心的一顿，连黛玉都笑岔了气，伏着桌子直"嗳哟"。所以蒋勋先生在《蒋勋细说红楼梦》中评说，刘姥姥这个人物，实际是贾府的救赎。

贾母又说："这会子又把那个筷子拿了出来，又不请客摆大筵席。都是凤丫头支使的，还不换了呢。"

听贾母这话，贾府请客摆大筵席时，还真用象牙镶金筷子。试想，满堂象牙镶金筷子，这筵席，也是华丽形式胜过实质内容吧。毕竟，富贵气十足的象牙镶金筷子，真

（清）青玉镶赤金嵌乌木筷　图片来自故宫博物院官方网站

的不合用。筵席散场，有些人回家要重新吃过吧。

　　下人们原不曾预备这双象牙镶金筷子，本就是王熙凤和鸳鸯为了捉弄刘姥姥而特意拿来的。听贾母如此说，下人们赶紧收了这双，换上一双乌木镶银的。刘姥姥使了使，说，去了金的，又是银的，到底不及俺们乡下的筷子用起来顺手。

　　吃了早饭，游了探春的秋爽斋、宝钗的蘅芜苑，大家坐下来听戏。贾母兴致高，笑道："咱们先吃两杯，今日也行一令才有意思。"于是，就有了"金鸳鸯三宣牙牌令"。

　　牙牌，是指用象牙或骨角制作的牌，可用于记事、做腰牌（类似现今的出入证）等。但主要还是用于游戏赌博。牙牌的前身是骰子，也就是色子。牙牌后又演变为麻将。

（清）骨质麻将牌　　图片来自故宫博物院官方网站

色子常常两颗一起扔出去，将两颗色子上下摆齐，就成了一张骨牌的图形。将各种排列组合画下来，就形成了三十二张骨牌。

牙牌令是喝酒时的一种文字游戏。每当抽出一张牌，便要就图形说出一句话，若答不上来，就要罚酒。这是古代贵族豪门消遣作乐的常见方式之一。

此时，鸳鸯道有了一副了：

第一张：左边是张"天"。贾母道："头上有青天。"

天牌，即十二点，上下各为六点，是通吃的大牌。又吉利，又响亮，且与贾母地位般配。鸳鸯取牌，看样子是有"套路"的。

第二张：当中是个"五与六"。贾母道："六桥梅花香彻骨。"

六桥指"六"，梅花暗指"五"，大多数梅花是五瓣的。六桥，应该是指西湖苏堤上的跨虹、东浦、压堤、望山、锁澜、映波六桥。西湖上有苏堤与白堤，白堤西端即孤山，孤山多梅花，也称"梅花屿"。看来贾母非常熟悉西湖啊。

第三张：剩得一张"六与幺"。贾母道："一轮红日出云霄。"

幺点作红日，下面六点像云霄。此句好气派，非贾母说不可，其他人说就不像了。

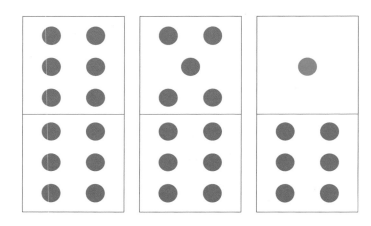

这是牙牌。

到第六十三回，又写到一种消遣作乐方式。宝玉过生日，众姐妹丫鬟们玩游戏，游戏名曰"花名签"。

"晴雯拿了一个竹雕的签筒来，里面装着象牙花名签子，摇了一摇，放在当中。"象牙做的签子，手感油润，较为坠手，有象牙独具的网状纹。经过一定时间的把玩、抚摸后，象牙签子会逐渐变成淡黄、深黄，最后变成黄褐色。上面还会出现一些浅浅的裂纹，像头发丝一样。爱好象牙的人，可不叫它们"裂纹"，而叫"笑纹"。

花名签子上刻着一朵花、一句诗，以及"注"。这"注"，说的是抽到的人应该怎样怎样。

怎么抽呢?

晴雯"又取过骰子来,盛在盒内,摇了一摇,揭开一看,里面是五点,数至宝钗。"于是宝钗抽签,抽到一朵牡丹,诗曰"任是无情也动人"。又注着:"在席共贺一杯,此为群芳之冠,随意命人,不拘诗词雅谑,道一则以侑酒。"抽到的人可以随意指使人,宝钗便叫宝玉的丫头芳官唱了一首《赏花时》。

《赏花时》真优美啊,可惜这里没法展开写了。

然后宝钗掷点。掷了一个十六点,数过去是探春,探春抽到杏花,诗曰"日边红杏倚云栽"。注云:"得此签者,必得贵婿,大家恭贺一杯,共同饮一杯。"

不能说下去了,李纨、湘云、麝月、香菱、黛玉、袭人……她们一直抽到半夜。

……

在今天这样的黄梅天里,窗外雨下得很耐心,赏玩着大观园里的游戏,想象那一张张象牙签,它们如果流传到现在,必定有着独特的光泽和润度,包浆犹如一层琥珀。如此雨夜,不想要象牙镶金筷,不想要牙牌,只想要一把象牙花名签子,独自玩,抽一抽自己的前世今生。

第四十回　史太君两宴大观园　金鸳鸯三宣牙牌令
（节选）

那刘姥姥入了坐，拿起箸来，沉甸甸的不伏手。原是凤姐和鸳鸯商议定了，单拿一双老年四楞象牙镶金的筷子与刘姥姥。刘姥姥见了，说道："这叉爬子比俺那里铁锹还沉，那里犟的过他。"说的众人都笑起来。

只见一个媳妇端了一个盒子站在当地，一个丫鬟上来揭去盒盖，里面盛着两碗菜。李纨端了一碗放在贾母桌上。凤姐儿偏拣了一碗鸽子蛋放在刘姥姥桌上。贾母这边说声"请"，刘姥姥便站起身来，高声说道："老刘，老刘，食量大似牛，吃一个老母猪不抬头。"自己却鼓着腮不语。

众人先是发怔，后来一听，上上下下都哈哈的大笑起来。史湘云撑不住，一口饭都喷了出来；林黛玉笑岔了气，伏着桌子叫"嗳哟"；宝玉早滚到贾母怀里，贾母笑的搂着宝玉叫"心肝"；王夫人笑的用手指着凤姐儿，只说不出话来；薛姨妈也撑不住，口里茶喷了探春一裙子；探春手里的饭碗都合在迎春身上；惜春离了坐位，拉着他奶母叫揉一揉肠子。地下的无一个不弯腰屈背，也有躲出去蹲着笑去的，也有忍着笑上来替他姊妹换衣裳的，独有凤姐鸳鸯二人撑着，还只管让刘姥姥。

刘姥姥拿起箸来，只觉不听使，又说道："这里的鸡儿也俊，下的这蛋也小巧，怪俊的。我且肏攮一个。"众人方住了笑，听见这话又笑起来。贾母笑的眼泪出来，琥珀在后捶着。贾母笑道："这定是凤丫头促狭鬼儿闹的，快别信他的话了。"那刘姥姥正夸鸡蛋小巧，要肏攮一个，凤姐儿笑道："一两银子一个呢，你快尝尝罢，那冷了就不好吃了。"刘姥姥便伸箸子要夹，那里夹的起来，满碗里闹了一阵好的，好容易撮起一个来，才伸着脖子要吃，偏又滑下来滚在地下，忙放下箸子要亲自去捡，早有地下的人捡了出去了。刘姥姥叹道："一两银子，也没听见个响声儿就没了。"

众人已没心吃饭，都看着他笑。贾母又说："这会子又把那个筷子拿了出来，又不请客摆大筵席。都是凤丫头支使的，还不换了呢。"地下的人原不曾预备这牙箸，本是凤姐和鸳鸯拿了来的，听如此说，忙收了过去，也照样换上一双乌木镶银的。刘姥姥道："去了金的，又是银的，到底不及俺们那个伏手。"

……

鸳鸯道："有了一副了。左边是张'天'。"贾母道："头上有青天。"众人道："好。"鸳鸯道："当中是个'五与六'。"

贾母道："六桥梅花香彻骨。"鸳鸯道："剩得一张'六与幺'。"贾母道："一轮红日出云霄。"鸳鸯道："凑成便是个'蓬头鬼'。"贾母道："这鬼抱住钟馗腿。"说完，大家笑说："极妙。"贾母饮了一杯。

第六十三回　寿怡红群芳开夜宴　死金丹独艳理亲丧（节选）

晴雯拿了一个竹雕的签筒来，里面装着象牙花名签子，摇了一摇，放在当中。又取过骰子来，盛在盒内，摇了一摇，揭开一看，里面是五点，数至宝钗。宝钗便笑道："我先抓，不知抓出个什么来。"说着，将筒摇了一摇，伸手掣出一根，大家一看，只见签上画着一支牡丹，题着"艳冠群芳"四字，下面又有镌的小字一句唐诗，道是：

任是无情也动人。

又注着："在席共贺一杯，此为群芳之冠，随意命人，不拘诗词雅谑，道一则以侑酒。"众人看了，都笑说："巧的很，你也原配牡丹花。"说着，大家共贺了一杯。宝钗吃过，便笑说："芳官唱一支我们听罢。"芳官道："既这样，大家吃门杯好听的。"于是大家吃酒。芳官便唱：

　　寿筵开处风光好。

众人都道："快打回去。这会子很不用你来上寿，拣你极好的唱来。"

杂
项

晴雯的鼻烟壶

《红楼梦》第五十一回至五十二回，袭人因母亲病重，回家探母。这怡红院就乱成一团了。

宝玉半夜里要喝茶，晴雯听见了，叫麝月起来。麝月服侍完，见外面月色很美，披了宝玉的皮毛大衣出去赏月。晴雯有心吓麝月，没穿外衣就猫身出去，冬夜寒风侵肌透骨，这一冻，马上生病了。

晴雯发烧头疼，鼻塞声重，咳嗽不止。虽然先后换了两个大夫，吃了两副药，仍是头疼难忍，鼻子不通气。宝玉便命麝月："取鼻烟来，给他嗅些痛打几个嚏喷，就通了关窍。"麝月去取了一个金镶双扣金星玻璃的扁盒来，递给宝玉。

宝玉打开盒扇，鼻烟盒画有"西洋珐琅的黄发赤身女子，两肋又有肉翅"，盛着"汪恰洋烟"。晴雯只顾看画，宝玉催她赶紧嗅一些，不然走了气效果就不好了。晴雯听他这样一说，连忙用指甲挑了点嗅入鼻中。没反应。又多挑了些接着嗅，这下好了，忽觉鼻中一股酸辣直透囟门，接连打了五六个喷嚏，顿时眼泪鼻涕齐刷刷流了下来。

晴雯忙收了盒子，笑道："了不得，好爽快！拿纸来。"早有小丫头递过一搭子细纸，晴雯便一张一张地拿来擤鼻子。宝玉笑问："如何？"晴雯笑道："果觉通快些，只是太阳还疼。"宝玉笑道："越性尽用西洋药治一治，只怕就好了。"

读到这一段，才明白鼻烟壶来我国的历史并不长。

晴雯这丫头，跟着宝玉啥没见过？将宝玉的扇子摔坏了，宝玉说她几句，倒被她一顿抢白："就是跌了扇子，也是平常的事。先时连那么样的玻璃缸、玛瑙碗不知弄坏了多少，也没见个大气儿，这会子一把扇子就这么着了。何苦来！"后来干脆发展到撕扇子闹着玩。

而这里，晴雯病成那样，见了鼻烟壶，还"只顾看画儿"。——新鲜玩意儿，没见过。

可知，那时，鼻烟壶并不普及，还只是上层社会的少数人才能拥有的东西。

宝玉的这个鼻烟壶，有以下特点：

1. 材质为"金星玻璃"。

金星玻璃是指黄褐色玻璃体内，蕴涵着细密而金光闪闪的结晶颗粒。粗看，泥料中有星星点点。里面的金星成

（清）金星玻璃冰裂纹笔筒

图片来自故宫博物院官方网站

分，大多是添加金属氧化物。如：氧化铜、氧化铬等。也有直接加入金属小颗粒或金属矿渣的。

宝玉有个丫头叫芳官，原是个戏子。宝玉将她打扮成男孩，取名"耶律雄奴"，不料被大家叫成"野驴子"。宝玉恐作贱了她，忙又说："海西福朗思牙，闻有金星玻璃宝石，他本国番语以金星玻璃名为'温都里纳'。如今将你比作他，就改名唤叫'温都里纳'可好？"芳官听了更喜，说："就是这样罢。"因此又换了这个名。众人嫌拗口，就唤"玻璃"。

唉，这个宝玉，如果出生在现代，外语肯定呱呱叫。

海西福朗思牙，"海西"，指西洋、西欧。"福朗思牙"，也就是现在的"法兰西"，即法国。温都里纳，是法语 Aventurine 的音译。国外宝石百科全书将石英岩彩石命名为 Aventurine，其地质名为：砂金石。

宝玉的鼻烟壶，材质为法国人用砂金石为原料制造的人造宝石"金星玻璃"。

2. 图案为"西洋珐琅的黄发赤身女子，两肋又有肉翅"。

黄发赤身女子，两肋又有肉翅，初看很冲眼，仔细一想，不就是天使吗！

西洋珐琅，指用石英、长石、硝石和碳酸钠等加上铅、锡的氧化物烧制成，涂在金星玻璃上，经过烧制，形

（清）玻璃胎画珐琅西洋仕女图鼻烟壶　图片来自故宫博物院官方网站

成不同颜色的釉质表面，作为装饰。天使的头发是黄色的，肌肉与翅膀的颜色肯定也有区别。

3. 搭扣为"金镶双扣"。

鼻烟壶怎么打开给晴雯闻呢？如果现在的人去写，会说：拔出小盖，用细长的小匙挖出一点，放到晴雯鼻子底下。

差矣！鼻烟壶刚刚从西洋流传过来时，还不叫鼻烟壶，而叫"鼻烟盒"。你看，宝玉说"取鼻烟来"，麝月果真去取了一个"扁盒"来。

早期欧洲用装饰精美的金属或玻璃小盒来盛装鼻烟。宝玉要打开"金镶双扣"，揭开盒扇，才能让晴雯吸闻。由于盒子里的鼻烟香味极易散失，所以宝玉叫晴雯赶快闻，"走了气就不好了。"

鼻烟盒里也没有小匙。晴雯用指甲挑了些嗅入鼻中，不怎样，便又多多挑了些嗅入。

4. 形状为"扁盒"。

宝玉的鼻烟盒有几个缺点。一是扣子很严密——不严密不是走气嘛，打开密封扣子时容易失手打翻盒子；二是盒子一打开，鼻烟接触空气的面积大，容易走气。所以，当鼻烟由皇宫走入达官显贵阶层时，盒子便由装药的小药瓶取而代之。"鼻烟壶"由此诞生。

5. 内容为"汪恰洋烟"。

脂批本《红楼梦》在"汪恰洋烟"下有双行墨批道:"汪恰。西洋一等宝烟也。"鼻烟品种价格悬殊,当时宫廷内流传一句话:"黄金易得,高尚鼻烟难求。"好的鼻烟,嗅之气味醇香、辛辣,能明目、提神、辟疫、活血等等。

……

曹雪芹肯定没想到,他笔下的新鲜西洋玩意儿,在他以后的二百多年间,是怎样红遍了大江南北。红蓝宝石、珊瑚、玛瑙、琥珀、水晶、碧玺、青金石、珍珠、金属、玉等奇珍异宝,都成了制作鼻烟壶的原材料,绘画、书法、烧瓷、施釉、碾玉、刻牙、雕竹、剔漆、套料、镶金银、嵌螺钿、贴黄等技艺,皆在鼻烟壶这一器物上得到集中的体现。

2016 年 10 月,杭州南宋官窑博物馆做了一个展览,为期 3 个月,展出了 120 余件鼻烟壶。展题为"嗅里乾坤——武汉博物馆馆藏鼻烟壶展"。

我去看时,真真大出所料,以前真的没想到鼻烟壶这方寸之间,竟有如此多的花式花样。

有个水晶鼻烟壶,以我这个古珠爱好者的眼光看,简直绝了。水晶硬度为 7,要掏空内腔难度可想而知,还要在外面刻画《松下垂钓图》,只见透明松针纷纷披洒,钓者坐在水晶宫里好不惬意……

（清）鼻烟壶　摄于南宋官窑博物馆

　　当时想，如果这只鼻烟壶早出世二百年，肯定被宝玉收藏在他的螺甸小柜子里吧。

　　我和余姑娘一个一个展位看过来。我说，让我挑的话，我要这个、这个、这个也要……指指点点，手指犹豫着停不下来。余姑娘则很干脆："我随便哪只都好的，不用挑的。"

第五十二回　俏平儿情掩虾须镯　勇晴雯病补雀金裘

（节选）

晴雯服了药，至晚间又服二和，夜间虽有些汗，还未见效，仍是发烧，头疼鼻塞声重。次日，王太医又来诊视，另加减汤剂。虽然稍减了烧，仍是头疼。宝玉便命麝月："取鼻烟来，给他嗅些，痛打几个嚏喷，就通了关窍。"麝月果真去取了一个金镶双扣金星玻璃的一个扁盒来，递与宝玉。宝玉便揭翻盒扇，里面有西洋珐琅的黄发赤身女子，两胁又有肉翅，里面盛着些真正汪恰洋烟。晴雯只顾看画儿，宝玉道："嗅些，走了气就不好了。"晴雯听说，忙用指甲挑了些嗅入鼻中，不怎样。便又多多挑了些嗅入。忽觉鼻中一股酸辣透入囟门，接连打了五六个嚏喷，眼泪鼻涕登时齐流。晴雯忙收了盒子，笑道："了不得，好爽快！拿纸来。"早有小丫头子递过一搭子细纸，晴雯便一张一张的拿来搌鼻子。宝玉笑问："如何？"晴雯笑道："果觉通快些，只是太阳还疼。"

宝玉笑道："越性尽用西洋药治一治，只怕就好了。"说着，便命麝月："和二奶奶要去，就说我说了：姐姐那里常有那西洋贴头疼的膏子药，叫作'依弗哪'，找寻一点儿。"麝月答应了，去了半日，果拿了半节来。便去找了一块红缎子角儿，铰了两块指顶大的圆式，将那药烤和了，用簪挺摊上。晴雯自拿着一面靶镜，贴在两太阳上。麝月笑道："病的蓬头鬼一样，如今贴了这个，倒俏皮了。二奶奶贴惯了，倒不大显。"说毕，又向宝玉道："二奶奶说了：明日是舅老爷生日，太太说了叫你去呢。明儿穿什么衣裳？今儿晚上好打点齐备了，省得明儿早起费手。"宝玉道："什么顺手就是什么罢了。一年闹生日也闹不清。"说着，便起身出房，往惜春房中去看画。

妙玉的狐㺒斝

我家二哥对古玩一窍不通。

有一次来杭州逛河坊街，他突然对葫芦器皿发生兴趣。他在人流中站着不动了，看了半天，说道："这家伙拿来装酒多好！"不过那次因大家庭聚会，赶着去吃饭，没来得及买。

后来我们回老家去，见二哥家开始出现葫芦状器皿。起先是真的葫芦，后来是玻璃的、瓷器的等等，大家见他喜欢，你买一个他买一个，二哥家的葫芦器皿多得随处可见。现在我们笑称他家是"葫芦世家"。

《红楼梦》中，有个高端的葫芦器。

第四十一回，贾母带了刘姥姥逛大观园，累了便去栊翠庵喝茶。一群人在院子里喝茶笑闹，"那妙玉便把宝钗和黛玉的衣襟一拉，二人随他出去，宝玉悄悄的随后跟了来"。妙玉另拿出两只杯，一只给宝钗，一只给黛玉。

　　给宝钗的那只，旁边有一耳，杯上镌着"瓟斝"三个隶字，后有一行小真字是"晋王恺珍玩"，又有"宋元丰五年四月眉山苏轼见于秘府"一行小字。

　　妙玉的一只茶杯，值得我们研究半天了。

　　首先，来看杯名"瓟斝"。

　　瓟、匏，都是瓜名。通指以植物厚皮制成的玩意儿，俗称葫芦器。

（商）兽面纹斝
图片来自故宫博物院
官方网站

斝，古时候的饮酒器。形状源于陶器，侈口，束腰，腹下有三锥足。

所以，瓟斝，你可以简单理解为是一种葫芦制或葫芦状的杯子。

葫芦杯子，最早是用于盛水的器具，因为轻巧可爱，名字寓意又好，通"福禄"。还因一点重要原因，有些富贵久了的人家爱夸自己朴素，葫芦器，植物嘛，再朴素不过了。所以，葫芦器很快演变为王公贵族的珍玩。

渐渐就发展出我国工艺史上非常特殊的一种门类：制瓟工艺。

曹雪芹生活的年代，瓟器工艺发展到了高峰，出现了笔筒、花插、杯、碗、蝈蝈笼、蛐蛐罐等种类，式样新奇、纹饰丰富。其中一些宫廷制的瓟器还被作为珍贵的礼品用以赏赐王公贵族和外国嘉宾使臣。估计曹雪芹家里就有不少赏赐下来的瓟器。

取葫芦的圆腹，做成瓟斝，看似朴素，其实极为耗时耗力。要在葫芦生长过程中不断换模子，其间的精巧与窍门，不是世家不明其理。而一个珍贵的瓟斝制作完成后，在使用中容易损坏，完好保存也同样繁难。所以说，上流社会，较的是暗劲，比的是内功。

其次，后有一行小真字是"晋王恺珍玩"。

这五个字，颇能考验功夫。有人读成"晋王/恺/珍玩"，

（清）匏制乾隆御题花卉纹扁圆盒　图片来自故宫博物院官方网站

（清）匏制勾莲纹壶　图片来自故宫博物院官方网站

有人读成"晋王/恺珍/玩"，实际应是"晋/王恺/珍玩"。一个读书人，不管涉不涉及古玩，不知道西晋的王恺，不好意思的。

王恺，我们在《古珠之美》"孩儿面红珊瑚"中说到过。他是晋朝开国君主司马炎的舅舅。《世说新语》说到他和石崇比富："石崇与王恺争豪，并穷绮丽，以饰舆服。武帝，恺之甥也，每助恺。尝以一珊瑚树高二尺许赐恺，枝柯扶疏，世罕其比。恺以示崇。崇视讫，以铁如意击之，应手而碎。恺既惋惜，又以为疾己之宝，声色甚厉。崇曰：'不足恨，今还卿。'乃命左右悉取珊瑚树，有三尺四尺，条干绝世、光彩溢目者六七枚，如恺者甚众。恺惘然自失。"

即使王恺输了，他还是天下第二富豪。天下第二富豪的珍玩，能不珍贵吗？

不过，大家别迷糊喽，曹雪芹这是借由头开玩笑呢。在西晋，富豪们玩沉香、象牙、红珊瑚、珠玉，但并不流行玩葫芦器。因此，刻有"晋王恺珍玩"的觚瓟斝，不要说实物，在理论上的概率都是趋于零的。

再次，又有"宋元丰五年四月眉山苏轼见于秘府"一行小字。这行字一出来，真相大白，曹雪芹明明白白告诉我们，这是个玩笑话。为何？苏轼就是我们熟悉的苏东坡，四川眉山人。为何前面要点出时间"元丰五年四月"

呢？谜底就在这个时间里。

元丰五年，即公元 1082 年。此时苏轼在哪里？

元丰二年十二月，苏轼因"乌台诗案"被贬黄州，不得签书公事。一直到元丰七年四月上旬才离开黄州。他在黄州生活了五个年头。

而秘府，指的是皇宫中藏图书、珍玩的地方。黄州在湖北，秘府在开封，苏轼根本不可能在这个时间段里出现在"秘府"。

那么，五年的时间段里，曹雪芹为何偏偏指定了"元丰五年四月"这个时间点呢？

苏轼被贬黄州，俸禄减少，养家糊口成了问题。他的好友来看他，目睹"先生穷到骨"，便找到黄州太守，拨了块地给他。这是块坡地，苏轼全家开垦耕种，解决了吃饭问题。就在元丰五年春天，苏轼依东坡筑雪堂，自书"东坡雪堂"为匾额，并作《雪堂记》。

苏轼敬慕唐代大诗人白居易。白居易曾在忠州城东的山坡上种花，并命名此地为"东坡"。苏轼仿效白居易，将其地称为"东坡"，并自号"东坡居士"。

"元丰五年四月"这个时间点，是"苏东坡"开叫的时间。

这个曹雪芹真好玩，他写这一段，也许是边写边笑。搁笔时长叹一句：懂者自懂。

第四十一回　栊翠庵茶品梅花雪　怡红院劫遇母蝗虫
（节选）

　　那妙玉便把宝钗和黛玉的衣襟一拉，二人随他出去，宝玉悄悄的随后跟了来。只见妙玉让他二人在耳房内，宝钗坐在榻上，黛玉便坐在妙玉的蒲团上。妙玉自向风炉上扇滚了水，另泡一壶茶。宝玉便走了进来，笑道："偏你们吃梯己茶呢。"二人都笑道："你又赶了来餐茶吃。这里并没你的。"妙玉刚要去取杯，只见道婆收了上面的茶盏来。妙玉忙命："将那成窑的茶杯别收了，搁在外头去罢。"宝玉会意，知为刘姥姥吃了，他嫌脏不要了。

　　又见妙玉另拿出两只杯来。一个旁边有一耳，杯上镌着"瓠瓟斝"三个隶字，后有一行小真字是"晋王恺珍玩"，又有"宋元丰五年四月眉山苏轼见于秘府"一行小字。妙玉便斟了一斝，递与宝钗。那一只形似钵而小，也有三个垂珠篆字，镌着"点犀㼓"。妙玉斟了一㼓与黛玉。仍将前番自己常日吃茶的那只绿玉斗来斟与宝玉。

　　宝玉笑道："常言'世法平等'，他两个就用那样古玩奇珍，我就是个俗器了。"妙玉道："这是俗器？不是我说狂话，只怕你家里未必找的出这么一个俗器来呢。"宝玉笑道："俗话说'随乡入乡'，到了你这里，自然把那金玉珠宝一概贬为俗器了。"妙玉听如此说，十分欢喜，遂又寻出一只九曲十环一百二十节蟠虬整雕竹根的一个大盒出来，笑道："就剩了这一个，你可吃的了这一海？"宝玉喜的忙道："吃的了。"妙玉笑道："你虽吃的了，也没这些茶糟踏。岂不闻'一杯为品，二杯即是解渴的蠢物，三杯便是饮牛饮骡了'。你吃这一海便成什么？"说的宝钗、黛玉、宝玉都笑了。妙玉执壶，只向海内斟了约有一杯。宝玉细细吃了，果觉轻浮无比，赏赞不绝。妙玉正色道："你这遭吃的茶是托他两个福，独你来了，我是不给你吃的。"宝玉笑道："我深知道的，我也不领你的情，只谢他二人便是了。"妙玉听了，方说："这话明白。"

黛玉因问："这也是旧年的雨水？"妙玉冷笑道："你这么个人，竟是大俗人，连水也尝不出来。这是五年前我在玄墓蟠香寺住着，收的梅花上的雪，共得了那一鬼脸青的花瓮一瓮，总舍不得吃，埋在地下，今年夏天才开了。我只吃过一回，这是第二回了。你怎么尝不出来？隔年蠲的雨水那有这样轻浮，如何吃得。"黛玉知他天性怪僻，不好多话，亦不好多坐，吃完茶，便约着宝钗走了出来。

莺儿的"方胜"络子

《红楼梦》第三十五回，轮到薛宝钗的丫头莺儿精彩亮相。

莺儿手巧，袭人请她来替宝玉打络子。即用丝线编织出小挂子，用来系挂扇子、香坠儿、汗巾子等等。

宝玉说要编个汗巾子（约为现在的腰带、裤带之类）。莺儿道："什么花样呢？"宝玉道："共有几样花样？"莺儿道："一炷香，朝天凳，象眼块，方胜，连环，梅花，柳叶。"

这些花样儿，大多数都好理解，脑子里大致能比划出来。但"方胜"是啥？一点也联想不出来啊。好多朋友这样感叹过。

不会吧？"方胜"，新石器时代就有了，流传到现在，七千年来从未中断过。

很多人第一次接触"胜"，与王母娘娘有关。王母娘娘长什么样？古籍中虽有多种记载，但都有一个共同之处——说她"豹尾虎齿而善啸，蓬发戴胜"。后来，"戴胜"甚至成了王母娘娘的代名词。

　　王母娘娘的"戴胜"究竟为何意？让我们由远及近来看看。

远镜头：色雷斯人的发式。

　　在遥远的巴尔干半岛，有个好战的民族叫色雷斯。色雷斯人身材高大、健壮，肤色白皙，留着金黄偏红色的头发。色雷斯人有一个独特的风俗：即人体彩绘与染发。

　　按希罗多德的说法，当时文身被看成是社会地位高贵的一个标志。愈是出身高贵的人，文身使用的图案愈是华

（元）赵孟頫　幽篁戴胜图卷　图片来自故宫博物院官方网站

丽。现在，色雷斯人的一支是保加利亚人，保加利亚人在庆祝国王节时，仍在街上热闹展出人体彩绘。

色雷斯人的发型也极具夸张之能事，要梳成中间凸起的高冠，再染上引人注目的条纹。极像一种头部羽毛艳丽、造型夸张的鸟，我国将这种鸟称作"戴胜鸟"。

戴胜鸟很好辨认，嘴细长，黄脖子，翅膀上有黑白花斑。头上的羽冠像把折扇，平时收起，兴奋时展开。展开时，一排冠状翎毛，十分漂亮。

色雷斯发式后来演变为一种"羽毛冠"。这种独特的帽子在古希腊、古罗马的军队中可一睹芳容。时至今日，在西藏喇嘛的帽子上亦可见其遗留元素。

在《希腊神话故事》"戴胜鸟、夜莺和燕子"中，战神阿瑞斯的儿子，即色雷斯国王忒瑞俄斯变成了戴胜鸟。

那么，色雷斯人这种特殊的羽毛冠到底从何而来？

这要从所罗门说起。

中镜头："戴胜"是所罗门宠爱的一种鸟。

所罗门，以色列最聪明、最伟大的君王。我们在《古珠之美》一书中说过，与王母娘娘有着道不尽暧昧关系的周穆王，与所罗门王共处同一时代。也就是说，王母娘娘与所罗门也处在同一个时代，那真是个伟大的时代。

所罗门留下的最香艳的故事，不是与王母娘娘，而是与示巴女王的会面。正是这次史诗般的会面，将以色列的势力扩展到了非洲沙漠。所罗门王不仅以智慧征服示巴女王，还宠幸她，让她带着他的血脉回到沙漠。据说，促成这次会面的就是戴胜鸟。所以，所罗门王一高兴，赏了戴胜鸟一顶羽毛王冠。

　　这个故事，是不是暗示色雷斯人不但善战，而且千里奔波、来往穿梭、牵线搭桥的本领也挺高？

　　更重要的，色雷斯人特殊的发型，是否从这个时候开始有的？作为所罗门特许的一种通行证的象征？

（东汉）西王母车骑图画像石　图片来自故宫博物院官方网站

近镜头：王母娘娘是色雷斯人吗?

　　对于王母娘娘的"蓬发戴胜"，最通行的解释是浓密的头发上戴着玉饰。因为两晋时期的郭璞曾注曰："胜，玉胜也。"但"蓬发"一般指蓬头散发。蓬头散发则很难戴住发饰。此说法较为牵强。

　　我国现存文物中，最早绘有王母娘娘形象的，是陕西绥德东汉墓出土的画像砖。王母娘娘头上，搁着一副杠铃般的东西。据高春明著的《中国服饰名物考》，"胜"即"中部为一圆体，圆体的上下两端附有对向的梯形饰牌，

（东汉）品字形金饰
图片来自中国国家博物馆官方网站之"秦汉文明"展

使用时系缚在簪钗之首，横插于两鬓"。

有趣的是，汉画砖上，拜西王母的除了人，还有鸟人，还有鸟。这是否意味着，西王母与鸟存在密不可分的关系？

这个概念在后来的考古中得到强化。1972 年，江苏邗江甘泉二号汉墓出土了一件金饰品。最初的发掘报告称之为"亚形饰"和"品形饰"，后被专家确认为"胜"。

对于此金胜，考古专家们诠释了两个概念：

一是"胜"不是指整个头饰，而仅指发簪两端的部分。实物可参考汉画砖。《后汉书·舆服志》有记载：太皇太后、皇太后入庙时所佩戴的首饰"簪以玳瑁为擿，长一尺，端为华胜……"文字与实物可相互印证。

二是发簪尾端的"亚字形"或"品字形"饰物，实际是一个面具实物的缩小版。所以，有人认为王母娘娘的"戴胜"，实际是戴了个面具。王母娘娘乃是戴着面具、披头散发、手执武器的主祭者形象。

是这样吗？要我们推测，这个折磨人的王母娘娘，倒有可能是蓬头散发戴一顶色雷斯式帽子的女祭司或女神。色雷斯人成名于巴尔干半岛，后来有部分人活跃在土耳其的安纳托利亚高原，融入古波斯，这倒符合西王母的"西"字。要真是这样，那么，王母娘娘或有色雷斯人基因，或没色雷斯人基因但借鉴了他们的装饰，此装饰也即一种"特权"的显示。不管怎样，西王母都深受古波斯文化浸润。有人提出西王母实为古波斯"娜娜女神"的另一种显现，我们觉得有其道理。

回到"方胜"。莺儿对贾宝玉说，打络子花样很多，比如"一炷香，朝天凳，象眼块，方胜，连环，梅花，柳叶"。现在通行的"方胜"图案，由两个大小、方向完全相同的几何菱形压角相叠构成。似乎与王母娘娘的"胜"毫无瓜葛。

是将"杠铃"两端压扁而成，还是中间有"失传"的连接点？我们将作进一步探寻。

"菱形"纹最早应该出现在编织中。竹席、藤席、麻席、渔网等等。也许是席子的花纹无意中印上了陶器，并进一步流传开来。考古发现新石器时代的彩陶已有菱形图案。沈从文先生在《中国古代服饰研究》中说："它已是典型的标记纹样，成为纺织的象征，并可能从此前后便演化成妇女的首饰。"

"方"的本意为并行的两船，泛指并列。

发展到后来，方胜，就是两个菱形并列，且有一角相叠。因一角重叠，又寓意"同心"。《西厢记》中崔莺莺写好了约张生的一封书信——"把花笺锦字，叠做个同心方胜儿"。

方胜自古以来都是热门图案。编席、织布、绘画、绣

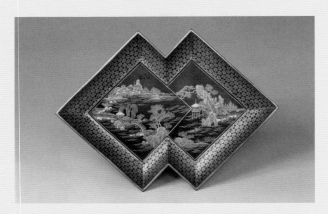

（清）黑漆描金山水纹方胜式盘 图片来自故宫博物院官方网站

（辽）碧玉饰件 作者自藏

花、雕刻样样离不开它。因为，"同心同意、美满绵长"的寓意大家都喜欢。

在古珠玉中，方胜饰物，最常见的是玉方胜、南红方胜、老银方胜。如果某天，有人送你一方胜，注意哦，那是表达"永结同心"之意。

第三十五回　白玉钏亲尝莲叶羹　黄金莺巧结梅花络
（节选）

如今且说袭人见人去了，便携了莺儿过来，问宝玉打什么络子。宝玉笑向莺儿道："才只顾说话，就忘了你。烦你来不为别的，却为替我打几根络子。"莺儿道："装什么的络子？"宝玉见问，便笑道："不管装什么的，你都每样打几个罢。"莺儿拍手笑道："这还了得！要这样，十年也打不完了。"宝玉笑道："好姐姐，你闲着也没事，都替我打了罢。"

袭人笑道："那里一时都打得完，如今先拣要紧的打两个罢。"莺儿道："什么要紧，不过是扇子，香坠儿，汗巾子。"宝玉道:"汗巾子就好。"莺儿道:"汗巾子是什么颜色的?"宝玉道:"大红的。"莺儿道:"大红的须是黑络子才好看的,或是石青的才压的住颜色。"宝玉道:"松花色配什么?"莺儿道:"松花配桃红。"宝玉笑道:"这才娇艳。再要雅淡之中带些娇艳。"莺儿道:"葱绿柳黄是我最爱的。"宝玉道:"也罢了,也打一条桃红,再打一条葱绿。"莺儿道:"什么花样呢?"宝玉道:"共有几样花样?"莺儿道:"一炷香、朝天凳、象眼块、方胜、连环、梅花、柳叶。"宝玉道:"前儿你替三姑娘打的那花样是什么?"莺儿道:"那是攒心梅花。"宝玉道:"就是那样好。"

一面说,一面叫袭人刚拿了线来,窗外婆子说:"姑娘们的饭都有了。"宝玉道:"你们吃饭去,快吃了来罢。"袭人笑道:"有客在这里,我们怎好去的!"莺儿一面理线,一面笑道:"这话又打那里说起,正经快吃了来罢。"袭人等听说方去了,只留下两个小丫头听呼唤。

茗烟的卍字相好

若要问"红楼之谜",每个读者都能列出一长串。

就拿红楼丫头来说,取名是有讲究的,且有规律可循。如：

1. 按小动物分：鸳鸯、紫鹃、雪雁、莺儿、春燕、小鹊、鹦哥、蝉姐儿等。

2. 按珠玉分：金钏、玉钏、宝珠、瑞珠、琥珀、珍珠、玻璃、坠儿等。

3. 按天象分：彩云、彩霞、晴雯、麝月、素云、绮霞等。

4. 按文房分：入画、司棋、翠墨、抱琴、侍书等。

但其中有一个,名字非常奇怪。本来这是个无足轻重的丫头,仅出场一次,不提名字也罢。但作者给了她一个奇怪的名字,非但不是一笔带过,还特意交代了名字的来历。

谁？卍儿。

卍儿？可能很多看过《红楼梦》无数遍的读者，也想不起有这个人。

第十九回，"贾妃回宫，次日见驾谢恩，并回奏归省之事。龙颜甚悦，又发内帑彩缎金银等物，以赐贾政及各椒房等员"。贾家天大的事终于圆满结束，大伙儿都想放松放松了。

宁国府的贾珍邀请贾宝玉过去看戏，放花灯。贾珍那帮人闹起来无节制无节操，宝玉见繁华热闹到如此不堪的田地，很觉无趣，只略坐了一坐，便走开各处闲耍。走着走着就来到一僻静书房。

宝玉惦记着这书房内挂的一轴美人，想去看看。不料，一头撞见他的书童茗烟正与一个丫头在行苟且之事。丫头逃跑后，主仆对话如下：

宝玉因问："那丫头十几岁了？"

茗烟道："大不过十六七岁了。"

宝玉道："连他的岁属也不问问，别的自然越发不知了。可见他白认得你了。可怜，可怜！"又问："名字叫什么？"

茗烟大笑道："若说出名字来话长，真真新鲜奇文，竟是写不出来的。据说他母亲养他的时节做了个梦，梦见得了一匹锦，上面是五色富贵不断头卍字的花样，所以他的名字叫作卍儿。"

宝玉听了笑道："真也新奇，想必他将来有些造化。"说着，沉思一会。

宝玉惦记的宁国府"有个小书房，内曾挂着一轴美人，极画的得神"，这个小书房到底指哪里？联系第五回，宝玉去秦可卿房内午睡，"刚至房门，便有一股细细的甜香袭人而来。宝玉觉得眼饧骨软，连说'好香！'入房向壁上看时，有唐伯虎画的《海棠春睡图》，两边有宋学士秦太虚写的一副对联"。第十一回，宝玉随凤姐去探可卿之病："宝玉正眼瞅着那《海棠春睡图》并那秦太虚写的'嫩寒锁梦因春冷，芳气笼人是酒香'的对联，不觉想起在这里睡晌觉梦到'太虚幻境'的事来。正自出神，听得秦氏说了这些话，如万箭攒心，那眼泪不知不觉就流下来了。"

宝玉两次到秦可卿房中，均留意到这幅《海棠春睡图》，可谓印象极深。至第十九回，秦可卿已逝一年矣，而贾珍之流已热闹到"如此不堪的地步"，宝玉惦记的美人画，应该就是这幅《海棠春睡图》。因唐伯虎原作名为《海棠美人图》。

宝玉忆可卿而来寻此图，意外中发现茗烟和丫头之事。

丫头逃跑就是了。但不，作者给了她一个名字叫"卍儿"，还为此安排了一场梦。

卍，念"wàn"。以前读《红楼梦》，这个字念不出就略过了，没在心里留下一点印记。爱上古珠后，读《红楼梦》读到这个字，惊讶不已。

这可是个不得了的字。

在人类历史上，"卍"作为符号由来已久，覆盖区域极广，许多民族都使用过。

上古时期的两河流域，出土了大量"卍"字符号。其陶碗上的"卍"字符，同时有左旋和右旋。古代克里特、特洛伊、斯堪的那维亚、苏格兰、爱尔兰、北美洲的印第安、南美洲的玛雅文明等等，都发现了"卍"字符的踪迹。

在我国，距今约 9000 年的彭头山文化、距今约 7400 年的湖南高庙文化的陶器上，都有"卍"字。在浙江，距今约 7000 年的河姆渡文化中，发现了一个以鸟喙为象征的四鸟呈"卍"字形中心的陶盘。马家窑文化发现了"卍"纹彩陶长颈壶。广东石峡文化、内蒙古小河沿文化都出土了"卍"字陶器。西汉初期长沙马王堆汉墓的三号墓室出土的丝织品上有"卍"字符。即使是今天，你到北京天坛，抬头即见建筑上面有数不清的"卍"字符。

"卍"字符出现之久之广，已经被视为人类历史中一种奇特的文化现象。虽然出现在不同地方不同种族，但是代表了相似的含义，即光明能量、好运、吉祥、轮回不绝。

关于该符号的起源，已经没人能说清楚。有人说它是太阳的象形，有人说是对火的崇拜，有人则认为它和人类的繁殖有关。

"卍"本不是文字，而是上古时代许多部落的一种符咒。佛教诞生后，亦引入该符咒作为重要标识。在梵文里，它的音为"室利蹉洛刹曩"，意为"致福、吉祥海云"。

在今巴基斯坦的塔克西拉（古犍陀罗王国的首都）地区，出土有公元前 2 世纪至公元 1 世纪的"卍"字符和"十"字符钱币，同时出土了大量珠子。有些镶蚀红玉髓上的图案，被认为与佛教有关，其中就有"卍"字符。

接着，我国新疆沙雅，亦出土了汉魏时期的镶蚀红玉髓，图案亦有"卍"字符。

在古珠中，不仅有"卍"字符的镶蚀红玉髓，还有"卍"字符的印章珠。

某个深夜，梁慧在微信上发了一张"卍"字符印章珠的图片，把我激动得无法入睡。

为何激动？因为几年前，在梁慧那拿了一颗"卍"字符的镶蚀红玉髓。当时就觉得这个符号很特别，有种既熟悉又陌生的感觉。是佛教上的？纳粹的符号？好像一些古典家具上也有。那颗镶蚀红玉髓拿来后，挂在一串 108 颗的老紫檀念珠上当尾坠。每天在手腕上撩拨，终于忍不住去查资料。

这一查，就掉进去了。为"卍"字符号所震惊！

那个深夜还是忍不住问过去："'卍'字符印章珠就一颗吗？"她答这个符号的就一颗。唉，那我也不好意思开口要。后来有一次去她那，谈起印珠图案时，突然想到'卍'字符那颗，要看。结果她说又有一颗啦。

于是，两颗脑袋对着两颗小小珠子，看形状，看材质，看使用痕迹，判断年代、地方及文化圈子等等。

赏毕，我说："这下可心安理得拿走一颗了。"梁慧问为啥是"心安理得"。"当然喽，你只有一颗时哪好意思抢。"

我们正是通过古珠，真正认识了"卍"字。

佛教传入我国后，"卍"这个符号怎么念，成了迫切要解决的问题。这一符号又如何翻译，同样让人大伤脑筋。鸠摩罗什和玄奘都把它译为"德"。直到武则天时，

"卍"字古珠　作者自藏

其中两颗为印章珠，两颗为镶蚀红玉髓。三颗左旋，一颗右旋。

才钦定读音为"万"，含义为"吉祥万德之所集"。

根据当时的佛经，认定"卍"字以左旋为妥，所以我国的佛教，以左旋"卍"居多。

"卍"字也有右旋。西藏本教上的标志即是右旋"卐"。右旋"卐"在藏语称"雍仲"。

必须说明的是，虽然纳粹标识为右旋"卐"，但右旋"卐"≠纳粹。右旋"卐"在希特勒之前，已经存在了几千年。为何希特勒要选择右旋"卐"作为纳粹标识呢？希特勒认为雅利安人是最高贵的人种，所以将雅利安人的古老标志即右旋"卐"作为纳粹标识。

美国人种学家摩尔根在《古代社会》中说："在时间的隧道里，以远古中走来的'卍'、'十'、中国的太极、古埃及的甲壳虫之类的符号，都释放过或还在释放着能量，它们对人类文化产生过正面的或负面的影响。因此，不要怠慢了历史上有过的或者还会产生的符号语言，它告诉你的，比起一个方块字要多得多。"

能量如此巨大的"卍"字，曹雪芹不会轻易给了一个一晃而过的丫头吧？为何宝玉要说"想必他将来有些造化"，说完，还沉思了一会。曹雪芹究竟想告诉我们什么呢？

书中交代，"卍儿"的名字，来自她母亲的一个梦："他母亲养他的时节做了个梦，梦见得了一匹锦，上面是五色富贵不断头卍字的花样，所以他的名字叫作卍儿。"

（清）乾隆款掐丝珐琅海水双龙笔架　图片来自沈阳故宫博物院官方网站

而后面第七十二回，王熙凤有个"夺锦之梦"。王熙凤向旺儿媳妇说：

"昨晚上忽然作了一个梦，说来也可笑，梦见一个人，虽然面善，却又不知名姓，找我。问他作什么，他说娘娘打发他来要一百匹锦。我问他是那一位娘娘，他说的又不是咱们家的娘娘。我就不肯给他，他就上来夺。正夺着，就醒了。"

有人将这两个梦联系起来，莫不是以后这丫头做了宫里的娘娘，将贾元春斗下去了？但翻回第十九回仔细看，卍儿十六七岁，"虽不标致，倒还白净，些微亦有动人处"，真没什么特别啊，我们觉得这个想法并不合理。

有人从美人画入手讨论，说这是暗喻宝玉去了秦可卿的屋子。秦可卿屋子的摆设，第五回有所交代，全是宫里气象。那么，这里来个"卍儿"，是提醒读者这个房间与万岁爷有关吗？但回头想想，要作这个提醒，方法很多，将卍字安在一个丫头身上，实在太突兀。

宝玉说，想必她将来有些造化。只怕曹雪芹后面还真有些故事要说。胃口吊起来，却没下文，真真难受啊。

第十九回　情切切良宵花解语　意绵绵静日玉生香
（节选）

话说贾妃回宫，次日见驾谢恩，并回奏归省之事，龙颜甚悦。又发内帑彩缎金银等物，以赐贾政及各椒房等员，不必细说。

且说荣宁二府中因连日用尽心力，真是人人力倦，各各神疲，又将园中一应陈设动用之物收拾了两三天方完。第一个凤姐事多任重，别人或可偷安躲静，独他是不能脱得的；二则本性要强，不肯落人褒贬，只拃挣着与无事的人一样。

　　第一个宝玉是极无事最闲暇的。偏这日一早，袭人的母亲又亲来回过贾母，接袭人家去吃年茶，晚间才得回来。因此，宝玉只和众丫头们掷骰子赶围棋作戏。正在房内顽的没兴头，忽见丫头们来回说："东府珍大爷来请过去看戏、放花灯。"宝玉听了，便命换衣裳。才要去时，忽又有贾妃赐出糖蒸酥酪来；宝玉想上次袭人喜吃此物，便命留与袭人了。自己回过贾母，过去看戏。

　　谁想贾珍这边唱的是《丁郎认父》《黄伯央大摆阴魂阵》，更有《孙行者大闹天宫》《姜子牙斩将封神》等类的戏文，倏尔神鬼乱出，忽又妖魔毕露，甚至于扬幡过会，号佛行香，锣鼓喊叫之声远闻巷外。满街之人个个都赞："好热闹戏，别人家断不能有的。"宝玉见繁华热闹到如此不堪的田地，只略坐了一坐，便走开各处闲耍。先是进内去和尤氏和丫鬟姬妾说笑了一回，便出二门来。

　　尤氏等仍料他出来看戏，遂也不曾照管。贾珍、贾琏、薛蟠等只顾猜枚行令，百般作乐，也不理论，纵一时不见他在座，只道在里边去了，故也不问。至于跟宝玉的小厮们，那年纪大些的，知宝玉这一来了，必是晚间才散，因此偷空也有去会赌的，也有往亲友家去吃年茶的，更有或嫖或饮的，都私散了，待晚间再来；那小些的，都钻进戏房里瞧热闹去了。

　　宝玉见一个人没有，因想"这里素日有个小书房，内曾挂着一轴美人，极画的得神。今日这般热闹，想那里自然无人，那美人也自然是寂寞的，须得我去望慰他一回。"想着，便往书房里来。刚到窗前，闻得房内有呻吟之韵。宝玉倒唬了一跳：敢是美人活了不成？乃乍着胆子，舔破窗纸，向内一看——那轴美人却不曾活，却是茗烟按着一个女孩子，也干那警幻所训之事。宝玉禁不住大叫："了不得！"一脚踹进门去，将那两个唬开了，抖衣而颤。

　　茗烟见是宝玉，忙跪求不迭。宝玉道："青天白日，这是怎么说。珍大爷知道，你是死是活？"一面看那丫头，虽不标致，倒还白净，些微亦有动人处，羞的脸红耳赤，低首无言。宝玉跺脚道："还不快跑！"一语提醒了那丫头，飞也似去了。宝玉又赶出去，叫道："你别怕，我是不告诉人的。"急的茗烟在后叫："祖宗，这是分明告诉人了！"宝玉因问："那丫头十几岁了？"茗烟道："大不过十六七岁了。"宝玉道："连他的岁属也不问问，别的自然越发不知了。可见他白认得你了。可怜，可怜！"又问："名字叫什么？"茗烟大笑道："若说出名字来话长——真真新鲜奇文，竟是写不出来的。据他说，他母亲养他的时节做了个梦，梦见得了一匹锦，上面是五色富贵不断头卍字的花样，所以他的名字叫作卍儿。"宝玉听了笑道："真也新奇，想必他将来有些造化。"说着，沉思一会。

石呆子的扇子

在《爸爸去哪儿》这一类大型亲子节目流行的今天，孩子与爸爸相处强调快乐、温暖、感人。节目中几乎每一个做父亲的，不管社会职业是什么，当碰到孩子问题时，无外乎一投降，二服从。

现在的父母和孩子，大概读不懂《红楼梦》第四十八回吧。做父亲的打起儿子来那叫一个狠，不，不是宝玉，宝玉挨打人尽皆知。贾府大大小小都知道，一看势头不对立即传信儿给贾母，宝玉才能从父亲的棍棒下留条命下来。除了宝玉，《红楼梦》中还有哪个豪门公子挨父亲毒打了？第四十八回，贾琏挨打。

平儿对宝钗说："老爷把二爷打了个动不得，难道姑娘就没听见？"宝钗道："又是为了什么打他？"事因为何？事因说出来几乎让人不敢相信。

贾琏的父亲贾赦"不知在那个地方看见了几把旧扇

子，回家看家里所有收着的这些好扇子都不中用了，立刻叫人各处搜求"。这一来，有个人倒霉了。

"谁知就有一个不知死的冤家，混号儿世人叫他作石呆子，穷的连饭也没的吃，偏他家就有二十把旧扇子，死也不肯拿出大门来。"

贾赦就让儿子去瞧瞧这二十把扇子到底好不好。

贾琏到石呆子家里去看这些扇子，发现真是好东西。全是湘妃、棕竹、麋鹿、玉竹的，皆是古人写画真迹。好到不能再有。

究竟怎么个好法？我们也来看看。

湘妃、棕竹、麋鹿、玉竹是指扇骨的材质。

湘妃扇骨，由湘妃竹制成。湘妃竹即"斑竹"，亦称"泪竹"，竹竿上天生有褐色斑点，非常灵秀。梁朝《述异记》记载："舜南巡，葬于苍梧之野。尧之二女娥皇、女英，追之不及，相与恸哭，泪下沾竹，竹上文为之斑斑然。"此传说亦是好古文人们爱用湘妃竹的原因。

棕竹，即棕榈竹。颜色很深，带有黑色条纹，而且皮与肉中都带有明显的黑色条纹。因本身就颜色暗淡，棕竹扇骨很少带刻工，否则条纹与刻工交混在一起会显得乱。素面反而显得简单清雅。棕竹难觅大骨，但做小骨弹性韧性俱佳。

麋鹿竹，又叫"梅箓竹"或"梅鹿竹"。因其色状与麋鹿、梅花鹿身上的斑点颇为相似而得名。初看与湘妃竹较像，实则有区别。湘妃竹的斑点，斑是斑、底子是底子，二者分明；麋鹿竹的斑点和竹地交织在一起，整个竹面呈青灰色，上有斑斑驳驳的兽斑痕。竹骨犹如一层兽皮，斑点扁扁圆圆遍布，活灵活现。麋鹿竹比湘妃竹罕见。

玉竹就是最常见的毛竹，是好毛竹的美称。虽常见，但取料每一步都不容疏忽。嫩者质地未坚不能用，太老的又纹理粗糙不堪用。要选用三年的竹子，冬天采伐，因为冬天竹子精华内敛而少虫蠹，竹子表皮清筠不能有丝毫损伤。还要经过多次水磨打光，才会出来灵透光熟的玉竹。

有人要说了，这些扇子材质都是竹子，未见多名贵嘛。那你可错了，明人笔记《万历野获编》载："吴中折扇，凡紫檀、象牙、乌木俱目为俗制；唯以棕竹、毛竹为之者，称怀袖雅物。"何为贵，富裕年代与贫寒年代的标准是不同的。

至于扇面，"皆是古人写画真迹"。如此讲究的扇骨，扇面上的画必是出自名家之手。

且说贾琏看过这二十把扇子回来，如实汇报给父亲贾赦。贾赦一听，赶紧说："便叫买他的，要多少银子给他多少。"很多人看到这里，长舒一口气：这个穷得连饭也没得吃的石呆子终于撞大运了，大官老爷要多少银子给多

（清）蒋廷锡绘梅雀图康熙帝书雪梅诗折扇（扇骨为玉竹）
图片来自故宫博物院官方网站

折扇（扇骨为麋鹿竹）　摄自浙江省博物馆

少，放心大胆开天价吧。好日子就这样来到了。

　　谁也没想到，石呆子说："我饿死冻死，一千两银子一把我也不卖！"吓死人了，一千两银子是多少？刘姥姥说一个庄户人家一年的开销是二十两银子，那么一把扇子，是 50 户农村家庭一年的开销。关键是，他还不卖！

　　贾琏知道石呆子说"一千两银子一把"也是打个比方。他真心要买他的扇子，已经实实在在许了石呆子五百两。

　　五百两一把，二十把扇子那是一万两银子。

　　一万两银子，可以过上什么生活？来个参考：《红楼梦》上等丫头的月工资是一两银子。贾宝玉、贾迎春、贾探春、贾惜春、林黛玉每月二两银子。第七十二回中，宫里夏太监打发了一个小内监到贾府借钱，说："夏爷爷因今儿偶见一所房子，如今竟短二百两银子，打发我来问舅奶奶家里，有现成的银子暂借一二百，过一两日就送过来。"

　　石呆子要是卖了 20 把扇子，豪宅、娇妻美妾、富贵之家的日常生活等等均不在话下。但他怎么回答的？他说："要扇子，先要我的命！"

　　这是放着有好日子不过啊，确实常人是无法以惯常逻辑去衡量的。作者也许是怕别人以为他编得太甚，不得已替姓石的安了个绰号"呆子"。

　　姓石的，《红楼梦》又名《石头记》，嘿嘿。

　　但其实只要你接触过收藏之人，这种"呆"比比皆是。我们身边很多收藏家，家庭经济并不宽裕，他们不买房、不旅游、不买奢侈品、不出入酒家，节衣缩食，将所有的收入全部用于收藏，有的甚至因为收藏而使生活难以为继。

民国四公子之一的张伯驹，当初为了《平复帖》，卖了三套四合院，不够，又卖了夫人的珠宝首饰。为了《游春图》，更是忍痛将自己的豪华宅邸（原晚清大太监李莲英旧宅）挥泪卖掉。据他女儿回忆，有一次父亲张伯驹被绑架，母亲潘素设法去看了一次，父亲说，家里那些字画千万不能动，尤其那幅《平复帖》！"这是我的命，我死了不要紧，这个字画要留下来。不要以为卖掉字画换钱来赎我，这样的话我不出去。"

你看，真的是连命都可以不要。

仅仅中国人这么"呆"吗？美国有位超级收藏家叫赫伯特·沃格尔（Herbert Vogel），2012年去世，享年90岁。赫伯特一生收藏了4782件艺术作品，那是美国当代艺术史上非常重要的一批收藏。

赫伯特一直是美国邮政管理局的管账小职员，直到退休，他的全部收入都用来收藏艺术品。他妻子是布鲁克林公共图书馆的管理员，他们的日常生活全靠妻子的工资来维持。他们在纽约只拥有一个很小的公寓，所有的藏品都放在公寓里。在赫伯特去世之前，这对夫妇所有的藏品都已捐给了美国华盛顿的国家博物馆以及 50 个州的州立博物馆。

为何一遇到收藏品,人们"呆"性就发作呢? 收藏品和奢侈品最大的不同,是收藏品那迷人的、无法言传的本身。奢侈品可以复制,收藏品无法重来。奢侈品随着时尚风向而改变,收藏品则是每个历史阶段审美的高度凝结。所以,许多大藏家终其一生没有买过奢侈品。

但人们或许看不到,藏品给收藏者带来的享受,用"奢侈"两字远远不够形容。他们的幸福感,超过奢侈品带给当事人的太多太多。

所有收藏家都是"石呆子"的知音;而曹雪芹,亦是所有收藏家的知音。

说了这么多,后来那二十把扇子结局如何?

石呆子拼死不卖,贾琏毫无办法。谁知这事被贾雨村知道了,贾雨村"便设了个法子,讹他拖欠了官银,拿他到衙门里去,说所欠官银,变卖家产赔补,把这扇子抄了来,作了官价送了来"。官价是多少? 还不是贾雨村说多少就是多少。

贾赦拿到扇子,就问儿子贾琏:"人家怎么弄了来?"贾琏小声嘀咕道:"为这点子小事,弄得人坑家败业,也不算什么能为!"贾赦本就为鸳鸯的事(贾赦要娶鸳鸯做小妾,但未遂)责怪贾琏夫妻不"给力",见贾琏顶嘴,气不打一块儿来，开打！

　　将贾琏打得动不了身。平儿来找宝钗，是要棒疮膏的。

　　贾琏为石呆子挨了这一顿暴打，倒也有意外收获。几乎所有读者读到这里，都为贾琏点头。说这小子花是花了点，没用是没用了点，但做人还是有底线的。

　　那，石呆子呢？按平儿的说法：石呆子如今不知是死是活。

　　希望收藏家们不要遇上贾赦，更不能遇上贾雨村。

斑竹扇骨折扇　狄妮女士藏

第四十八回　滥情人情误思游艺　慕雅女雅集苦吟诗
（节选）

　　且说平儿见香菱去了，便拉宝钗忙说道："姑娘可听见我们的新闻了？"宝钗道："我没听见新闻。因连日打发我哥哥出门，所以你们这里的事，一概也不知道，连姊妹们这两日也没见。"平儿笑道："老爷把二爷打了个动不得，难道姑娘就没听见？"宝钗道："早起恍惚听见了一句，也信不真。我也正要瞧你奶奶去呢，不想你来了。又是为了什么打他？"

　　平儿咬牙骂道："都是那贾雨村什么风村，半路途中那里来的饿不死的野杂种！认了不到十年，生了多少事出来！今年春天，老爷不知在那个地方看见了几把旧扇子，回家看家里所有收着的这些好扇子都不中用了，立刻叫人各处搜求。谁知就有一个不知死的冤家，混号儿世人叫他作石呆子，穷的连饭也没的吃，偏他家就有二十把旧扇子，死也不肯拿出大门来。二爷好容易烦了多少情，见了这个人，说之再三，把二爷请到他家里坐着，拿出这扇子略瞧了瞧。据二爷说，原是不能再有的，全是湘妃、棕竹、麋鹿、玉竹的，皆是古人写画真迹，因来告诉了老爷。老爷便叫买他的，要多少银子给他多少。偏那石呆子说：'我饿死冻死，一千两银子一把我也不卖！'老爷没法子，天天骂二爷没能为。已经许了他五百两，先兑银子后拿扇子。他只是不卖，只说：'要扇子，先要我的命！'姑娘想想，这有什么法子？谁知雨村那没天理的听见了，便设了个法子，讹他拖欠了官银，拿他到衙门里去，说所欠官银，变卖家产赔补，把这扇子抄了来，作了官价送了来。那石呆子如今不知是死是活。老爷拿着扇子问着二爷说：'人家怎么弄了来？'二爷只说了一句：'为这点子小事，弄得人坑家败业，也不算什么能为！'老爷听了就生了气，说二爷拿话堵老爷，因此这是第一件大的。这几日还有几件小的，我也记不清，所以都凑在一处，就打起来了。也没拉倒用板子棍子，就站着，不知拿什么混打了一顿，脸上打破了两处。我们听见姨太太这里有一种丸药，上棒疮的，姑娘快寻一丸子给我。"宝钗听了，忙命莺儿去要了一丸来与平儿。宝钗道："既这样，替我问候罢，我就不去了。"平儿答应着去了，不在话下。

贾母的收藏悲剧

《红楼梦》里最厉害的角色，不是王熙凤，而是贾母。

"姜是老的辣。"如果你不清楚这句话的含义，整部《红楼梦》看下来，梳理一下贾母这个人物就清楚了。

贾母出生在四大家族的"史家"。强强联姻，嫁给四大家族之贾府荣国公之子。出身好，嫁得好，从名门闺秀，到当家少奶奶，再到满头银发的"老祖宗"，一辈子锦衣玉食。

贾母少年、青年、中年时期，是四大家族的鼎盛时期。经她手上积攒下来的家底，到底有多少？没有谁能说得清。她自身，个人财产也深不可测。

第四十回，借刘姥姥之口说贾母的房间："人人都说大家子住大房。昨儿见了老太太正房，配上大箱大柜大桌子大床，果然威武。那柜子比我们那一间房子还大还高。怪道后院子里有个梯子。我想并不上房晒东西，预备个梯子作什么？后来我想起来，定是为开顶柜收放东西，非离了那梯子，怎么得上去呢。"

那还只是正房，贾母见薛宝钗的蘅芜苑太素净，要送几样摆设给她，吩咐鸳鸯道："你把那石头盆景儿和那架纱桌屏，还有个墨烟冻石鼎，这三样摆在这案上就够了。再把那水墨字画白绫帐子拿来，把这帐子也换了。"鸳鸯应道："这些东西都搁在东楼上的不知那个箱子里，还得慢慢找去，明儿再拿去也罢了。"你看，东楼上还有许多箱子。

贾母随手给出的东西，都是整部《红楼梦》里最好的。比如送给薛宝琴的"凫靥裘"。这种衣料移动时会随着方向变换闪现出不同的颜色，有时是蓝绿色，有时泛出紫色，光彩夺目。大家以为是孔雀金线织的，只有史湘云识货，说那是野鸭子头上的毛织的。一只野鸭头上只有多少一点毛啊，要织成一件披风，得多少只野鸭子？有个下雪天，宝琴披着凫靥裘站在山坡上，身后一个丫鬟抱着一瓶红梅。众人说两人就像老太太屋里挂的仇十洲画的《双艳图》。贾母摇头笑道："那画的那里有这件衣裳？人也不能这样好！"

贾母给宝玉的"雀金裘"，更是稀世珍品。宝玉穿了它出去做客，不小心烧了一个洞，满京城竟然没人能补。这才成就了经典片段"晴雯病补雀金裘"。

（清）孔雀羽穿珠彩绣云龙吉服袍　图片来自故宫博物院官方网站

贾母到底有多少个人财产？不好说。第五十五回，凤姐与平儿聊到贾府的开支，说宝玉和黛玉的婚嫁费用，将全部由贾母掏腰包。而惜春等人婚嫁，每人要花费"公款"七八千两白银。这样一比，贾母私房钱真不得了。

难怪，贾府财务青黄不接时，贾琏央求鸳鸯"暂且把老太太查不着的金银家伙偷着运出一箱子来，暂押千数两银子支腾过去"。贾母的收藏成了偌大一族最后的依靠了。

但贾母的收藏，也是有悲剧色彩的。最明显的例子有二：

一是第四十回的"软烟罗"。

贾母带刘姥姥逛大观园，来到林黛玉的潇湘馆时，贾母因见窗上纱的颜色旧了，便和王夫人说要换了。

王熙凤逞能，表示"银红蝉翼纱"已经准备好了。贾母呸她连个纱都不认得，教她那个叫"软烟罗"。王熙凤赶紧叫人取了一匹来了，贾母说："可不是这个！先时原不过是糊窗屉，后来我们拿这个作被作帐子，试试也竟好。明儿就找出几匹来，拿银红的替他糊窗子。"

众人都看了，称赞不已。刘姥姥念佛说道："我们想他作衣裳也不能，拿着糊窗子，岂不可惜？"王熙凤将身上穿的一件大红绵纱袄子襟儿拉了出来，说这是现在做给皇宫里的衣料，竟比不上这匹软烟罗。

这时，贾母有些伤感的吧。她说："再找一找，只怕还有青的。若有时都拿出来，送这刘亲家两匹，做一个帐子我挂，下剩的添上里子，做些夹背心子给丫头们穿，白收着霉坏了。"

那么宝贝的东西，如今连皇宫里也未必有的，只因在贾家库房里存放了几十年，再放下去都要霉掉了，只能拿出来用。哪怕给丫头做背心，哪怕送给乡下穷婆子。

面对必将逝去的辉煌，得放手时需放手。真是难为贾母啊！

二是第七十七回的"人参"。

中秋已过，王熙凤的病有了好转。王夫人命大夫每日诊脉服药，又开了丸药方子来配调经养荣丸。毕竟王熙凤是亲侄女，王夫人上心着呢。

因为要用到上等人参二两，王夫人取时，只有细碎须末了。只得向邢夫人那里问去，谁知邢夫人也没了。王夫人没法，只得亲自过来请问贾母。

这下好了。贾母还有一大包，皆有手指头粗细的，遂称二两与王夫人。王夫人赶紧交与周瑞家的拿去配药。

一时，周瑞家的又拿了进来说："这一包人参固然是上好的，如今就连三十换也不能得这样的了，但年代太陈了。这东西比别的不同，凭是怎样好的，只过一百年后，便自己就成了灰了。如今这个虽未成灰，然已成了朽糟烂木，也无性力的了。请太太收了这个，倒不拘粗细，好歹再换些新的倒好。"

王夫人听了，心里不是滋味。低头半日，才说，这也没法子了，只好去市场上买二两来。对这些手指粗的人参，她也没心思看，叫下人收起来。又交代：如果老太太问起来，就说用的是老太太的，不必多说。

贾母命鸳鸯取出的一大包人参，仅仅是"当日所馀的"，可见她那些堆到天花板再堆上楼的大箱子里，这样的人参还有不少。

贾母的人参究竟放了多少年？还将放多少年？不知

道。无处可找的手指头粗的人参，就这么白白耗掉了，被时间吃掉了，每位读者读到这里都是心疼的吧。"王夫人听了，低头不语"，情同此心啊！

所以说，收藏，并不是越多越好。有些收藏，没被人抢，没被人偷，没被人惦记招祸，但时间会吃掉它。时间会让有些珍贵的东西一文不值。

当你有钱时，该怎样收藏才是正确之道？存钱，会贬值。炒股，会被套。买房子，一旦金融危机来临，逼着你跳楼。藏东西呢，一不小心成了霉变的"软烟罗"或失去性力的人参。

真是古往今来的难题啊！

像游牧民族那样收藏古珠吧，用不着贾母那些大箱子，非但不变坏，存放时间越久还越值钱。

金珠子、金饰件（年份从几百到几千年不等）　作者自藏

第七十七回　俏丫鬟抱屈夭风流　美优伶斩情归水月
（节选）

　　话说王夫人见中秋已过，凤姐病已比先减了，虽未大愈，然亦可出入行走得了，仍命大夫每日诊脉服药，又开了丸药方子来配调经养荣丸。因用上等人参二两，王夫人命人取时，翻寻了半日，只向小匣内寻了几枝簪挺粗细的。王夫人看了嫌不好，命再找去，又找了一大包须末出来。

　　王夫人焦躁道："用不着偏有，但用着了，再找不着。成日家我说叫你们查一查，都归拢在一处。你们白不听，就随手混撂。你们不知他的好处，用起来得多少换买来还不中使呢。"彩云道："想是没了，就只有这个。上次那边的太太来寻了些去，太太都给过去了。"王夫人道："没有的话，你再细找找。"彩云只得又去找，又拿了几包药材来说："我们不认得这个，请太太自看。除这个再没有了。"王夫人打开看时，也都忘了，不知都是什么药，并没有一枝人参。因一面遣人去问凤姐有无，凤姐来说："也只有些参膏芦须。虽有几枝，也不是上好的，每日还要煎药里用呢。"王夫人听了，只得向邢夫人那里问去。邢夫人说：

"因上次没了，才往这里来寻，早已用完了。"

王夫人没法，只得亲身过来请问贾母。贾母忙命鸳鸯取出当日所馀的来，竟还有一大包，皆有手指头粗细的，遂称二两与王夫人。王夫人出来交与周瑞家的拿去令小厮送与医生家去，又命将那几包不能辨得的药也带了去，命医生认了，各包记号了来。

一时，周瑞家的又拿了进来说："这几包都各包好记上名字了。但这一包人参固然是上好的，如今就连三十换也不能得这样的了，但年代太陈了。这东西比别的不同，凭是怎样好的，只过一百年后，便自己就成了灰了。如今这个虽未成灰，然已成了朽糟烂木，也无性力的了。请太太收了这个，倒不拘粗细，好歹再换些新的倒好。"王夫人听了，低头不语，半日才说："这可没法了，只好去买二两来罢。"也无心看那些，只命："都收了罢。"因向周瑞家的说："你就去说给外头人们，拣好的换二两来。倘一时老太太问，你们只说用的是老太太的，不必多说。"

周瑞家的方才要去时，宝钗因在坐，乃笑道："姨娘且住。如今外头卖的人参都没好的。虽有一枝全的，他们也必截做两三段，镶嵌上芦泡须枝，掺匀了好卖，看不得粗细。我们铺子里常和参行交易，如今我去和妈说了，叫哥哥去托个伙计过去和参行商议说明，叫他把未作的原枝好参兑二两来。不妨咱们多使几两银子，也得了好的。"

王夫人笑道："倒是你明白。就难为你亲自走一趟更好。"

　　于是宝钗去了，半日回来说："已遣人去，赶晚就有回信的。明日一早去配也不迟。"王夫人自是喜悦，因说道："'卖油的娘子水梳头'，自来家里有好的，不知给了人多少。这会子轮到自己用，反倒各处求人去了。"说毕长叹。宝钗笑道："这东西虽然值钱，究竟不过是药，原该济众散人才是。咱们比不得那没见世面的人家，得了这个，就珍藏密敛的。"王夫人点头道："这话极是。"

贾府的银模子

《红楼梦》第三十五回，贾宝玉被父亲毒打后，卧床养伤。父亲打儿子如此下毒手，对这点，我们至今想不通。

这天，他奶奶贾母、母亲王夫人、薛姨妈以及嫂子王熙凤都来看他。做母亲的心疼他，问他想吃什么。唉，真是典型的妈妈问。

宝玉答："也倒不想什么吃，倒是那一回做的那小荷叶儿小莲蓬儿的汤还好些。"

王熙凤一旁笑道："听听，口味不算高贵，只是太磨牙了。巴巴的想这个吃了。"意思是要吃的东西不算"高大上"，但做起来非常费功夫。

贾母自然是"一叠声的叫人做去"。

凤姐儿笑道："老祖宗别急，等我想一想这模子谁收着呢。"原来宝玉要吃的"小荷叶儿小莲蓬儿的汤"，并不是真的用水里收上来的小荷叶、小莲蓬来下的汤，而是一种面食。面团揉好后，在银模子里压出小豆点儿，形状有的是荷叶，有的是莲蓬，再用鸡汤烧出来。

这银模子放在哪里呢？王熙凤一下子想不起来了。王熙凤脑子超级灵光，这是全书中很少的她脑子打咯噔之处。

她回头吩咐一个婆子去向管厨房的要。婆子去了半天，回来说没有。王熙凤又派人去问管茶房的，也回来说没有，最后还是在管金银器皿的那里找到了。

薛姨妈很好奇，先接过来瞧：原来是个小匣子，里面装着四副银模子，都有一尺多长，一寸见方，上面錾着洞，花样有菊花、梅花、莲蓬、菱角等三四十样，非常精巧。

薛姨妈出身显赫王家，又嫁入皇商薛家，什么富贵玩意儿没见过，但这四副银模子，也让她惊艳了。因笑向贾母、王夫人道："你们府上也都想绝了，吃碗汤还有这些样子。若不说出来，我见这个也不认得这是作什么用的。"

真正的大富大贵人家，吃的并不只是海参鲍鱼，而是"精致"。试想，面对一个大刀切馒头、一盆鸡汤，与一碗鸡汤下的小荷叶儿小莲蓬儿的汤，心境上有什么区别？

"富一代"看不出区别，也许觉得还是大刀切馒头来得爽快。"富二代"开始分化。不能继续富贵下去的，仍看不出区别。能继续富贵下去的，开始惊艳于"小荷叶儿小莲蓬儿的汤"。"富三代""富四代"就越来越偏向于后者了。

说《红楼梦》八十回以后不是曹雪芹写的，根据之一就是这些细节。八十回后，再也没有能落到实处的小细节。

贾家用银来做面食模子，是因为银子既不显豪华又能试毒杀毒吧。富贵久了的人家，希望表现得朴素一点。但食品安全，富贵得越久，越被重视。

第四十回，王熙凤与鸳鸯捉弄刘姥姥，拿走象牙镶金筷子，又换上一双乌木镶银的。刘姥姥道："去了金的，又是银的，到底不及俺们那个伏手。"凤姐儿道："菜里若有

（清）银长方盒　图片来自故宫博物院官方网站

毒，这银子下去了就试的出来。"刘姥姥道："这个菜里若有毒，俺们那菜都成了砒霜了。那怕毒死了也要吃尽了。"

古装剧中，经常有这样的场景：宫中嫔妃拔下银簪子插入食物试毒。太医将银针插入食物或酒中，大家屏气凝神，等待结果。而结果，往往是剧情逆转，大奸大恶败露。

这是有道理的。古代由口而入的剧毒主要是砒霜。受制于提炼技术，古代的砒霜往往含有少量硫和硫化物。当银与硫碰到，即起化学反应，银的表面马上会生成黑色的"硫银"。

马上想到，我收藏的银簪、银钗有没有试过毒？

银器的这项技能，据说在现代不灵了。原因是现代生产砒霜能提炼得很纯净，不再拌有硫和硫化物。

但是，银虽不再能验毒，却能消毒。每升水中只要含有五千万分之一毫克的银离子，便可杀死水中大部分细菌。

难怪《红楼梦》中有各色银制餐具。如第十八回，元春省亲时赏赐给贾敬、贾赦、贾政的有金、银爵各两只。第三十八回，湘云请大家赏桂吃螃蟹，完了作菊花诗，"黛玉放下钓竿，走至座间，拿起那乌银梅花自斟壶来"。第四十回，贾母带刘姥姥游大观园，就餐时"凤姐手里拿着西洋布手巾，裹着一把乌木三镶银箸"。第五十四回，元宵节，贾珍、贾琏率众人给贾母拜寿，"二人遂起身，小厮们忙将一把新暖银壶捧在贾琏手内，随了贾珍趋至里

（清）银温酒器　图片来自故宫博物院官方网站

面。贾珍先至李婶席上，躬身取下杯来，回身，贾琏忙斟了一盏，然后便至薛姨妈席上，也斟了"。

　　当然，要说《红楼梦》中令读者印象最深的银器，莫过于第六十八回，王熙凤听说贾琏在外面包养了尤二姐，表面看不动声色，其实内心寒到极点。她去见尤二姐时，尤二姐看到的王熙凤是这样的："只见头上皆是素白银器，身上月白缎袄，青缎披风，白绫素裙。眉弯柳叶，高吊两梢，目横丹凤，神凝三角。俏丽若三春之桃，清洁若九秋之菊。"这一头的"素白银器"，与第三回黛玉进贾府时看到的"头上戴着金丝八宝攒珠髻，绾着朝阳五凤挂珠钗"，形成了强烈的对比。

　　《红楼梦》写成不久，广东的银匠艺人为乾隆皇帝制作了一套"满汉全席"的银质餐具，可上196道菜。盛放首菜的锅直径达400毫米，盖上嵌刻有"当朝一品"四个大字。乾隆到山东曲阜祭孔时，将这套银餐具赐给了孔子后裔。

　　要说味道，那威风赫赫的"当朝一品"银大锅，还真不如贾府的四副银模子吧？一个适合贾政，对味道敏感度不高，吃的是"皇恩浩荡"，脸面增光。一个适合宝玉，不求外在风光体面，但对内在生活品味要求很高。

　　历史上银饰虽多，但老银器会因为破旧或款式过时而被熔化重新打制，所以很难保留下来。时至今日，银簪、银钗、银襟挂、银手镯、银珠子倒还能遇见，但贾府那样的银模子，我们从未见过。

老银杯托　作者自藏

第三十五回　白玉钏亲尝莲叶羹　黄金莺巧结梅花络
（节选）

这里薛姨妈和宝钗进园来瞧宝玉，到了怡红院中，只见抱厦里外回廊上许多丫鬟老婆站着，便知贾母等都在这里。母女两个进来，大家见过了，只见宝玉躺在榻上。薛姨妈问他可好些。宝玉忙欲欠身，口里答应着"好些"，又说："只管惊动姨娘、姐姐，我禁不起。"薛姨妈忙扶他睡下，又问他："想什么，只管告诉我。"宝玉笑道："我想起来，自然和姨娘要去的。"

王夫人又问："你想什么吃？回来好给你送来的。"宝玉笑道："也倒不想什么吃，倒是那一回做的那小荷叶儿小莲蓬儿的汤还好些。"凤姐一旁笑道："听听，口味不算高贵，只是太磨牙了。巴巴的想这个吃了。"贾母便一叠声的叫人做去。凤姐儿笑道："老祖宗别急，等我想一想这模子谁收着呢。"因回头吩咐个婆子去问管厨房的要去。那婆子去了半天，来回说："管厨房的说，四副汤模子都交上来了。"凤姐儿听说，想了一想，道："我记得交给谁了，多半在茶房里。"一面又遣人去问管茶房的，也不曾收。

次后还是管金银器皿的送了来。

　　薛姨妈先接过来瞧时，原来是个小匣子，里面装着四副银模子，都有一尺多长，一寸见方，上面凿着有豆子大小，也有菊花的，也有梅花的，也有莲蓬的，也有菱角的，共有三四十样，打的十分精巧。因笑向贾母王夫人道："你们府上也都想绝了，吃碗汤还有这些样子。若不说出来，我见这个也不认得这是作什么用的。"凤姐儿也不等人说话，便笑道："姑妈那里晓得，这是旧年备膳，他们想的法儿。不知弄些什么面印出来，借点新荷叶的清香，全仗着好汤，究竟没意思，谁家常吃他了。那一回呈样的作了一回，他今日怎么想起来了。"说着接了过来，递与个妇人，吩咐厨房里立刻拿几只鸡，另外添了东西，做出十来碗来。

　　王夫人道："要这些做什么？"凤姐儿笑道："有个原故：这一宗东西家常不大作，今儿宝兄弟提起来了，单做给他吃，老太太、姑妈、太太都不吃，似乎不大好。不如借势儿弄些大家吃，托赖连我也上个俊儿。"贾母听了，笑道："猴儿，把你乖的！拿着官中的钱你做人。"说的大家笑了。凤姐也忙笑道："这不相干。这个小东道我还孝敬的起。"便回头吩咐妇人，"说给厨房里，只管好生添补着做了，在我的帐上来领银子。"妇人答应着去了。

冷子兴的古董经

哪种职业对一个家庭的兴衰最为敏感？四大家族出场，由什么人来引领？此人有何功力？历朝历代官场上离不开的"万金油"是什么人？

大到一个社会、一个群体，小到一个家庭、一个人，对他们的贫富兴衰，哪种职业最敏感？第一次听到一个说法时，大吃一惊！后来冷眼旁观，简直太对了，服。

我起先认为是金融业。不是吗？有钱了、兴旺了，跟金融靠近了。没钱了，衰落了，渐渐离开了。但注意哦，金融只是资金流。也许在开始有钱的初期，与金融有一段过从甚密，但财富稳定下来后，人就去了另一个领域。

哪个领域？古董行！古今中外莫不如此。

《红楼梦》一开头第一回说，一块补天顽石要来经历人间荣华富贵，第二回就到人间了，那么，让谁来介绍四大家族出场？

（清）竹丝缠枝花卉多宝格圆盒（附珍玩 27 件）
图片来自台北故宫博物院网站

　　"一局输赢料不真，香销茶尽尚逡巡。欲知目下兴衰兆，须问旁观冷眼人。"你看，要知道眼下兴衰预兆，还得问"旁观冷眼人"。这旁观冷眼人，就是古董商冷子兴。

　　《红楼梦》第二回，贾雨村第一次做官，不通官场规则，被挤出圈子。他干脆出门"游览天下胜迹"。走到扬州时，没钱了，于是去做家庭教师赚点钱，学生便是林黛玉。黛玉经常生病上不了课，老师经常没事做。

　　这天，贾雨村"意欲到那村肆中沽饮三杯，以助野趣，于是款步行来。将入肆门，只见座上吃酒之客有一人起身大笑，接了出来，口内说：'奇遇，奇遇。'雨村忙看时，此人是都中在古董行中贸易的号冷子兴者，旧日在都相识。雨村最赞这冷子兴是个有作为大本领的人，这子兴又借雨村斯文之名，故二人说话投机，最相契合"。

短短几句，有几个信息点：

1. 冷子兴是古董商；

2. 两人以前在皇城认识的；

3. 贾雨村十分赞赏冷子兴的大本领、有作为；

4. 二人说话投机，最相契合。

贾雨村第一次当官，只在皇城呆了较短的时间，那时他奋发向上，除弊革新，难道有时间有精力去认识古董商？然而他不仅认识，还十分赞赏冷子兴的大本领、有作为。

此疑问一。

雨村因问："近日都中可有新闻没有？"贾雨村问近日京城中可有新闻没有，可见，贾雨村知道此人掌握京城的消息。

为何一个古董商了解时下新闻？此疑问二。

就着一点小酒，畅谈开始。冷子兴将贾家如何起家、如何鼎盛，如今的儿孙如何一代不如一代娓娓道来，一个个人物、事件如数家珍。末了，冷子兴还告诉贾雨村，林黛玉的母亲贾氏就是荣府中贾政和贾赦的胞妹，贾雨村可攀附这层关系。

冷子兴，一个古董商，对贾府怎会如此熟悉？对做官门道又怎会如此熟悉？此疑问三。

这些疑问，一直存于脑海，直到读了清末古玩收藏家赵汝珍的《古玩指南》，我才豁然开朗。

为何兴起之家，古董商最先知道？为何外表看着挺兴旺的家族，古董商却最先嗅出其颓废之势？玩家赵汝珍如此解析：

1. 官吏以收藏古玩为隐藏其财富的妙法。清末的庆亲王，当时总理国政，权倾华夷，只在汇丰银行存有百万两私财，尚害怕他人奏参，何况其他官吏。如果有巨额资金存在银行，或房地产明晃晃摆在街上，非特为御史所必参，亦为社会之所不容。而古玩无定价，千元之物可以一元得之。当官的，藏有数倍于其薪酬的古玩，别人很难说些什么。

2. 有些行贿受贿、卖官鬻爵之事，虽为公开秘密，但以现钱交易终归有些"丢身份"，而且风险也大。而经过古董商一周转，受贿的以不值钱的破铜烂铁送到古董商那里，行贿的"独具慧眼"以高价买下此"古董"。这样一来，事情办成，人家要拿实证据却不容易。所以古董商是官场中所必不可缺者。

3. 有钱有权之家，最重体面。如果手上缺钱，跑典当行就有失体面了。这时去古董商处，拿出一物，说这件宝贝已经玩腻了，想换个更好的玩，请代为出售。或者，说看中了一件更好的，想买下，手头尚缺一点，这件放在这里抵押，先借贷一点。古董商知道抵押物的市价，当然愿意成全。此法不露穷相。如果以房地产作抵押借钱，则暴露衰亡，富贵人深引为耻。

4.古玩商与朝臣最易接近，对各朝臣之喜怒禁忌亦知之最详。各地地方官员要了解朝廷动静，托古玩商最为妥帖。"民国以前，所有外省督抚藩臬，对京中一切应酬，完全由古玩商代办。其价值之多少，物品之如何，本人概不知晓，不过年终开一笔总账付款而已。"故外官来京，无不以讲求古玩、结纳古玩商人为要事。即使朝中官员，彼此也不可走得太近，怕"结党"之罪。每于公余之暇，爱去古玩商那里坐坐看看。因此重要消息，权贵活动，多为古玩商所深悉。

5.寒门学子亦有求于古董商。"每有赤贫之士，三元联仲，平地起雷"，但考出来了，资历有了，要做官还要有官位空缺啊！一个位子空出来了，你有能力挤开众人坐上去吗？贫穷士子自给维艰，安能筹谋及此？"遂有古玩商代为包办，一切需费均由古玩商垫付，只于将来得缺后，由古玩商派一账房，本息照收"。

贾雨村权欲熏心，人又聪明，估计当官不久，就摸清了官场的暗道，焉能不"最赞这冷子兴是个有作为大本领的人"。只可惜，他以为位置坐上去了，就可施展抱负。哪知考上是第一步，位置坐上才是第二步，后面的路长着呢。

而冷子兴，他古董生意中很大一部分来自贾家。贾家日常生活中，古董随处可见。贾母房间里仇英的画，王熙凤的汝窑瓷器，贾琏的汉玉九龙珮，等等。第七十二回，贾琏见了鸳鸯，问道："因有一件事，我竟忘了，只怕姐姐还记得。上年老太太生日，曾有一个外路和尚来孝敬一个蜡油冻的佛手，因老太太爱，就即刻拿过来摆着了。因前日老太太生日，我看古董帐上还有这一笔，却不知此时这件东西着落何方。古董房里的人也回过我两次，等我问准了好注上一笔。所以我问姐姐，如今还是老太太摆着呢，还是交到谁手里去了呢？"

你看，贾家是有"古董房"和"古董账"的。

每一件古董的进出，都是贾家兴衰的风向标。所以，别人还以为贾家"烈火烹油，鲜花着锦之盛"时，冷子兴早就嗅出衰亡之气了。

第二回　贾夫人仙逝扬州城　冷子兴演说荣国府
（节选）

雨村不耐烦，便仍出来，意欲到那村肆中沽饮三杯，以助野趣，于是款步行来。将入肆门，只见座上吃酒之客有一人起身大笑，接了出来，口内说："奇遇，奇遇。"雨村忙看时，此人是都中在古董行中贸易的号冷子兴者，旧日在都相识。雨村最赞这冷子兴是个有作为大本领的人，这子兴又借雨村斯文之名，故二人说话投机，最相契合。

雨村忙笑问道："老兄何日到此？弟竟不知。今日偶遇，真奇缘也。"子兴道："去年岁底到家，今因还要入都，从此顺路找个散友说一句话，承他之情，留我多住两日。我也无紧事，且盘桓两日，待月半时也就起身了。今日散友有事，我因闲步至此，且歇歇脚，不期这样巧遇！"一面说，一面让雨村同席坐了，另整上酒肴来。二人闲谈漫饮，叙些别后之事。

雨村因问："近日都中可有新闻没有？"子兴道："倒没有什么新闻，倒是老先生你贵同宗家，出了一件小小的异事。"雨村笑道："弟族中无人在都，何谈及此？"子兴笑道:"你们同姓,岂非同宗一族? "雨村问是谁家。子兴道:"荣国府贾府中,可也玷辱了先生的门楣么? "雨村笑道:"原来是他家。若论起来,寒族人丁却不少,自东汉贾复以来,支派繁盛,各省皆有,谁逐细考查得来? 若论荣国一支,却是同谱。但他那等荣耀,我们不便去攀扯,至今故越发生疏难认了。"

子兴叹道:"老先生休如此说。如今的这宁荣两门,也都萧疏了,不比先时的光景。"

　　……

雨村听了,笑道:"可知我前言不谬。你我方才所说的这几个人,都只怕是那正邪两赋而来一路之人,未可知也。"子兴道:"邪也罢,正也罢,只顾算别人家的帐,你也吃一杯酒才好。"雨村道:"正是,只顾说话,竟多吃了几杯。"子兴笑道:"说着别人家的闲话,正好下酒,即多吃几杯何妨。"雨村向窗外看道:"天也晚了,仔细关了城。我们慢慢的进城再谈,未为不可。"于是,二人起身,算还酒帐。

贾母的金玉如意

在我国传统文化中，有一件令外国人大大不解的物件，那便是如意。

其实，不仅外国人，周围就经常有人问：哎，那个长长的一条，是啥？干吗用的？我听到的最美的回答，说，那是停在手里的一片云，让你的心情如闲云野鹤。

以前，从没想过要一把如意。觉得那东西没实用价值，碍事儿。那天听到这个答案，突然很想收藏一把如意。

现实版的如意，据说是从"痒痒挠"发展而来的。身上痒痒，手够不到的地方，拿根棍子，棍子头里宽一点，当作手指的延伸，挠几下，舒服，所以又叫"不求人"。然后，有文雅人，给取了个文雅名，叫"如意"。可不，如人意嘛。

文雅人是谁？具体姓名不得而知，估计又是魏晋文人的随性之举。为何这么说？书上最先看到"如意"两字，场景奢豪得让人发晕。

就是我们在《古珠之美》中提到的，那场历史上有名的斗富比赛。

西晋，皇帝的舅舅王恺，与（首富＋美男子＋文学家＋二品官）石崇斗富。一轮轮下来，均是石崇赢。压轴戏来了，王恺去皇宫搬来珊瑚树，志得意满。没想到石崇随手就用铁如意敲碎了珊瑚树，说：“要我赔吗？我多的是，你自己去挑。”

到了东晋，又出现一次如意，不过没注明是什么材质的。东晋司马睿开国，全仗琅琊王氏——王导与王敦，一文一武将他扶上龙椅。可司马睿龙椅坐稳后，想培植自己的势力，渐渐疏远两王。王敦怒其过河拆桥，“每酒后辄咏‘老骥伏枥，志在千里。烈士暮年，壮心不已’。以如意打唾壶，壶口尽缺”。后来王敦造反得逞，司马睿郁闷而死。

晋朝的皇帝，几乎没一个如意的。

如意虽一路陪伴达官贵人，但其名不扬。一直到明清时期，才迎来它的最高出镜率。如意开始流行于社会各阶层，成为中上层家庭陈设的必备之物。无论是朝堂大员还是在野文人，无不喜欢如意的吉祥寓意。清代帝王对如意的推崇，更是达到了历史的高峰。

康熙年间，如意已成为皇宫里的爱物。皇上、后妃们的宝座旁、寝殿中均摆有如意，以示吉祥、顺心。到了乾

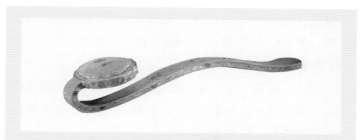

（清）金累丝万年如意

（清）青玉古稀天子如意

（清）紫檀柄金瓦嵌宝石如意　图片均来自故宫博物院官方网站

隆皇帝，变本加厉，他认为临朝或与大臣谈话时，有如意在手，便可心情舒畅、妙语迭出。说宫中各种仪仗过于威严，唯有如意可令人心情闲适。

因此，曹雪芹生活的时代，到处都在做如意。宫中造办处在做，民间艺人更在做。如意的式样基本不变，但在材料与细节上，可谓动足脑筋。

按材料分，有玉如意、金如意、沉香如意、紫檀如意、珐琅如意、竹根如意等等。

按纹饰分，有龙纹、灵芝纹、蝙蝠纹、太平有象纹、一路连科纹、三多纹、双喜纹、万寿纹、桃果花卉纹等等。

按镶嵌分，有镶嵌玉、碧玺、松石、宝石等等；有首、中、尾的三镶、五镶之称。

真是个"如意世界"。

《红楼梦》要离开如意，那就不是曹雪芹写的啦。

看第十八回，贾元春以皇妃身份省亲。皇妃回娘家，所带的礼物不计其数。

"少时，太监跪启：'赐物俱齐，请验等例。'乃呈上略节。贾妃从头看了，俱甚妥协，即命照此遵行。太监听了，下来一一发放。"

辈分最高的贾母，得到的赏赐是什么呢？

原来贾母的是金、玉如意各一柄，沉香拐拄一根，伽楠念珠一串，"富贵长春"宫缎四匹，"福寿绵长"宫绸四匹，紫金"笔锭如意"锞十锭，"吉庆有鱼"银锞十锭。

邢夫人，王夫人二分，只减了如意、拐、珠四样。

贾敬、贾赦、贾政等，每分御制新书二部，宝墨二匣，金、银爵各二只，表礼按前。

宝钗、黛玉诸姊妹等，每人新书一部，宝砚一方，新样格式金银锞二对。宝玉亦同此。

贾兰则是金银项圈二个，金银锞二对。

尤氏、李纨、凤姐等，皆金银锞四锭，表礼四端。

……

贾珍、贾琏、贾环、贾蓉等，皆是表礼一分，金锞一双。

奶娘众丫鬟，外表礼二十四端，清钱一百串。

其余彩缎百端，金银千两，御酒华筵，是赐东西两府凡园中管理工程、陈设、答应及司戏、掌灯诸人的。

（明清）如意云纹簪子头
余芝晓女士藏

和田白玉如意　作者自藏

外有清钱五百串,是赐厨役、优伶、百戏、杂行人丁的。

也就是说,皇妃带回来的礼物,排成了遥遥不见尾的长队,长队以"金如意、玉如意"开头……

即便是人间富贵之极,也还是希望"如意"。

第十八回　大观园试才题对额　荣国府归省庆元宵
（节选）

少时,太监跪启:"赐物俱齐,请验等例。"乃呈上略节。贾妃从头看了，俱甚妥协，即命照此遵行。太监听了，下来一一发放。原来贾母的是金、玉如意各一柄，沉香拐拄一根，伽楠念珠一串，"富贵长春"宫缎四匹，"福寿绵长"宫绸四匹，紫金"笔锭如意"锞十锭，"吉庆有鱼"银锞十锭。邢夫人、王夫人二分，只减了如意、拐、珠四样。贾敬、贾赦、贾政等，每分御制新书二部，宝墨二匣，金、银爵各二只，表礼按前。宝钗、黛玉诸姊妹等，每人新书一部，宝砚一方，新样格式金银锞二对。宝玉亦同此。贾兰则是金银项圈二个，金银锞二对。尤氏、李纨、凤姐等，皆金银锞四锭，表礼四端。外表礼二十四端，清钱一百串，是赐与贾母、王夫人及诸姊妹房中奶娘众丫鬟的。贾珍、贾琏、贾环、贾蓉等，皆是表礼一分，金锞一双。其余彩缎百端，金银千两，御酒华筵，是赐东西两府凡园中管理工程、陈设、答应及司戏、掌灯诸人的。外有清钱五百串，是赐厨役、优伶、百戏、杂行人丁的。

　　众人谢恩已毕，执事太监启道："时已丑正三刻，请驾回銮。"贾妃听了，不由的满眼又滚下泪来。却又勉强堆笑，拉住贾母、王夫人的手，紧紧的不忍释放，再四叮咛："不须挂念，好生自养。如今天恩浩荡，一月许进内省视一次，见面是尽有的，何必伤惨。倘明岁天恩仍许归省，万不可如此奢华靡费了！"贾母等已哭的哽噎难言了。贾妃虽不忍别，怎奈皇家规范，违错不得，只得忍心上舆去了。

参考书目

［1］曹雪芹著.无名氏续.红楼梦（上下册）［M］.第3版.北京：人民文学出版社，2008：1

［2］［美］苏珊·鲍尔.古代世界史［M］.李盼，译.北京：北京大学出版社，2011.

［3］［英］休·泰特主编，陈早译.世界顶级珠宝揭秘：大英博物馆馆藏珠宝［M］.昆明：云南大学出版社，2010.

［4］戴尔·布朗主编.王淑芳译.苏美尔：伊甸园的城市［M］.北京：华夏出版社；南宁：广西人民出版社，2002.

［5］戴尔·布朗主编.安纳托利亚：文化繁盛之地［M］.王淑芳，赵光毅，杨大治，译.北京：华夏出版社；南宁：广西人民出版社，2002.

［6］李铁生编著.古中亚币［M］.北京：北京出版社，

2008.

[7] 朱晓丽. 喜马拉雅天珠 [M]. 南宁：广西美术出版社，2017.

[8] [英] 苏珊·拉·尼斯. 汪瑞译. 金子：一部社会史 [M]. 北京：北京大学出版社，2016.

[9] [英] 菲利帕·梅里曼. 安静译. 银子：一部生活史 [M]. 北京：北京大学出版社，2016.

[10] [英] 萨拉·巴特利特. 范明瑛 王敏雯译. 符号中的历史 [M]. 北京：北京联合出版公司，2016.

[11] 何新. 诸神的起源 [M]. 北京：中国民主法制出版社，2008.

[12] 石云涛. 早期中西交通与交流史稿 [M]. 第2版 (修订本). 北京：学苑出版社，2004.

[13] 朱晓丽. 珠子的故事：从地中海到印度河谷文明的印章 [M]. 南宁：广西美术出版社，2013.

[14] 胡孝文，徐波主编. 秦汉与罗马：帝国时代的倒影 [M]. 合肥：黄山书社，2011.

[15] [日] 田家康. 范春飚译. 气候文明史 [M]. 北京：东方出版社，2012.

[16] 扬之水. 终朝采蓝：古名物寻微 [M]. 北京：生活·读书·新知三联书店，2008.

[17] 扬之水. 奢华之色：宋元明金银器研究. (第一

卷，宋元金银首饰）［M］.北京：中华书局，2010.

　　［18］［日］林巳奈夫.常耀华、王平　刘晓燕　李环译.神与兽的纹样学［M］.北京：生活·读书·新知三联书店，2009.

　　［19］王明珂.华夏边缘：历史记忆与族群认同［M］.增订版.杭州：浙江人民出版社，2013.

　　［20］刘心武.刘心武揭秘《红楼梦》［M］.北京：东方出版社，2005.

　　［21］刘心武.刘心武揭秘《红楼梦》（二）［M］.北京：东方出版社，2005.